メディアワークス文庫

猟奇の贄

県警特[illegible]情報管理室・桜庭有彩

[illegible]修

目　次

prologue

とにかく朝は眠い。

アリアは横断歩道の前で立ち止まり、大欠伸《おおあくび》をした。じわじわと両目から溢《あふ》れた眠気を指で拭う。

手をつないでいる一年生が、その手を引っ張る。目の前の道路を渡ると、正面に校門がある。すぐそこに学校があるから、下級生たちはいつもここで走り出しそうになる。

「アリア、車通ってないから、渡ってもいいんじゃないの」

横に立った長い髪の少女が言った。

「サキティ、ダメ」

アリアは首を横に振る。

「まだ信号は赤。青になるのを待ちましょう」

車道を前に、きちんと二列に並んでいる下級生たちへ向かって言った。

「まっじめー!」

サキティがからかう。

「真面目で悪いか」

ものすごく真剣な顔でアリアは言った。

けらけらとサキティが笑う。

「やっぱ、アリア、面白いわ」

信号が変わり、アリアを先頭に横断歩道を渡った。集団登校はここまで。アリアたち六年生の役割もこれで終わりだ。校門で生徒を見守っている教諭に挨拶し、校庭に入ればそれぞれがそれぞれの居場所へと向かう。

その時始業のチャイムが鳴った。今朝は集合場所に遅れてきた生徒が何人もいて、遅刻ぎりぎりになってしまったのだ。

「やっべ、走るよ」

そういってサキティが駆け出す。慌ててアリアが走り出す。六年生のいる階まで駆け上がったところで、男とぶつかりそうになった。保護者だろうか。脱いだコートを抱えるように持って、怖い顔で二人を見ていた。

「ごめんなさーい」

言いながら教室に駆け込む。

間に合った。まだ担任はいなかった。

席に着き、隣のサキティとどうでもいい話をしてゲラゲラと笑っていると悲鳴が聞こえた。

隣の教室だ。

悲鳴が膨れていく。一人から二人、二人から五人、十人、十五人。

椅子が倒れる音、机がひっくり返る音。

足音に悲鳴が重なり、うねるような音の波が廊下に押し寄せ——。

廊下を大勢の生徒たちが走っていく。悲鳴を上げ、必死になって逃げていく生徒たちが見える。

誰かが叫んだ。

逃げろ！

アリアはサキティと顔を見合わせた。

ざわめきがアリアの教室にゆっくりと広がる。

そして、その男が入ってきた。

血みどろだった。右手に血塗《ちまみ》れの包丁を持っていた。そして左手で隣のクラスで一番成績の良《い》いタニヤ君の髪を摑《つか》んでいた。髪も顔も服も真っ赤だった。ぐったりとしたタニヤ君をずるずると中へ引き入れると、床に投げ捨てた。

地獄が始まった。

みんな一斉に逃げ出した。もともと建て付けが悪かった引き戸に殺到し身動きが取れなくなる。

悲鳴がした。首から血を噴き上げて倒れたのは一番後ろにいたルミカちゃんだ。ルミカちゃんはなぜか体操服が入った袋を握りしめていた。

アリアはしばらく動けなかった。

その間に級友が二人、動かなくなった。

アリアは咄嗟《とっさ》に掃除用具入れのロッカーに飛び込んで扉を閉めた。

真っ暗の中、座り込んで頭を抱える。そして一から数を数え始めた。大丈夫。百を数えるまでには怖いものはいなくなっている。三十五、三十六、三十七……ほら、悲鳴も足音も聞こえなくなった。

「待てよぉ」

男の妙に間延びした声が聞こえた。

「足が速いよなぁ。お前らテトラポットのフナムシかよ。子供ってのはまったくもって、ああ、くそ！　血は滑る。どっかに書いとけよ、血は滑りますよって。子供がこけたら危ないだろうが」

ロッカーの下に換気用の隙間が開いていた。アリアはロッカーの底に頬を付けて外を覗《のぞ》き見た。男は横たわった子供に馬乗りになっていた。背中を向けているので顔は見えない。その背に、汚らしい緑色のゴム紐《ひも》がへばりついているのが見えた。

不意に男が立ち上がった。

足元に横たわっているのは少女だった。どこを刺されたのか、頭の下に血溜《ちだ》まりが広がっていく。何かから逃れるように少女は首を捻《ね》じ曲《ま》げた。

アリアと目が合った。

アリアは慌てて己の口を押さえた。悲鳴を上げそうになったからだ。

横たわっている少女はサキティだった。

サキティは悲しい目でじっとアリアを見ている。その小さな口が動いた。「たすけて」そう言ったように見えた。声も聞こえたような気がした。ほんの一瞬のことだ。本当に見たのか、聞いたのか、それはわからない。だがアリアは、恐ろしくなってぎゅっと目を閉じた。

ごめん、サキティ。今は、今は……。

数を数えなきゃ。数の続きを数えなきゃ。

アリアは固く目を閉じ、両手で耳を押さえ、続きを数え始めた。その声が知らずに大きくなっていく。

男は周囲を見回しながら言った。

「……もう、だれもいないか……なぐこはいねがー、ははははは」

空笑する男が「ん？」と首をひねった。

「……誰か……数かぞえてね？」

足音が近づいてくるのも、アリアは知らなかった。ただひたすらに数を数えていた。

「どっちかなあ。こっちの方かなあ」

わざと大声で言いながら、男は掃除用具入れの前に立った。

「おかしいなあ。みつからないなあ」

そういってロッカーの取っ手を摑むと、一気に扉を開いた。

「ばあああああっ！」

アリアは目を閉じ耳を塞ぎ震えていた。

「サプライズだよ、サプライズ」

男は楽しそうに喋《しゃべ》り続ける。

「ほら、目を開けて。怖くないから目を開けてよ」

言いながらアリアの頰に手を触れた。滴るほどの血に塗れた手だ。頰が血で汚れる。

それでもアリアは数を数え続けていた。

「うわあ、子供の頰《ほ》っぺたは柔らかいなあ。ねえ、なんで数を数えてるの。……どうして？」

男は頰をつねった。つねって引っ張る。痛みを感じなかった。ひたすら怖かった恐ろしかった。

「答え無しか。おじさん寂しいなあ。わかったわかった。じゃあ、一緒に数かぞえてあげるよ。きゅうじゅうろく、きゅうじゅうなな、きゅうじゅうはち、きゅうじゅうきゅう——」

男が百と言うのと同時に、背後に近づいていた警官が男の頭を撃ち抜いた。血塗れの手で撫《な》でまわされて真っ赤になっていたアリアの顔に、脳漿《のうしょう》が骨片と共に飛び散った。

三十名にものぼる負傷者のうち、教員と生徒を合わせて七名の死者を出した小学校襲撃事件はこうして幕を閉じた。

第一話　スマイルフェイスの男

1.

せんきゅうひゃくきゅうじゅうなな、せんきゅうひゃくきゅうじゅうはち、せんきゅうひゃくきゅうじゅうきゅう、にせん。

桜庭《さくらば》有彩《ありあ》は二千歩ちょうどで棟石《むないし》署に着いた。

良し、と警察署を見上げながら小さなガッツポーズをする。きりがいいと運気が上がったような気がするのだ。ＲＰＧゲームのレベルアップの効果音が聞こえたような気になる。

それだけで何事かやり遂げた顔になって署へと入った。朝から署内はバーゲンセール並みの喧騒《けんそう》がわんわんと響いていた。手錠を掛けられた男が女が未成年者が、ひっきりなしに引っ張られていく。窓口で大声で何か訴えている男。長椅子で号泣している女。その女を罵る男。ここが新しい職場かと桜庭は小さな溜息《ためいき》をついた。さすがは県内一犯罪の発生率が高い棟石市の警察署だけある。これは生半可な気分ではやっていけないなと両頬をパンと叩《たた》いた。そのまま三階の生活保安課へと階段を駆け上がっていく。緊張していたら段数を数えるところなのだが、署内のあまりの様子に、かえってすっかり落ち着いていた。同行者がみんな酔っぱらったら、とにかく自分だけはまともでいなければならないと思う心理だ。

廊下ですれ違いかけた警官を摑まえて訊《たず》ねる。

「今日から情報管理室に配属されたんですけど、どちらに行けばいいんでしょうか」

「情報管理室？」

その若い制服警官が首を傾《かし》げた。

「はい、生活保安課特殊情報管理室だと聞いています」

「特殊……ああ、特殊情報なんとかって、あれだね。本当にあそこで何か始まるんだ。特殊情報管理室って何するとこなんですか」

「いや、それはちょっとまだ、私も今日来たところなんで」

「そうなんだ。あなたも知らないんだ。謎だよね、特殊情報管理室。あっ、場所ですよね。地下です。Ｂ１の資料室の隣」

「生活保安課じゃないんですか」

「生活保安課に所属しているけど、まあ特殊だからね。行けばすぐわかるよ」

「はい、ありがとうございます」

頭を下げて、今度は階段を駆け下りる。

しかし地下って資料室以外には物置しかなかったんじゃ……。何度かここに来たことがある桜庭は、首を傾げつつリズミカルに階段を下りていく。いつの間にか数を数え始めていた。結局新しい警察署の新しい部署に配属され、初勤務に緊張しているのだ。一階から地階まで十五段。数え終わって周りを見回す。地上階と同じように照明がついているのだが、気のせいか薄暗く見える。フロア一つ下りただけだがしんと静まっていた。一階の騒ぎが別世界だ。

資料室の隣に立て看板があった。

矢印と「特殊情報管理室はこちら」の文字が。

矢印の先は突き当たりで、扉に『特殊情報管理室』と書かれた金属のプレートが掛けられていた。そして取っ手の横に小さな液晶画面とテンキーがあった。首に下げたＩＤカードをスリットに差し入れ、教えられていた四桁の暗証番号を入力する。

電気錠の開く音がした。取っ手を引いて中に入る。

背後で扉が閉まり、施錠の音がした。

「失礼します」

一礼して中を見回した。

がらんとした真っ白な部屋だった。かなり広い。パーティションで五つに区切られていた。左右に二つずつ、奥に一つ。中は見えない。

奥のパーティションの陰から、男が現れた。桜庭に手招きしている。小太りの冴《さ》えない中年男だ。桜庭は小走りで近づく。男は笑顔で桜庭を見ている。桜庭とさして身長は変わらない。小さな子供が持つようなタオル地のハンカチで、ひっきりなしに顔の汗を拭っている。

桜庭は男を前に立ち止まり、言った。

「廿日部《はつかべ》署から、今日付けで、棟石署特殊情報管理室に配属されました。桜庭有彩巡査です」

「私が特殊情報管理室の室長、瀬馬《せば》敲介《きようすけ》です。これからよろしく頼みますよ」

ニコニコしながら瀬馬は手を差し出した。元公安の猛者だと聞いていたが、そんなそぶりは欠片《かけら》も見えない。

「よろしくお願いします」

桜庭はその手を握った。汗でしっとりとしていた。

「スケジュールの都合で君の配属が最後になりましたが、これで特殊情報管理室は全員揃《そろ》いました。他のメンバーは昨日から配属されています。メンバーと言っても少人数ですが、まあ、少数先鋭ということで。さてと、みんなを紹介しましょう。まずは君の相棒から」

一番近いパーティションを覗き、声を掛けた。

「昨日説明した最後のメンバーが来ましたよ」

室長に続いて桜庭もそのブースに入った。

「彼は柿崎《かきざき》警部補」

室長が言った。

桜庭は息をのんだ。

そこに豪奢《ごうしゃ》な花束が置かれているのかと思った。花束は座ったまま会釈した。

もちろんそれは花束などではない。年齢は三十代半ばといったところだろうか。背広姿の男性だ。そして彼は、啞然《あぜん》とするほどの美貌の持ち主だった。あまりの美しさに、桜庭は何か不健康で反倫理的なものすら感じていた。礼を失することはわかっていても、ただじっとその顔を眺めていた。

「ま、みんなそうなるんだけどね」

室長が溜息交じりにそう言った。

柿崎は均整のとれた薄い唇の口角をわずかに上げて微笑《ほほえ》んでいた。人類に審判を下す者の笑みだった。

「もともと本庁の刑事課にいた優秀な刑事です。彼は多趣味でね、いろいろとペットを飼ってるそうですよ」

「特に虫が好きだ」

柿崎は言った。

喋るんだ、と桜庭は思った。完璧な彫刻のようで、わかっていながら喋るとは思えなかったのだ。

「虫屋と間違われるがそうじゃない。ただ毒のある生き物が好きなだけだ」

何を言っているのかよくわからなかったが、桜庭は頭を下げ「桜庭巡査です。よろしくお願いします」と言った。

「室長からいろいろ聞いてるよ。柿崎だ。よろしく」

笑わない眼《め》で桜庭を見て言った。

「実質、特殊情報管理室の捜査官は彼と君の二人だけだよ」

「えっ、二人だけなんですか」

「言ったでしょ、少数先鋭だって。現場で動く捜査官はこの二人です。次行くよ」

隣のブースに移る。

待ちきれなかったのか、若い男が立っていた。

「日本一凶悪犯罪の多い街へようこそ」

男はニヤニヤ笑いながらそう言った。

長身で細身、猫背で眼鏡。良く見ると整った顔をしているのだが、それ以外の要素が多すぎてそのことに気づく人間は少ないだろう。

「で、アリアちゃんはいくつ？」

「アリア……ちゃん？」

「えっ、間違ってる？　アリアだよね」

「桜庭巡査です」

「はい？」

「桜庭と呼んで下さい」

「さくらば……」

「そうです。で、あなたのお名前は」

「あっ、伊野部《いのべ》です」

急にかしこまって伊野部が言った。

「彼は伊野部悠太《ゆうた》巡査。情報処理を担当してもらってます。我が情報管理室で唯一まともにパソコンを使える男です」

「やめて下さいよ。誰でも出来るような事しかしてませんよ。瀬馬警部だって使えるじゃないですか。で、桜庭さんはいくつ」

「何がですか」

「何の数を訊《き》いたと思ったの。年齢ですよ年齢。面白い人だなあ。もしかして俺と同い年？」

「二十七歳です」

「げっ、俺よりもお姉さんじゃん。俺二十五。よろしくね」

そう言って伊野部は桜庭の肩を叩こうとした。

「やめて！」

ほとんど叫ぶように桜庭はそう言った。

同時に近づく手を叩き弾《はじ》く。

ぱんっと大きな音がした。

唖然として伊野部は桜庭を見た。

「触らないで下さい」

桜庭はそう言って伊野部を睨《にら》む。もう一度やったら殺すぞ、という目だ。

「いや……あの、触るって言っても別にいやらしい気持ちで……えっ、震えてる？」

「大丈夫です。大丈夫です」

自分に言い聞かすように桜庭は繰り返した。

「触られるのは生理的に無理です。握手が限界です。それもいきなり手を握られたら今みたいになります。反射的に殴りそうになるのをなんとか止めたんです」

「殴るのは大丈夫なんだ……ありがとう、でもそれじゃあ、恋愛とか難しいね」

伊野部が愛想笑いを浮かべて言った。

「その通り。私、恋愛も結婚も諦めてますから。私にあるのは……これ言うと笑われるんですが」

　桜庭は周りをゆっくり見回した。笑うなよ、と言っているようなものだ。

「私にあるのは正義です。この世から悪を、不正をすべて消したい。もちろんそんな夢物語みたいなことが本当に出来るとは思っていませんよ。ですが、最低自分が出会った人やことや物に、不正は許さない。正しいことが、したいんです」

　誰も笑わなかった。伊野部は「とんでもない人がきちゃったよ」という顔で桜庭を見ていた。瀬馬は相変わらず顔の汗を拭っている。そして柿崎はまったく表情を変えない。象徴主義の画家が描く運命の女《ファム・ファタル》のようにうっすらと微笑んだままだ。

「おかしな奴《やつ》だと思っていますか」

　桜庭は伊野部を睨みつけるようにしてそう言った。

「いや、そんなことは」

「それがおかしいっていうなら、それは世の中の方がおかしいんです」

「いや、だから、そんなこと言ってない――」

　伊野部を遮って、瀬馬は言った。

「彼は総務部にいたんだけど、こっちでは情報処理なんかを担当してもらっています」

「県警の委託を受けて学生時代から指紋認証のシステム開発に参加していたんですよ」

自慢げにそう言って桜庭を見る。

「今はGPSを利用した追跡システムを作ってるけど、まあこれは半分趣味だから」

まだ話が続きそうだったが、室長はそれを遮って反対側のブースに移った。

「最後のメンバーが彼だ」

そこには大きなケージが置かれてあり、その中に真っ黒な犬がいた。狼《おおかみ》に似た精悍《せいかん》な顔つきをしている。にもかかわらず、気が弱いのか、ケージの奥にうずくまって桜庭から顔を逸《そ》らしている。

「……犬？」

「雑種だけど一応は甲斐《かい》犬の血が入ってるんだよね」

室長は言った。犬の事を語るときは楽しそうだ。

「彼はブンタ。我々の仲間です」

「仲間？」

そうですよ、と室長が頷《うなず》く。さあ、挨拶して、と目で促している。

「ええと、桜庭有彩巡査です」

戸惑いながらもとりあえず自己紹介をした。

「こいつ凄《すご》いんですよ、鼻が」

室長が嬉《うれ》しそうにそう言うと、ブンタと呼ばれた犬は嬉しそうに尾を振った。

「彼の鼻は死を嗅ぎ取ることが出来ます。死体発見に何度貢献したことか」

室長は胸を張った。

「警察犬ですか」

「いいや。今は警察犬じゃないですよ。民間の警察犬訓練所で訓練して、まあ嘱託警察犬ではあったわけですが、現在ではそれも引退してるから。ああ、そう、年だからってわけじゃないですよ。八歳ですから、まだまだ私とおんなじ働き盛りだから。あっ、ちなみに私は鑑識にいたわけじゃないんで、警察犬とか扱った経験はないんですが、じゃあなんで引退した警察犬を預かっているかというと、これには長い長い話があるわけです」

訊きたいですか、という顔で室長は桜庭を見た。桜庭は笑顔で首を横に振った。

室長は「なるほど」と一人頷き「それはまた今度にしましょう」と言った。何をしたわけでもないのに室長の顔はまた汗でてかりだしていた。タオルハンカチで額の汗を何度も拭う。

「それで君のデスクがここです」

新しいブースに入った。他のブースと同じく、真新しい大きなデスクにノートパソコンが一台置かれてある。それ以外にあるのは一人用のロッカーだけ。ブースが広いので、数名で会議ぐらいは出来そうだった。

「私物は後ろにあるロッカーにいれるように。さてと、というわけで、私を入れてこの四人プラス一匹が特殊情報管理室のメンバーです。何度も言うようですが、少数先鋭です」

「あの、まだ良くわかっていないんですけど、結局私たちのすることって犯罪捜査なんですよね」

「あっ、そうですよね。桜庭君にはまだ何も話してはいなかったな」

「ここは生活保安課の一部署なんですよね。でもほとんどほかの部署とは没交渉。中で行われていることを部外者に漏らしてはならないって聞いてますけど、本当なんですか」

「機密保持誓約書、きちんと読んだ?」

そう言ったのは伊野部だ。後ろからついてきたのだ。

「あそこに書いてあったでしょう。あれでしょ、桜庭さんは取説とか読まないタイプでしょ。駄目だよ、失敗しちゃうよ、騙《だま》されちゃう――」

桜庭に睨まれ、伊野部は口を閉じる。

「誓約書はきちんと読んでます。ここで行われていることは決して外部に漏らさない。漏らしたらその時点で懲戒免職。ですよね」

室長が頷く。

「読んだうえで、それなりに覚悟してきました。でもそこまでしなきゃならない部署っていったい……」

「ここ、特殊情報管理室は非常に特殊な、ある反社会的組織に対抗するためにつくられたのは知ってるよね」

「それって犯罪組織なんですよね」

「いやまあ、そうなんだけど、なんていうかな」

口ごもる室長を見て、すぐに伊野部が口をはさむ。

「犯罪組織を組織化する組織が、僕らの敵なんだよ」

余計わからなくなって首を傾げる桜庭を見て、さらに話を続けた。

「要するに犯罪者を作り出す組織があるんだ。それも猟奇的で異常な犯罪者たちを」

桜庭はさらに首を傾げる。

「なんのために」

「だよね。そうなるよね」

汗をぬぐいながら室長はそう言い、伊野部の話を引き継いだ。

「その組織は純粋な娯楽として犯罪者や犯罪組織を増殖させるんだ。まるでベランダで草花を育てるように、土を整え水をやり陽《ひ》に当て害虫を駆除し、毒々しい猟奇犯罪の花を咲かせる。だから奴らは自らを〈ザハラニーク〉と名乗っている。チェコ語で園芸家のことだよ」

「純粋な娯楽でそんなことをしますか？　何の得にもならないのに」

いたって真っ当な感覚を持っている桜庭には、さっぱりわからない。

「この世には生きているだけで人に害をなす毒虫みたいな人間がいるんだ」

いつの間にかブースに入っていた柿崎が言った。

「奴らはただただこの世を地獄に変えたいだけの化物だ。人の皮をかぶってはいるがね」

桜庭を見ながら柿崎はにこやかにそう言って「そんな奴がいなかったにしろ糞《くそ》みたいな世界だがな」と付け加えた。顔に似合わず口は悪い。

「でもですね。もしそんな映画の悪役みたいな組織があるとしてですよ。それなら秘密にしないでマスコミに公表した方がいいんじゃないですか」

その質問に答えたのは室長だ。

「一部のテロ組織がそうであるように、奴らはその犯罪が報道されること自体が目的の一つなんだね。だから一つずつ出てきた芽を潰していくが、最終的に背後にいる組織を叩き潰すまでは、その存在を表には出さない。それからもちろん我々の存在自体も、その目的も含めて公表されることはない」

「署内のみんなにもですか」

室長はそうだと頷いた。

「手柄は刑事部が総取りってわけだ」

柿崎は小さく笑った。

「こんな甲斐のない仕事だから我々みたいな出来損ないばかりが採用されてるというわけだ。で、あんたはどうして呼ばれたんだ」

柿崎が桜庭を指差す。

人を指差すな、と心の中で思う。ちょっとずつ柿崎の美形ぶりに慣れてきたようだ。

「多分、あの、なんていうか――〈連続監禁殺人事件〉を覚えていますか」

「ああ、犬小屋で女を飼ってたってやつか」

柿崎が言う。

「はい、何人もの女性を虐待し餓死させた、棟石署の管轄内で起こった最悪の事件でした」

誘拐した女性を犬用のケージに閉じ込めて暴行、飽きると放置し餓死させ、また次の女性を誘拐するという猟奇的な犯罪は、その残虐で凄惨な内容が詳細まで報道され世間を震撼《しんかん》させた。そして長期にわたり四人の犠牲者を出しながら、なかなか事件を解決出来なかった棟石署は世間の批判の矢面に立った。

「桜庭くんは棟石署の救世主だよ」

室長は本当に誇らしげにそう言った。

「ああ」伊野部は「ポン」と口で言って膝を叩いた。「あの時の警官なの？」

桜庭は頷く。

「えっ、凄いじゃん。あれ、たった一人で犯人のマンションを突き止めたんでしょ」

はしゃぐ伊野部に柿崎は言った。

「所轄でもなく刑事課でもないのにな」

「そんな言い方しなくても」

不服そうに言う伊野部に桜庭は言った。

「当時私は廿日部署の交通課にいたんで、勝手なことするなと散々お叱りを受けました。組織としては当然の処置だと思います、ですが、結果はどうあれ、私は正しいことが出来たのだから満足してます」

「彼女は卓越した洞察力を持っている。先日も説明したが、それを彼女は関係の糸が見えると呼んでいる。それがどんなものか、詳細は本人に直接聞いてくれ。とにかく私はその力を信じて、特殊情報管理室への配属を手配したんだ」

急に表情を引き締めて室長は言った。

「さっき柿崎君が出来損ないばかりが採用されてるみたいなことを言ってたが、それは間違いだ。言っておくがここに集められた人間は皆優秀だよ。だからこそ私は選んだんだからね」

「そうでしょうか？　俺にはみんな問題があってここに送られてきたように見えますけどね」

　言ったのは柿崎だ。

「卑下するな。卑下すれば卑しく見える」

　驚くほど真剣な顔で室長は言った。かつて公安の猛者だった時はこうだったのでは、と思わせる鋭い目で柿崎を見る。が、それは一瞬で、すぐに元の冴えないおじさんの顔に戻って言った。

「さてと、それじゃあ、そろそろ仕事の話を始めましょうか」

　室長は自分のデスクに戻ると、背後の書類棚からファイルを出してきた。自然とみんなはその前に集まった。

「伊野部巡査の協力で、ここ二十年間の未解決事件、あるいは新聞のコラムなどで取り上げられた刑事事件にもなっていない小さな事件をデータ化しました。そこから〈園芸《ザハラニ》家《ーク》〉が関与していると思われるものを選出しています」

「今までわかっている〈園芸家〉が関与した事件を解析してパターンを分類し、それでフィルターを作ったんですよ」

　そう言うと伊野部は褒めてほしそうな子供の顔をした。誰も褒めたりはしないのだが。

「すぐに結果が出るものではないでしょうが、地道に捜査を進めてもらえると有り難いですね。全部で二百件ほどに絞り込みましたから、順に調べていけばあっという間ですよ」

「それを私たち二人で捜査するわけですか」

桜庭の問いには室長が答えた。

「チームで取り組むんだよ。伊野部君も、私もいる。ブンタもね」

「それはありがたいね」

本気とも冗談ともつかない口調で柿崎が言った。

「というわけで、お二人にはこの行方不明の件を洗いなおしてもらいます。事件性なしと放置されていたものなんですが」

ファイルを開き、室長は声に出してそれを読んだ。

「六十八歳、独身、一人住まいの老人が失踪。名前は韮沢耕司《にらさわこうじ》。行方不明者届が出されたのが一月前。部屋には失踪宣告書が残されていた」

ここで言う失踪宣告書とは「家を出るが捜さないで欲しい。自殺する意志もない」というようなことを記した書き置きのことだ。これがあると一般家出人に分類され、警察がそれ以上の捜索を積極的にすることはない。

「あの、それって自ら失踪したってことですよね」

桜庭が言った。

「普通はそうですね。だからこそ事件性はないと判断されているわけで」

「じゃあ、どうしてこれを調べるんですか」

「韮沢は教師を定年退職し、それから保護司のボランティアを始めたんだね。非常に真面目な人間で、子供たちの力になりたいと本気で思う人間だった。ところがだ、そんな男が保護司の仕事をほったらかして失踪している。疑問と言えばその一点だけだな。これで納得してもらえますか」

「はい」

不承不承という感じで桜庭は返事する。

「それじゃあ柿崎君、桜庭巡査を指導してあげて下さい」

「……はい」

柿崎は不満げだが、それでも資料を手にしてぱらぱらとめくる。

「じゃあ、まずは韮沢の家を見てくるか。ここからすぐだし」

柿崎は言って桜庭に資料を渡す。

一旦決まればそれなりにやる気が出るのが桜庭だ。早速資料を見ながら何軒か電話を入れ、韮沢の借家の管理人を探し出した。すぐに連絡を入れて、立ち会ってもらうように頼む。

「あっ、桜庭君。悪いけどブンタを連れて行ってもらえるか」

室長がニコニコしながら言った。

「えっ？　ブンタ、ですか」

うんうんと言いながらケージを開けると、嬉しそうにブンタが出てきた。

「ちょうどお散歩の時間なんだよ」

「ええー、それはちょっと」

「頼むよ。ブンタ、賢いよ。絶対役に立つから。お願い」

首輪につけたリードを手に渡された。

「ねっ、頼んだよ」

ポンと桜庭の背中を叩こうとして、危ないところで踏みとどまり頭を掻《か》いた。

すでに出ていった柿崎を追って、桜庭はブンタとともに部屋を出ていった。

2.

さっきまで雨が降っていたからだろうか。真昼の街は生乾きの雑巾のような臭いがした。

棟石署の周辺は夜に賑《にぎ》わう。酒を飲ませる店、飯を食わせる店、そしていわゆる風俗店。太陽が家々の向こうに隠れそうになるころ、それらの店は活気づく。闇の中で魑魅《ちみ》魍魎《もうりょう》たちが騒ぎまわる。一夜明ければ化け物どもはたちまち姿を隠すが、昼近くになってもその名残が街に放置され、それを野良猫と鴉《からす》が荒らす。人の姿はほとんどなく、街全体が真昼の白茶けた空気に霞《かす》んで、この世の終わりのようだ。その雰囲気に呑《の》まれたのか、ブンタは桜庭の陰に隠れてついていく。オオカミのような精悍な顔つきをしているが、とんでもなく臆病のようだった。

韮沢の家まで署から徒歩十分ほどだった。

「韮沢さんの写真、見ました？　ニコニコ笑って、ほんと優しそうなおじいちゃんでしたよね。どう考えても犯罪とは無縁な人間でしょ」

「あれは不自然な笑顔だ」

不自然な笑顔を浮かべて柿崎は言った。しかし同じ不自然な笑顔でも、韮沢は黄色いバッジのスマイリーフェイス、いわゆるニコちゃんマークとそっくりだが、柿崎は花が開いたかのような華やかな笑みだ。不自然であればあるほど神秘的に見える。問題は、そんなことが捜査には何の役にも立たないどころか、明らかに邪魔になることだ。

「愛想笑いってことですか？」

桜庭が訊ねた。

「いや、なんだかもっと闇が深い」

それはもう自己紹介じゃないのかと思ったが、それは口に出さず話を続けた。

「もともと保護司はそれなりの人生経験が必要だし、地域での信望が厚いことが大事だし、途中で仕事を投げ出して失踪するような人間では出来ない仕事でしょ」

保護司とは法を犯した人間の更生を手伝う非常勤の国家公務員だ。無給のボランティアであり片手間に出来ることでもない。務めるには時間や生活に多少の余裕が必要だろう。誰にでも出来る仕事というわけではない。

「非の打ちどころのない善人というのが気に食わない」

「それはもう言いがかり——あっ、その道左ですね」

桜庭はそう言って裏通りへと逸れた。数歩離れただけで街の雰囲気が変わった。

この辺りには築年数がかなり経《た》っているだろう三軒、あるいは四軒繋《つな》がった二階建ての長屋が続く。かつて表通りの繁華街が人で溢れていたバブルの時代、居並ぶ借家はそこに勤める人間たちの仮住まいとして繁盛していた。だが今は、古びて寂れ、死に損ないの街にしか見えない。活気というものがないのだ。そして韮沢の家もその死に損ないの一角にあった。

ブンタが急にダッシュした。思わず手からリードが外れる。ブンタは長屋と長屋の境にある狭い小さな路地に入り込んだ。

「あっ、ブンタ」

人が通るにはかなり路地は狭い。

「大丈夫ですよ」

家の前に痩せたお婆《ばあ》さんが立っていた。姿勢が良いのでマッチ棒のように見える。

「そこからこの家の裏庭に出たら行き止まりですから」

「あの、もしかして管理人の方ですか」

桜庭が訊ねた。

「ええ、そうですけど」

「先ほど電話した棟石署のものです」

「ああ、ああそうなの。警察官ってこと？」

そう言って柿崎をじろじろと見た。信じられないという顔だった。柿崎が警察手帳を見せる。

「ああ、確かに。……その、あまり警官らしく見えなかったというか、こんなに綺麗《きれい》な男の人を見たことがなかったので」

照れ臭そうにそう言いながら、管理人は古い真鍮《しんちゅう》の鍵を差し込み玄関の錠を開けた。

「普通の家出じゃあ警察は何もしないって聞いてたんでびっくりしましたよ。何か事件に関係があるんでしょうかね」

心配そう、というよりは興味津々で訊ねてきた。

「いえ、その事件性があるのかどうかを調べているんですよ」

桜庭が言う。

「さあ、どうぞ」

建て付けの悪い引き戸を開いて、管理人は中へと案内した。玄関に入ると、しばらく放置していた家に特有の、埃《ほこり》と黴《かび》のにおいがした。

「失礼します」

言いながら上《あ》がり框《がまち》で靴を脱ぐ。

入ってすぐに六畳足らずの居間があり、その奥には風呂とトイレ。居間の横には大きな掃き出し窓があり、そこから小さな庭が見える。ブンタはそこに背筋をまっすぐ伸ばしてお座りをしていた。尾をゆっくり左右に振り、じっとしている。

「賢いワンちゃんですね」

管理人が言った。室長がブンタを褒められると喜ぶ気持ちが何となくわかった。

「狭いけどここが一応庭です。もともと植木が置いてあったんですけどね、さすがにそれは放置出来ないんで私のところに持って行って世話してますよ。韮沢さんはきちんと世話をされていたようで、どれもきれいに育ってます」

じっとしているブンタはそのままに、トイレの手前にある狭い階段で二階へと上がる。

そこには四畳半の和室とキッチンがあった。

どの部屋も古くはあるがきれいに整頓されている。うっすら埃をかぶっていなければ、すぐにでも住めそうだ。

「韮沢さんはどんな方でした」

桜庭が訊ねる。

「それはそれはにこやかな方でね、いつも恵比寿《えびす》様みたいな顔をしてましたよ。とても真面目な方でね、家賃はきちんきちんと毎月十五日に支払われていました。何も聞いてないのに、最初の契約の時、もしいざとなったら親父《おやじ》が遺《のこ》した使い道のない町工場、放りっぱなしてあるから、あれを売れば一年分ぐらいの家賃になるから心配しないようにって。要するに年寄りの一人住まいだから、孤独死ってやつを考えての話なんでしょうが、ほんと、真面目な方でしたよ。会えば必ず向こうからニコニコして挨拶されますしね。仏頂面しているところなんか見たこともないですよ」

部屋には仕事用の素っ気ない机が置かれてあった。柿崎はその引き出しを丁寧に調べている。

「いなくなる前に兆しとかありませんでしたか」

桜庭が訊く。

「何もないんですよ。いなくなる一週間ぐらい前に道で会ったときも普通に挨拶をされてましたしね。でもここまできれいに片付けてからいなくなったんですから、準備はしてらしたのでしょうねえ。家賃も一切滞納がありませんからね。そういうところも韮沢さんらしいですよ」

和室の奥に小さな書棚があった。福祉関係の本や雑誌が数冊。六法全書と刑法関連の専門書。勉強熱心だったのだとわかるラインナップだ。

「家賃が引き落とせる間は貸家なんでね、部屋の中はあの日からそのままにしてあります」

「これで全部だということですか」

桜庭が訊ねた。

書架の一番下の棚に何もはいっていないのだ。

「ああ、それは加藤《かとう》さんって方が持っていかれました」

「加藤？」

桜庭が資料を捲《めく》ろうとしていると、柿崎が言った。

「加藤仁志《ひとし》、韮沢の先輩だ。行方不明者届を出したのがその加藤だ」

桜庭が不思議そうに柿崎を見る。

「何か問題でもあるか？」

「いつの間に資料を見たんですか」

「室長が出してきたとき見てただろ」

「そんな、ちらっと見ただけですよね」

「加藤さんがね」

管理人が割って入った。

「連絡取れなくて、様子がおかしいからっておっしゃって、それで私が鍵を開けたんですよ。ここを見てから届け出たんじゃないでしょうかね」

「それ以降この部屋に入ったのは我々だけですか」

管理人は深く頷く。

「加藤さんが届け出てから何の音沙汰もなしでしたよ。警察は家出なんかほったらかしなんだって思ってました」

失踪宣告書も提示されている。警察は事件性なしとして、加藤が届け出た行方不明者届を受理しただけなのだろう。

「失踪前にどのような方がここを訪れたのか、ご存じですか」と桜庭。

「始終見ているわけじゃないので……韮沢さんは保護司というのをされていたんでしょ」

桜庭が頷く。

「だからそういう子供たちが頻繁に来てましたよ。やっぱりみんな警察のお世話になったような子たちばかりでしょ。なんていうんですか、険があるっていうんですか、やっぱり近寄りがたいというか、ちょっと怖い感じがしますね。あっ、そうそう。韮沢さんがいなくなる四日か五日前に来てた子は優しそうな顔立ちの子供でしたよ。昔から韮沢さんのところに来ていた子だから、もしかしたら保護司とは関係ない、お孫さんか何かかもしれませんね。その日はお姉さんに連れられて来ていました。気の弱そうな子でしたよ」

庭のブンタをじっと見つめ、柿崎は呟《つぶや》いた。

「何か引っかかるなあ」

首を傾げ中空を見つめる。それだけで宗教画に出てくる天使のようだ。

「なんていうか、映画のセットを見てるみたいだ」

ぼそりと呟く。

何のことですかという桜庭には答えず、独り言を続けた。

「老人の一人住まいの、生活感がない。個人のものが何もない。誰の部屋でもいいように見える。例えば、侘《わび》しい老人の一人住まいのモデルハウスみたいな……まだ何かあるはずだ。あんな顔で笑っている人間がこんなにお綺麗な暮らしぶりをしているはずがない」

仕事机の向こうが窓だ。その真下に裏庭があった。ブンタはおとなしくそこに座っている。しばらく柿崎は黙って裏庭を眺めていた。

そして呟く。

「シニガミか……」

「えっ、何がですか」

柿崎は立ち上がり、階段へと向かった。

「靴を持ってこい。俺の分もお前の分も」

言いながら階下に駆け下りる。理由はわからないが、桜庭も階段を下り、言われるままに玄関から靴を持ってきた。柿崎は裏庭に通じる掃き出し窓を開けていた。

「ちょっと庭を掘らせてもらいます」

ゆっくりと階段を下りてくる管理人に向かってそう言う。言いながらもう庭に出ている。ブロック塀の前に、庭いじりをするときに使ったのだろうか。スコップが二本置いてあった。

柿崎は白い手袋を桜庭に渡し、自らも手にはめながら、ようやく下りてきた管理人に言った。

「何が出てくるかわからないので、しばらく外に出ていてもらえますか」

「何が出てくるって……何が」

「お願いします」

柿崎は頭を下げた。管理人はわからぬままに表へと出ていった。

「シニガミって何ですか」

管理人の姿が見えなくなってから桜庭は訊ねた。

「ブンタの綽名《あだな》だ。その名で呼ぶと室長は怒るがな。さあ、掘るぞ」

廿日部署にいた桜庭は知らなかったが、ブンタは死を嗅ぎつける犬として有名だ。死体を探し出すのはもちろんだが、死期の近い人も嗅ぎ分ける。癌《がん》を見つける犬はいるが、ブンタは近々事故にあう人までその鼻で探し出すのだ。

庭を掘り返しながら、柿崎は一通りシニガミの所以《ゆえん》を話し、「棟石署では有名な話だ」と締めくくった。

桜庭は室長が「ブンタは死を嗅ぎ取ることが出来ます」と自らのことのように自慢していたのを思い出した。死体発見にも何度も貢献したとも言っていた。

「つまり、この庭には、死体が」

桜庭はごくりと唾を呑んだ。

「人とは限らんが、もしものことがあるからな。しかし……どうやらあまり深く掘らなくても良さそうだな」

柿崎はスコップを土に当てながらそう言った。

「えっ、どうしてですか」

「なんか、ちょっと酸っぱい臭いがするだろう」

桜庭は鼻をひくひくと動かし、首を横にふった。

「わからないか。シデムシの臭いだ」

「シデムシって何ですか」

「死体につく虫だよ」

柿崎はざくざくと土を掘り返す。スコップは簡単に土に刺さった。二度三度掘り起こしたところで、スイカの種ほどの黒く小さな虫が掘り出された。それは陽の光に晒《さら》され、慌てて逃げていく。

「それがシデムシですか」

「いや、これはカツオブシムシだ。ほら、出てきた」

小さな、小石のようなものを指で摘まんでいる。

「それは何ですか」

「骨だ」

ぎょっとしてよく見ると、小さなその骨には乾燥した肉がこびりついていた。

「……人、ですか」

恐る恐る桜庭が訊ねると、

「人じゃなさそうだ。毛皮が残ってる」

白いハンカチを出して、その骨片を置いた。

「おまえはキャスパーの法則を知っているか」

「すみません。わかりません」

「地表に放置された死体の腐敗進行速度を一として、水中では二倍、地中では八倍遅くなる。この死体はいわゆる乾燥期にあるから少なくとも半年以上時間が経っているだろうな。シデムシの臭いがしたのは死体を食べたウジを食いに来てたんだ。その時にはもう腐敗物はほとんど食われていたはずだ」

「うわあ、柿崎さん、すごい詳しいですね」

「死体が乾燥期にあるのは見れば誰にでもわかる」

「そうなんですか……うわっ！　骨です、骨です。骨、見つけました」

「だから骨だって言ってるだろ。そこのハンカチの上に置いておけ」

指で摘まんだ骨を、ハンカチに載せる。

思ったほどそれは気味悪いものではなかった。汚れてはいるが、実験室にある骨格標本とあまり変わりはなかった。

それから次から次に狭い庭の中から骨が出てきた。下にあるものほど古いようで、肉片などない、驚くほど真っ白い骨が出てきた。柿崎の解説によると、カツオブシムシが舐《な》めるように肉を削《そ》いでいくらしい。

骨は大量に見つかった。到底ハンカチの上には載らないようになり、柿崎は持ってきた大きなゴミ袋の中に入れていった。

「これ全部何の骨でしょうね」

「人でないのはわかる。持って帰って鑑識にみてもらおう」

かなりの量の骨が詰まったビニール袋を手に、桜庭たちは韮沢の家を出た。

署に帰り、桜庭はすぐに鑑識に骨を持ち込んだ。対応した鑑識の人間は初対面の女が特殊情報管理室の人間だとわかるとぞんざいな態度になり、クソ忙しいのに事件性もない動物の骨なんか調べられないと言い出した。

情報管理室に戻ってすぐ、桜庭は室長に報告した。

「室長、私腹が立って」

「喧嘩《けんか》した？」

少し期待するような顔で室長は言う。

「室長は私を何だと思ってるんですか」

「気の強い人」

「まあ、それは間違いじゃありませんが喧嘩なんかしませんよ。ひたすら頭を下げました。それでなんとか見てもらえることにはなったんですが……」

部屋を出る直前、順番待ちだから結果が出るのはだいぶ先になると言われた。どれぐらい先になるんでしょうか、と訊ねると、そんなことはわからんと無下に突き放された。

「あまりにも酷《ひど》くないですか」

桜庭がそう言い終わる前に、室長は鑑識に電話を入れた。話はすぐに終わった。

「今日中には返事をくれるそうだ」

ありがとうございますと桜庭は室長に頭を下げた。

「こういうごり押しをするから、余計に嫌がられるんだけどね。まあ、当然だよね。いきなり新しい部署が県警内に出来て、やってることはほとんど謎。なのに上からは言うことを無条件できくように言われている。これで反発しなかったらおかしいよ。君たちには苦労を掛けるけど、怒らず腐らず、頑張って下さい」

室長は人の好《よ》さそうな笑顔でそう言った。が、室長が連絡しただけで鑑識が言うままに動いたのを見ると、外見どおりの優しい中年男というわけではなさそうだ。

「了解です」そう言うと桜庭は柿崎を見た。

「次は、加藤仁志のところですかね」

「アポは」

「もちろんとってます」

ちらりと腕時計を見て、桜庭は言う。

「時間も丁度ですね。ここからすぐ近くです。歩きましょうか」

桜庭が言い終わる前に、柿崎は部屋を出ていた。

3.

　昭和の風情溢れる古臭い町並みに相応《ふさわ》しい古臭い雑居ビルだった。事務所と住居が混在しているのは、オーナーが節操なく使い道を訊ねずに貸したからだ。べたつく階段を上がってべたつく廊下を歩き、加藤の表札を見つける。インターホンなどない。おそらく呼び鈴だろう。そのボタンを押すと中でジイジイと雑音だらけのブザーが鳴った。しばらくすると扉が開く。チェーンが掛かったままだ。

「誰？」

　隙間から白髪の男が覗いている。

「棟石署から来ました。先ほど連絡した者です」

　一旦扉が閉じ、チェーンが外されて開いた。

「どうぞ」

　老人は不機嫌な顔でそう言い、奥へと向かった。歩くほどもない廊下の奥に最近見かけない珠暖簾《たまのれん》が掛けられてあり、それをくぐると居間だ。薬臭い。卓袱台《ちゃぶだい》の上の灰皿に吸い殻が山を成していた。

「適当に座って」

そう言って座布団を卓袱台越しに二つ並べた。ぺたんこになって布だけのようなそれに腰を下ろす。

「早速ですが、署に行方不明者届を出して下さったんですよね。韮沢さんとはどのような関係なんでしょうか」

桜庭が切り出した。

「それより、どうして今になって捜査を始めたんだ。前に失踪届を出しに行ったときに、何も出来ないと言われたんだが」

「事件性がないとされた届けを、今見直しているんですよ。間違いがあると困るので。何度もお手数をお掛けして申し訳ありません」

そう言って桜庭は頭を下げる。

「で、韮沢との関係だっけ。もともとぼくたちは同じ中学の教諭だったんだ。ここからすぐそこにある公立中学で、ぼくは国語を、彼は社会を教えていた。ぼくの方が教師生活は彼よりも五年ほど長いんだけどね」

「保護司をされているとか」

「ああ。ぼくはもう四年になるかな。任期は二年で二期務めた。そろそろ任期が終わるんだが、また改めて再委嘱《いしょく》になるんじゃないかなあ。そうなると三回目の委嘱になるからなあ。保護司になりたい人間なんてそうそういないんだ。慢性的に人手不足だ」

「なのに韮沢さんが失踪した」

柿崎が言うと「そうなんだよねえ」と大きな溜息をついた。

「加藤さんも韮沢さんの失踪の理由はわからないですか」

桜庭が訊ねる。

「さっぱりだね。もともと真面目な人間だからね。ほらこれ」

どんとファイルの束がテーブルに載せられた。

「来るって連絡があったから出しておいたんだが、これ韮沢の家から持ってきたんだ。引き継ぎしなきゃならないんでね」

「拝見してもよろしいでしょうか」

「もちろん、そのために用意したんだから」

桜庭は手に取る。ファイルは年代順に分けられているようだった。それをぱらぱらと捲る。柿崎はただそれを見ているだけだ。触れもしない。

どれも保護司として扱った対象者たちに関する記録だった。几帳面《きちようめん》な文字で来訪者の名前、往訪先の名称と日時などが書かれてあり、それぞれに短い感想が述べられてある。それとは別に報告書のコピーもとってあった。毎月保護観察所に提出していたもののコピーだろう。それにはアンダーラインがひかれ、細かな文字で注釈が書かれてあった。様々な問題点や今後の課題などが列記されている。

「かなりきちんとした記録ですね」

「これを読めばすぐにでも引き継げるようになっている。彼の仕事は数人で手分けすることになった。どうしてもぼくの引き受ける分量が増えて、まいってるんだ」

加藤は煙草《たばこ》を箱から一本取りだし咥《くわ》える。使い捨てのライターを手にして火を点《つ》け、深呼吸でもするように深く吸って長々と吐く。煙草を吸わない柿崎は露骨に嫌そうな顔をした。が、そんなことを欠片も気にもせず、ぷかぷかと煙を吐き出した。

「韮沢君はね、人に迷惑を掛けるような人間じゃなかった。そういうことを人一倍嫌っていたからね。教員をやっていたときも、一回として休んだことがなかったよ。風邪引いて熱を出そうが何だろうか、必ず出てきた」

「人に伝染《うつ》してかえって迷惑を掛けるタイプだ」

柿崎がポツリとそう呟き、加藤に睨まれる。慌てて桜庭が言う。

「モラル・ゼロと言われるこの時代に珍しいタイプの真面目な方だったんですね」

柿崎を睨みつつ加藤は頷いた。

「理由もなく突然いなくなったって思ってる人間はいないんじゃないか」

「あなたもあり得ないとお考えですか」

柿崎が言うと、加藤はまだちょっと吸っただけの煙草を灰皿で揉《も》み消《け》した。

「それを見たらわかるでしょ」

不快そうな顔で、目の前のファイルの山を顎で指した。

「だから矛盾してるんだよね。こんなに几帳面な人間がだよ、なんのかんのいっても仕事途中でほったらかして逃げちゃったわけだ。おかしいと思わないか」

「思います」

桜庭が即答した。

「急に家を出るような、衝動的に行動するタイプではなかった？」

柿崎が訊ねた。

「それは無い……あっ、そういえば一緒に居酒屋に飲みに行ったときに、店で喧嘩が始まってさ。学生だよ。ずいぶん飲んでたみたいで、最初ちょっとした口論が始まったかと思うと、怒鳴り合いだして。そうしたら急に韮沢が立ち上がってそいつらの前まで行くんだ。顔はいつもの笑顔だよ。で、一番激昂《げっこう》している男の前に立って言うんだ。笑いましょうって。あまりにも唐突でさあ。みんな固まっちゃって。それでも言うわけよ。笑顔でいれば諍《いさか》いは起こりません。さあ、みんな笑いましょうって。で最後にわははははと声を上げて笑い出したんだ。なんというか、学生たちも呑まれちゃってさ、しーんとなったんだよね。そうなったらもう喧嘩する雰囲気なんかふっとんでね。俺が、すみませんね、こいつも酔ってるものでって元の席に連れ帰ったんだけど。あれはびっくりしたなあ」

「普段はそんなことをしない人間なんですね」と桜庭。

「酔ってたんだろうなあ。いや、良く言ってたよ。みんなが笑顔なら戦争も起こらない。笑顔は世界平和に通じるって。まあ、変わり者と言えば変わり者だよなあ。だがあんな風に人に説教じみたことをするタイプじゃないんだ。でもまあ、あれぐらいの押しの強さが保護司には必要かも知れないがね。相手に舐められてちゃ困るからな」

「何かでカッとして事件に巻き込まれた可能性もありますかね」

桜庭の問いに、加藤は大きく頭《かぶり》を振った。

「そりゃあないと思うよ。それならあの時みたいに余計な説教しちゃって、なんか事件に巻き込まれたって可能性の方がまだあるな」

「近くに韮沢さんの親類縁者はおられないんですか」

柿崎が話を変えた。

「まったくいないようだ。連絡しなきゃならんと思って探したけど、わからなかった。本人も家族がいないと言っていたしな」

「もしかして書き置きをお持ちなら見せていただけますか」

桜庭が訊ねると、

「ああ、これこれ。ほら」

用意してあったのだろう。手元のファイルに挟んであった便箋を出してきた。桜庭が広げてみると、しばらく行方をくらますが心配しないようにと達筆で書かれてあった。

少し考え込んでから桜庭は言った。

「もしかして、保護観察中の誰かとトラブルがあったとか」

「そうなんだよなあ。それが一番あり得るだろう。彼の生真面目さがそういうトラブルを生みそうな気はする」

「これ、一旦持ち帰ってもいいですか」

桜庭が韮沢のファイルを指差すと、加藤が眉根を寄せた。

慌てて桜庭は付け加えた。

「コピーしてすぐに返却しますから」

「今読んでる途中なんだがなあ」

「今日持って帰って明日には直接お持ちします」

言ったのは柿崎だ。

「それならば」

加藤がそう言うと、桜庭は肩に提げていた鞄《かばん》から、大きなエコバッグを取りだした。早速数えながらファイルを中に詰めていく。

「全部で八冊、間違いありませんね」

「うん」

加藤が頷く。

「じゃあどうも、ご協力ありがとうございました」

ずっしりと重いバッグを抱えて桜庭は加藤宅を出た。期待はしていなかったが、柿崎は持とうとするそぶりも見せなかった。

情報管理室に戻るころにはすっかり日が暮れていた。桜庭たちが部屋に戻るのを見ていたかのように電話があった。鑑識からだった。結論から言えば、骨は猫のものだった。全部で十二体分の骨があったそうだ。

死んだのは古いものでだいたい十年ほど前ではないか。そう言って、あくまで初見でわかる程度の判断だが、と断りを入れた。桜庭は見えない相手に頭を下げてありがとうございましたと礼を言った。鑑識の結果を柿崎に告げると、隣から「さて、俄然《がぜん》猟奇犯罪の臭いがプンプンしてきましたよ」と嬉しそうな伊野部の声が聞こえてきた。

4.

桜庭は目を閉じ眉間をぎゅっと指で押さえた。そろそろ夜が明けるころだった。情報管理室に残っているのは桜庭一人だ。今晩は署内で泊まるつもりだった。加藤宅から戻って、ずっと持ち帰ったファイルを読んでいた。

そのほとんどが様々な理由から罪を犯した少年たちの報告だ。淡々とした記述が続くが、その奥から無情な世界に押し潰される少年たちの悲鳴が、呻《うめ》き声が、聞こえてくる。

その間に、ほんの数行から数頁《ページ》にわたるものまで、韮沢の感想が書かれていた。生真面目な韮沢にとっては、やすりで心を削られる日々だったに違いない。そして悲惨な現状を知れば知るほど、罪を犯した子供たちに対し共感を増していくのがわかる。四年ほど前にある少年を担当して、それがピークを迎える。

その少年は十五歳の時、義父をバットで殴って逮捕され、保護観察処分となり、韮沢が世話をすることになった。少年は幼いころに父親を亡くし、一年と経たずに現れた新しい父親によって酷い虐待にあった。母親は見て見ぬ振りをしていた。胸の悪くなるエピソードがいくつか紹介されている。少年はそれにじっと耐えた。彼には三歳下の妹がいた。彼にとっては誰よりも大事な妹だった。妹に義父の虐待が及ぼうとしたとき、彼は身をもってそれを制した。ところが、中学の修学旅行から帰ってきた夜、義父にレイプされたという妹の告白を聞く。それに逆上した少年は、義父をバットで何度も殴った。母親の通報でやってきた警察に逮捕されるまで、少年は義父を殴り続けていた。

韮沢は少年の絶望を我が事として感じた。韮沢は彼を断ずる側にはいなかった。彼が悪いことをしたとは、どうしても思えなかった。罪は罪として償っている彼に、笑顔を取り戻せないだろうか。せめて、彼を微笑ませることは出来ないのだろうか。

彼は繰り返しノートにそのことを記したが、それは叶《かな》わなかった。保護観察が終わると同時に行方不明になったのだ。最愛の妹は自殺しており、もうすでに未成年者でなくなった彼の行方を気にするものは誰もいなくなった。

この一件があってから、韮沢の心が、その生真面目さ故にどんどん歪《ゆが》んでいくのがわかった。そしてそれに比して「笑顔」という単語が増殖していく。決して感情的ではない韮沢の報告書を読んだだけで、桜庭の心もどんよりと曇り、じわじわと腐っていく。桜庭はそこでファイルを閉じて溜息をついた。次のファイルが失踪に至る最後のファイルだ。

時計を見るともう午前五時。もともと徹夜を覚悟していたが、さすがに疲れていた。椅子から立ち上がり、大きく伸びをして席に着く。最後の報告書を手にした。眠気覚ましに冷めたインスタントコーヒーを飲み干す。杞憂《きゆう》だった。読み進むにつれて目が覚めていく。

失踪間際、韮沢は四人の少年を担当していた。どれもが暴行傷害で逮捕されていた。殺人のような重罪を犯しているものはいなかった。しかし四人ともが暴力行為の常習者だった。要するにひっきりなしに喧嘩を繰り返している少年たちだった。この四人に関しては、あまり彼自身の手による注釈が書かれていない。かなり事務的に報告書をまとめているようにも見える。ところが、その途中から報告書に笑顔に関する記述が増えてくる。「笑顔が必要」「笑顔が不足している」「笑顔になれ」「笑顔が一番」

本来の報告書とは無縁な、ずらりと並んだ笑顔という文字が、だんだん不気味に見えてくる。

特に路上で絡んできた酔漢と喧嘩し、病院送りにした少年に対しては、かなり感情的な評が書かれてあった。

――彼に関しては反省がまったくない。本質的に暴力に抵抗がなく、相手の痛みも感じない。暴力で相手を屈伏させることに快楽を感じているのか。人を殴った話を自慢気に話す態度を見ていると思う。やはり彼には笑顔が足りない。笑顔を取り戻すように指導すべき。やっぱり笑顔が一番だと思う案件だ。

失踪する直前に、韮沢は最後の接見を自宅で行っている。その相手がこの少年――蕪木《かぶらぎ》拓海《たくみ》だった。

蕪木は路上で酔ったサラリーマンと喧嘩。現場で逮捕され家庭裁判所で保護観察の処分が下され、韮沢が担当することとなった。資料によれば、彼は隣町で生まれ小学三年生の時に両親を失い、棟石市に住む叔父を頼りに引っ越してきたらしい。

時期的に、管理人が話していた、お姉さんに手を引かれて来ていた気の弱そうな少年が彼だろうか。管理人から見たら気弱そうに見えたが、良く内実を知っている韮沢から見れば粗暴な少年に見えるのか。

もしかしてこの少年が失踪に関係しているのではないだろうか。

桜庭は壁に掛かったデジタル時計を見た。

思い立ったら確認しないと気が済まない。午前六時四十分。年寄りは朝が早いという。

桜庭はさっそく加藤に連絡をいれた。

すぐに加藤は出てきた。しかし蕪木の名に覚えはないという。担当も外れているらしい。

——担当は誰に代わったんだっけなあ。ちょっと待ってくれよ。

しばらく資料の束を捲る音がした。

——ちょっと新しい担当に聞いてみるわ……いったん切るよ。

電話が切れた。

「おっ、やっぱり桜庭巡査いたよ」

そう言いながら入ってきたのは伊野部だった。

「絶対一人で頑張ってると思ったんだよ。大丈夫？　手伝いますよ」

デスクの上に缶コーヒーや菓子パンの詰まったコンビニの袋を置いた。

「はい、朝ごはん」

そのタイミングで電話が掛かってきた。

――いや、なんというか……。

加藤だった。

「どうしたんですか。何かあったんですか」

――蕪木がいない。

加藤はぼそりと言った。

「いないって……」

――失踪したんだそうだ。それも韮沢がいなくなったと同時期に。

桜庭は伊野部を手招きして、蕪木の資料を見せた。

「この子の行方不明者届が出ているかどうか調べてもらえますか」

小声でそれだけ言うと、電話に戻る。

「どういうことですか」

――どういうこともこういうこともないさ。

「保護観察中の身ですよね」

――担当の保護司は定期的に連絡があるので失踪ではないと言っているんだが」

「そんなことが通用するんですか」

――保護観察所は保護司に一任しているわけで、現場の判断が大きいのは事実なんだが……それにしてもこれは。

伊野部がメモ帳をデスクに置いた。そこには「蕪木の行方不明者届は出てない」と走り書きされていた。

伊野部に頭を下げて桜庭は話を続ける。

「こんなことってよくあるんですか？」

——ないない。あってたまるか。

不機嫌そうに加藤は言った。これ以上彼に聞いても答えはないだろう。桜庭は礼を言って電話を切った。

柿崎が入ってきた。

「柿崎さん、早いなあ。ええっ？　やっぱり桜庭が心配で来たんでしょ」

そう言った伊野部を桜庭が冷たい目で見る。

柿崎に至っては完全に無視だ。すぐに桜庭は柿崎に事情を説明する。

「つまりもしかしたら、猫殺しを常習としているような男が、少年を引き連れてどこかに潜んでいるかもしれない、ということか」

「あくまで、かもしれない、ですけど、それなら急いで二人を見つけないと少年が危ない」

桜庭は不安げにそう言った。

「とりあえず蕪木を引き取った叔父に会ってみるか」

ハイと返事した時には桜庭は携帯電話を取り出して蕪木の叔父である佐藤明《さとうあきら》に連絡を入れていた。

そのタイミングで、ブンタを連れた室長が入ってきた。

「おはよう、みんな早いなあ」

ブンタの散歩を兼ねているのだろう。ブンタをケージに入れる室長はすでに汗まみれだ。こうなると桜庭も報告しないわけにもいかない。事情を簡単に説明してそれから柿崎に言った。

「佐藤氏は午前中ならずっと家にいるらしいです。今から行きましょう」

二人は慌ただしく部屋を出ていこうとした。その背中に室長が声を掛けた。

「またブンタも使ってやってよ。今回も役に立ったでしょ」

「了解です。今度お借りします」

手を振って桜庭は柿崎とともに部屋を出ていった。

出たところで柿崎の横に並ぶ。

すると柿崎がぼそりと言った。

「瀬馬室長を信頼し過ぎない方がいい」

えっ、桜庭は聞き返した。

「どういうことです」

「どういうこともない。彼はあまり信用出来ないというだけのことだ」

「どうしてですか」

「あの外見を利用するだけ利用しているが、彼は公安四課の課長を務め大きなプロジェクトに何度もかかわっている人間だ。ただの人の好いおじさんなんかじゃない」

「でもそんな人間がどうしてこんな地方警察の一分室に」

「セクハラ疑惑で降格になったとは聞いているが、誰が訴えたのかもその後どうなったのかもさっぱりわからん。ただ彼がスキャンダルとともに中枢から消えたのは間違いない」

「どういうことですか」

「みんなここに来るには理由がある。伊野部は盗聴マニアだ。完全に趣味の盗聴だが、警察内部の盗聴がばれたらしい。その時には本庁のシステムセキュリティの運営を外部委託として一部任されていたらしいが、そんなわけでここに飛ばされた」

「柿崎さんもですか」

「俺は……存在自体が問題のようだ」

柿崎は苦笑する。驚くほど人間らしい表情だった。人間らしくて驚かれるのもおかしいのだが。

「確かに捜査の現場には向かないでしょうね。少なくとも張り込みは不可能だろうな」

「うるさいよ。俺のことはどうでもいいだろう。それでお前はどうしてここに」

「室長がおっしゃっていたように、私には関係性の糸が見えるんです。こんなこと言ってもわかってもらえないでしょうけど、たとえば」

桜庭は目を細めて柿崎を見た。凝視する。

腹から両脇腹、そして背中と順に視線を移していく。

「何してる」

少し気味悪そうに柿崎は訊ねた。

「ええと、おそらく柿崎警部補は一人住まい。家族との縁は薄い。でも署内には友人が多い。ただ上司などのことはあまり気にしていない」

「俺のことを調べたのか」

唇だけは笑みのままだが、鋭い視線を桜庭に向けた。背筋がぞくりとしたのは気味が悪かったからではない。宝玉のように美しい瞳が自分を見つめていることに感動したからだ。柿崎は生きる美術館だ。見るごとにどこかしらで感動してしまう。

じっと見つめる桜庭を見て何を思ったのか、

「言っておくが、占いなど信じてないぞ」

と付け加えた。

「だからほんとに糸が見えるんですってば。柿崎さんの脇からは、十数本の青い糸が署内のあちこちへと向かってたなびいている。脇からの糸は相互に対等な関係を示します。社会的な関係性は青い糸であることが多い。つまりその青い糸は署内の友人に繋がっているでしょう。家族なら緑ですが、それは一本もありませんでした。帰属している組織の上司に忠誠心があるなら背中から青い糸が伸びるはずですが、まったく見えない。だから上司のことなど何とも思っていない」

「それが糸でわかると……」

歩きながら桜庭は説明をした。小さなころから糸が見えていたこと。誰も信じてくれないので、親しい友人以外にはこの話をしなくなったこと。糸の意味を考えるようになったのは、中学生から、やはり人間関係が複雑になってきてからだ。桜庭は桜庭なりに糸の意味を分析し、今では糸の色や質感などから相互の関係性を大体知ることが出来るようになった。

「あまり役には立ちませんけどね」

それまで黙って聞いていた柿崎が言った。

「いろんな関係が全部糸で見えたら困るだろう。人間関係なんか複雑なものだ。そこら中糸だらけにならないか」

「さっきも言ったみたいに、だいたい糸って薄くて短くて糸くずにしか見えないですし、ある程度はっきりしているものでも、集中しないと見えないです。普通にしてたら柿崎さんの糸も見えませんから」

「もしかして監禁殺人事件の時もそれで……」

「そうなんですよ。私、今まで交通課にいたんですけど、駐車違反の取り締まりをしている最中に奇妙な人物を見たんです」

目の前を通る中年の男の腹から、見たことのない異様なほど太くて凝《こご》った血のような色の糸が伸びているが見えたのだ。どんな色でも濁りがあると悪意や歪んだ欲望がその根底にある。その糸はかなり病的な欲望を示す腐ったような赤だった。しかも二本。一本は消えかかっていたが、もう一本はぬめぬめと輝き、その存在を主張していた。見ようともしていないのに、ここまではっきり見えることは珍しかった。

不審に思った桜庭は男の後をつけてみた。しっかり場所も特定出来た。その当時餓死した遺体が立て続けに二体発見され、桜庭が不審な男を見た翌日、三体目の餓死死体が河川敷の藪《やぶ》に放棄されているのが発見された。遺棄現場近くの防犯カメラが徹底的に調べられ、該当時間に河川敷近くを大きなトランクを持ってうろついている男の画像が公表された。マスクをして帽子を被《かぶ》っていたが、その時の服が後をつけた男そのままだった。すぐに捜査本部に報告し、最終的にはそれが逮捕へと繋がった。

「信じてもらえますか」

桜庭は柿崎の顔を見る。

「おまえが嘘《うそ》をつくとは思えない。特にそんな馬鹿な嘘をな」

「じゃあ、信じてもらえますか」

柿崎は不承不承頷いた。

信じてくれたのだ。桜庭の顔に喜色が浮かぶ。この話をすると大体馬鹿にされて終わる。それがないだけでも桜庭は嬉しかった。

「警察官にはもってこいの能力だな」

皮肉とも本気ともつかぬ口調で柿崎は言った。

「日常的には役に立たないですし、誰に話しても『後ろで糸を引いている人間がいたらその糸が見える』って言うと、ふざけるなとか全然面白くないとか言われて終わりですけどね。でもどこからかこの糸の話が瀬馬室長の耳に入ったようなんですよ。それで特殊情報管理室に配属が決まったみたいで、結局役に立ったのかなあ」

「今から役に立ててくれ」

柿崎は真顔でそう言った。

5.

蕪木の叔父――佐藤明の家は韮沢の自宅と同じ区内だった。歩けば十分と掛からない。佐藤の家も韮沢の家と同じで古い三軒続きの長屋の一軒だった。インターホンがなく、玄関の木戸を叩くと、はめ込みのガラスががしゃがしゃとうるさい。しばらく待っていると、貧相な小男が目をしょぼしょぼさせながら出てきた。

「先ほど連絡した――」

と挨拶しかけた桜庭に「さあ、どうぞ」と言って奥へと消えた。柿崎にも驚いていない。失礼しますと声を掛け二人とも中へと入っていく。韮沢の家と同じような間取りだ。湿気《しけ》た居間で、二人は卓袱台を挟んで腰を下ろした。

「拓海のことだろう？」

よっこらしょと胡座《あぐら》をかくと同時に佐藤は言った。

「そうです。いなくなったと聞いていますが、それは本当ですか」

言ったのは桜庭だ。

「よくいなくなるんだ」

「執行猶予中ですよね」

「要領はいい子なんで、面談の時とかはいるんだけどね、いつもいるわけじゃないわな。まあ、十代の遊びたい盛りなんだから、ここに閉じ込めておくわけにもいかんだろう。だからまあ、ねえ」

媚《こ》びる笑みがずっとへばり付いている。

「行方不明者届は出してないんですよね」

「だから言っただろう。よくあるんだよ」

「もうひと月帰ってきていませんよね」

「事件を起こす前にもひと月やふた月いなくなることはよくあったよ。でもなあ、良い子なんだよ。ちょっとやんちゃなところはあるよ。あるけどな。でもいつもは優しい良い子なんだよ。そういやあ、今回は韮沢さんもいなくなっちゃったんだってな」

佐藤は何がおかしいのかずっとへらへら笑っている。

「なぜそんなことを知ってる」

訊ねたのは柿崎だ。

「電話があったからね」

「拓海君からですか」

「そうだよ。だから言ってるでしょ。連絡くれているから心配ないって。悪いけどどこにいるのか一人でいるのかとか聞いてないよ」

結局何も興味がないのだ。拓海のことも、柿崎や桜庭のことも。

桜庭は言った。

「韮沢さんのことも良くご存じなんですか」

「拓海が小さい時から世話になってたんだよ。ここで預かるようになってからずっとだから長いよね。よく韮沢さんの家に遊びに行ってたみたいだよ。あっ、もしかしたら韮沢さん誘って遊びに出たんじゃないかねえ」

まったく心配している様子はない。

「……拓海くんを引き取られてたんですよね」

「ああ、小さい頃に何度か会ってるんだ。良い子でねえ。兄貴夫婦が亡くなったとき、家内に相談してこっちで引き取ったんだ。それからもう十年がとこ経ってるわけだわ」

「お子さんが一人増えたら大変だったでしょう。食費も生活費も」

桜庭が水を向けると、あっさりと佐藤は言った。

「それは、兄貴がお金を遺しておいてくれたからね」

やっぱりね、と思ったが顔には出さない。黙って部屋の中をゆっくりと見まわした。

加藤の部屋と比べると、部屋の中はきれいに掃除され整頓されていた。

「奥さんは今日はどちらに」

「家内はパートに出てるよ。俺は留守番さ。言っとくけど部屋の掃除も料理も俺がやってるからね。役割分担さね。家内も俺も、拓海のことは気に入ってるんだ。仲の良い親子なんだよ。拓海も飽きたらうちに連絡してくれるだろうさ。いつもそうだから」

この叔父は、執行猶予中の甥が家を飛び出しひと月も経っているのにまったく心配していないようだ。

不意に思い出して、桜庭は訊ねた。

「拓海くんにはお姉さんがおられるんでしょうか」

「あいつは一人っ子だ。そんなもんはいないよ」

「そうですか」

やはりあれは拓海のことではなかったんだろうか。

結局二人はろくな情報を手に入れることが出来ず署に戻っていった。

6.

・韮沢という保護司が失踪した。
・同時期に彼が担当していた保護観察中の少年蕪木拓海が失踪している。
・韮沢の家の庭から大量の猫の死体が出てきた。
開いたノートに箇条書きにして、桜庭は指先でトントンと叩いた。

「何がどうなってるんでしょうか」

　再び情報管理室に二人は戻っていた。伊野部はまだ帰ってきていないようだ。室長は部屋の最深部で書類と格闘していた。一冊のノートを挟んで、桜庭は柿崎と対峙《たいじ》していた。

「韮沢が蕪木を連れて逃げているのは間違いなさそうだが」

　柿崎は「大量の猫」の文字を指先でなぞる。

「猫殺しが韮沢なら、それだけで終わっているはずがない。あの男はもっと何かを隠している。ペランとした奴の部屋には収まらない何かがまだある。あの部屋からあふれ出るような汚物を、あいつは抱え込んでいるはずだ」

「でも部屋からは何も見つからなかったですよね。書類は全部コピーして持ち帰ってます。一周半ぐらいまでは見直してますけど、今のところ怪しいところはない。いや、ちょっとずつおかしくなっていったのはよくわかりますけど」

「何か見逃してるはずだ」

「庭も、あの後鑑識によって底の底まで掘り返していますが、猫をトラップにその下に人を、なんてことはなかったようです」

「もうあの部屋には何もないか……」

「逃げるときに持ち出しているんじゃないですか。その他にあの部屋から消えているものなんてないでしょ」

「……いやある」

「えっ、なんですか」

「植木だよ」

「あっ」

桜庭が大きな声を上げた。

そうだ。どうしてこんなことに気が付かなかったんだろう。

「管理人さんだ！」

突然の大声に、室長は書類から顔を上げて言った。

「なになに、どうした」

「ちょっと前に進みそうです。行ってきます」

室長に手を上げ、桜庭は柿崎とともに部屋を出た。二人とも今にも走りそうな急ぎ足だ。長身の柿崎に、桜庭は追いつくだけで精一杯だ。

管理人の家に到着《おもと》すると、さっそく韮沢の持っていた植木を見せてもらった。鉢は三つ、二つは万年青、一つはアカシア。どれも手入れが行き届いている。

「責任は私たちがとります」

そういうと柿崎は幹を鷲掴《わしづか》みにして次々と鉢から抜き取っていった。ああ、と管理人が声を漏らす。鉢から植木を引き抜く、という動作すら神罰的な何かを思わせる。桜庭はまるで象徴的な絵画を見ている気がした。

そんな思いを断ち切るように一つの万年青の鉢の底から、ビニール袋が出てきた。厳重に幾重にもビニールで包まれ麻ひもで縛られたそれを開いていくと、中から出てきたのは一本の鍵とプラスチックのカードキーだった。カードには銀行の名前があった。

「貸金庫の鍵だな」

白手袋でカードキーを摘まみ上げる。カードキーの裏に四桁の数字が書かれたメモ用紙が貼られてあった。

「これ、間違いなく暗証番号ですね」

大収穫だった。

お礼もそこそこに、二人は銀行へと向かった。カードキーで金庫室に入る。やはりメモ用紙に書かれていた番号が暗証番号だった。

細長いアルミの箱を取り出して、閲覧用のテーブルに置く。

大きく深呼吸してから、桜庭は蓋を大きく開いた。分厚い茶封筒の束が出てきた。封筒はA４サイズだ。それぞれナンバーが書かれてあり、どうやらそれは日にちのようだった。西暦と月と日。一番古いのが四年前、韮沢に何らかの転機が訪れた年だ。

中を覗くと、引き伸ばした大きなモノクロの写真が入っていた。柿崎はそれを取り出し、テーブルの上に順に置いていった。

桜庭がひっ、と小さな悲鳴をあげた。

写っているのはすべて頭だ。胴体から切り離された少年の頭。どの顔も微笑んでいる。不自然に。

「これは……何？」

桜庭の問いに柿崎が答えた。

「多分生首だな。この皮膚の感じは本物のようだ。おそらくだが、剝製に加工している」

「剝製！」

たちまち桜庭の顔から血の気が引いていく。芯が抜けるように力が抜けていく。

「こういうのは駄目か」

紙のような顔色でふらつく桜庭を、柿崎がスツールに座らせた。

「駄目じゃない人、います？」

柿崎を見上げて、言った。

「たいてい大丈夫だ。こんな職業だからな」

「あっ……確かに」

いやいや、いくら何でも生首の剝製を見て平気な人間は少ないだろう、とも思ったが、それにしても、だ。

こんなことぐらいで気分が悪くなっていてどうする。改めてそう思い目を開いたのだが、柿崎が次々に取り出していく写真を目で追うのが辛《つら》い。

封書は全部で五枚。つまり五人分の生首写真が見つかった。持ってきた布袋に封筒を納め、二人は再び署へと戻った。室長も伊野部も情報管理室にいた。室長のブースに全員が集まった。

経緯を説明しながら、桜庭は封筒の束をテーブルに置いた。おもむろに写真を取り出し、テーブルに並べていく。

「初回から大ヒットだね。さすがはラッキーレディ」

伊野部は嬉しそうだ。桜庭は伊野部ですら写真を見て気分を悪くしないことにショックを受けた。

「問題はこの写真の処置だね」

テーブルの上に並べられた写真を見て、室長は言った。

「処置ってなんですか。さっそく捜査を始めましょうよ」

室長は小さくため息をついてから話を始めた。

「どう考えたってこれって殺人の証拠ですよね。そうなると我々はこれを刑事課に渡さなければならない。渡したら、その時からこの事件は刑事課が担当する。つまり我々の手から離れるということになります」

「えっ、でも……」

「我々の仕事は、それが〈園芸家《ザハラニーク》〉の仕業である証拠を探し告発することです。その限りにおいて特殊情報管理室の捜査は認められている。しかもその捜査範囲は所轄を離れ県警を超えて全国に広まっても、捜査をすることが可能だ。まあ、反発は買うけどね。でもそれが明らかに刑事課の担当する事件と判明すれば、速やかに捜査から離れなければならない」

室長は淡々と説明を続けた。

「じゃあ、何もするなということですか」

桜庭がそう言うと、室長はただニヤニヤ笑ってその顔を見つめた。

「えっ、それ、どうしろと……」

「桜庭君は真面目だからなあ。『明らかに刑事課の担当する事件』だと判断するのは私ですよ」

室長はそう言って桜庭を見る。福々しいいつもの笑顔だ。

「当然私はこの証拠を刑事課に渡して事情を説明しますよ。だが今すぐとは言っていない。管理人や銀行でチェックすればその写真をいつ手に入れたかはすぐばれる。ですが何かの手違いで一日や二日報告が遅れることぐらいあるでしょう。その間で何とかなりそう？」

　最後は柿崎に訊ねた。

「桜庭が韮沢の資料を読《よ》み漁《あさ》っていた間に、韮沢の鑑取《かんど》りをしました」

〈鑑取り〉は容疑者や被疑者の人間関係を調べるという意味の隠語だ。

　柿崎が話を始める。

「韮沢はもともと人付き合いが苦手で親しい人間がいない。今までずっと独身を貫いてきた。親類縁者ともまったく関わりをもっていない。母方の実家や父方の実家にも訊ねてみたが短命の家系のようで、彼を知る年代はほとんどが亡くなっていた。電話で訊ねても名前すら知られておらず、まったく忘れられた親戚になっていた。同級生も小学校から大学まで、一応調べてはみたがこれまた誰一人として彼を記憶していない。友人と言えるのは、中学教諭時代からの付き合いである加藤仁志ぐらいだ。あとは保護司として世話をした子供たちぐらいしか彼を知るものはいなかった。常套《じょうとう》で足跡をたどるために銀行を調べたが、自動引き落としで支払われる公共料金一か月分を残し、ほとんど全額引き出されていた。従って失踪後にＡＴＭを利用したり、その他のカードを使用した形跡はない。保険を使った記録もない。老人と少年の組み合わせは人目を惹《ひ》いたと思うのだが、それもほとんど目撃されていない。あとは監視カメラの映像をチェックすることぐらいだ」

「丸一日あれば何とか出来るかも」

伊野部が言う。

「あのですね」

口を開いたのは桜庭だ。

「もしあの生首写真が本物なら、韮沢は子供をさらってその首をはねて、それを笑顔の剥製に加工しなきゃならない。そんなことをあの安アパートで出来るはずもないし、その痕跡はまったく残っていませんでした。どこかに死体を加工出来る場所があるんですよ。でね、思い出したんですよ。管理人さんが言ってたでしょ。いざとなったら、その時には親父の町工場を売れって」

あっ、と思わず柿崎が声を上げた。

「そうだ。韮沢は廃工場を所有している。死体の加工にはもってこいだな」

「実は今朝管理人に電話したときに場所を確認してるんですよ。早速行きましょう」

そういって立ち上がった桜庭は、柿崎が小さな声で「素晴らしい」と言ったのを聞き逃さなかった。

嬉しかった。

7.

パーキングで二人は白いミニバンに乗り込んだ。特殊情報管理室専用の捜査車両だ。桜庭が運転席に腰を下ろす。助手席に柿崎が乗ると、マネージャーか何かになったような気がした。三十分もかからずミニバンは最寄りの駅に到着した。駅前の駐車場に車を停《と》める。

駅前はそれなりに賑わっているが、駅を少し離れると途端に人の姿が失《う》せる。風が湿っぽいのはすぐ側《そば》を川が流れているからだ。うっすらと下水の臭いがした。

通りを逸れると、四半世紀前はけたたましい工作機械の音がそこかしこから聞こえただろう町工場が立ち並ぶ通りだった。今は陽に灼《や》けて白っぽくなったシャッターが、壁のように延々と続く寂れた街になっていた。ほとんど人と出会わない。たまに出会うのは蒼褪《あおざ》めた悪霊のような顔をした男たち——柿崎の言うことによればドラッグの売人、およびその客らしい。

桜庭は番地表示を見ながら歩いている。

「サソリがいそうな街だ」

柿崎が呟く。

「サソリ？」

「心がすぐに干上がるような荒れた街だ。こんな所にはサソリか毒蛇しか住んでいない」

「それ、怖い話ですか」

「この世には生まれついての毒虫みたいな人間がいるってことだ」

「韮沢みたいな、ってことですか」

「奴は性根がねじ曲がった男だ。少年への愛情がグニャグニャに変形してああなった。が、あの猫殺しはどうだろう。あれは、ただ殺して埋めた。そんな風に見える。ある意味純粋にただ殺したいから殺した。首を切り取り剝製にする情熱はそこにない」

「どういうことです」

「さあな。だがあの部屋を見て俺が想像したあの部屋の住人は、どろどろとした激しい欲望に突き動かされている人間だ。猫を殺して埋めるのを何年も続けるタイプではないと思った。だからあの写真があって、俺は得心した。まさにこれこそがいつも笑みを浮かべ他人にも笑みを強制する保護司に相応しい犯罪だってな」

「わかりません」

桜庭は腕を組んでしばらく考えてから、言った。

「そうかな？」

「どういうことです」

「何が何でも正義を主張する人間は、闇を宿しやすい」

「私のことですか。脅さないで下さいよ」

「脅してるんじゃない。警告しているんだ——あっ、そこじゃないのか」

柿崎が話を断ち切って指差す。

シャッター横の柱に番地を記したプレートが貼り付けてあった。プラスチックが陽に灼け、文字はほとんど消えかけているが、間違いなくここが韮沢の父親が所持していた工場だった。管理人の話によれば、父親が亡くなり韮沢が相続したが、活用するでも売却するでもなく、十年以上放置されていたそうだ。

「さて、どうしましょう」

桜庭が言った。シャッター前で二人は立ち止まっている。辺りはしんと静まり返っていた。とっくにこの世が終わっているような気になった。

シャッターの横にアルミの扉があった。その横にはブザーらしきものがある。柿崎がそれを押した。耳を澄ませても中から何の音も聞こえてこない。

「やっぱり面倒でも管理している不動産会社を見つけて断りを入れてからきたらよかったですね」

持ち主である韮沢がいなくなり、連絡のつけようがなかったのだ。

「押し入るか」

柿崎が物騒なことを言う。シャレではなく本気のようだ。ドアノブを持ってガチャガチャ回してから、ポケットに手を突っこんで布に包んだ工具類を出してきた。様々な形状をした三本の鉄線が出てきた。桜庭でも知っている。それはピッキングの道具だ。

「なんでそんなものを持ってるんですか」

柿崎は答えることもなく黙々と作業を続けていた。

「ちょっとそれは駄目なんじゃないでしょうか」

「緊急だ、仕方がない」

そう言った途端に、ガチャリと音がして錠が開いた。

「入るぞ」

柿崎が先陣を切って中へと入った。機械油と鉄のにおいがした。そこにあるのは捨て置かれた工作機械の群れだ。

「韮沢さーん」

名前を呼びながら薄暗い工場を歩いて行く。天井は高く、採光窓から差し込む光の中で埃がきらきらと輝いている。

柿崎と桜庭の呼び掛ける声がその埃の中へと吸い込まれていった。

「令状持ってないけど大丈夫でしょうか」

「関係ない」

関係なくはないだろうと思ったが、反論はしない。ここまで来てそんなことでもめても仕方がない。

さして広くもない作業場は様々な工作機械でいっぱいだ。工作機械にはブルーシートが掛けられたものもあるが、ほとんどが剥《む》き出《だ》しになっていた。手を入れることなく時間が経っている。埃を被った機械の所々が錆《さ》びついていた。

その一角に奇妙な場所があった。

コンクリートの壁を背に、スチールの広い棚がある。この棚だけは錆びついていなかった。その上に白い布がかぶせてあった。布の下には四角い箱のようなものが隠されている。

「なんか生臭くないですか」

桜庭が眉根を寄せる。あまり廃工場に相応しいにおいではなかった。

「湿気も酷いな」

柿崎が呟く。

「この裏側が丁度川じゃないですかね」

「窓に全部新聞紙で目隠ししてある」

言いながら柿崎は白い布を捲《まく》り上《あ》げた。

「ここで何か人から見られたくないことを――」

一気に布を剝ぎ取った。

全部で五つ、生首が並べられていた。首は立派な木製の台座に載せられていた。少年たちの首はどれも、半ば口を開いて笑っていた。白く整った歯が、薄紅の唇の間から覗いている。肌は精巧に再現され、化粧によって生きていると勘違いするほどだ。

ガラス製の瞳が桜庭を見ている。

今見ている物事に頭が追いついていなかった。息が詰まっている。そのことに気づき、無理やり湿った生臭い空気を吸い込んだ。呑み込めない何かが喉を通り過ぎていく。

さくらば、だいじょうぶか。

声が聞こえた。その意味にゆっくりと焦点が合っていく。

「桜庭、大丈夫か」

柿崎の声だとわかったとたん、桜庭は祈るように跪《ひざまず》いてその場に吐いた。我慢出来なかった。胃がぎゅっと縮まっている。内臓が石になったようだ。

手の甲で口を拭い、桜庭は立ち上がった。

息が荒い。指先が冷たく震えている。怖いからではない。怒りだ。人の死を弄んではならない。言葉で言えばそれだけのことだ。それだけのことに身体《からだ》が震える。心が震える。

「こんなことをする人間を、俺たちは相手にしている」

柿崎は言う。

「理解する必要はない。ただその罪を憎め」

桜庭は無言で頷いた。俯《うつむ》き、ただ床を見ている。

「俺は奥を見る。おまえはここで署に連絡を――」

柿崎の身体が前に吹き飛んだ。

スライディングでもしたように前に腕を伸ばして柿崎は俯《うつぶ》せ、のたうった。

柿崎のいたところに、金属バットを手にした老人が立っていた。

老人はこれ以上もないほどの満面の笑みを浮かべていた。それは写真で何度も見た男
――韮沢耕司だった。韮沢は大きくバットを振り上げた。

足元で横たわっている柿崎を見下ろす。

「待て！」

叫び、桜庭は突進した。

韮沢は構わずバットを振り下ろした。

一瞬早く桜庭は韮沢にタックルしていた。

全力の体当たりに韮沢がバランスを崩した。

振り下ろされたバットはコンクリートの床を叩く。

甲高い金属音が響いた。

韮沢はバットを捨て、しがみつく桜庭の首を片手で摑んだ。

反対側の手で固めた拳が見えた。

殴られる。

覚悟して目を閉じた。

が、倒れたのは韮沢だった。

いつの間にか立ち上がっていた柿崎が背後から足をすくったのだ。

這《は》いつくばるように前に倒れた韮沢に柿崎がのし掛かる。

腕を後ろに捻《ひね》り上《あ》げ、あっという間に手錠を掛けた。

「蕪木はどこだ。一緒にいるんだろ」

俯せになったまま、韮沢は首をねじってさらに倉庫の奥を見た。

「桜庭、向こうだ。蕪木を探せ」

頷き桜庭はさらに奥へと進む。大きな旋盤を回り込むと、突き当たりにアルミの扉があった。扉を押し開け、中へと入った。資材置き場のようだった。所狭しと鉄パイプや鉄線が置かれてある。

薄暗い室内を見回した。

少しずつ目が慣れてくる。

部屋の奥にうずくまる影が見えた。

目を凝らすと、膝を抱えて壁に向かって座っている少年の姿が見えた。

「警察の者です」

話し掛けながら桜庭は近づいた。

「蕪木君？ 蕪木拓海くん」

声を掛けながらその少年に近づいた。気弱そうな少年は震えているようだった。

「もう大丈夫だよ」

少年は桜庭を振り返り、健気《けなげ》に微笑んだ。

その時桜庭はそれに気づいた。

糸だ。

彼女にしか見えない糸が少年の胸のあたりから出ていた。

青黒い色をしている。

権力的な上下関係を意味する糸だ。その色の濁りも気になったが、それ以上に気になったのが、その糸が少年の胸から出ていること。それはつまり少年が誰かに対して支配的な立場にいることを示していた。その糸は作業場に続いている。さっきは確認する間がなかったが、韮沢の背中のあたりから同じ糸が部屋の奥へとたなびいているのを見た。見間違いかと思っていたが、そうではないようだ。それは間違いなく韮沢の背中に繋がっている糸だ。

糸は支配被支配も表す。支配するものの胸や腹から伸びた糸が、支配されるものの背中へと繋がる。つまり糸は、この気弱そうな少年が韮沢を支配していることを示していた。

韮沢は猫殺しをするタイプじゃない。

柿崎の話を思い出す。

猫殺しは、純粋にただ殺したいから殺した。韮沢とはまた別のタイプ。

目の前の少年が、とんでもない化け物ではないのかとぞっとする。近づくと頭から食べられる。そんな子供じみた妄想に桜庭の足が止まる。

知らずに数を数え始めていた。

十まで数えて、桜庭は言った。

「大丈夫？　どこか怪我《けが》をしていない？」

大丈夫。声は震えていない。

「大丈夫だ。怖くない怖くない。大丈夫だ」

少年に言っているのか、自分に言い聞かせているのか、自分でもわからない。

少年が振り返って頷いた。

ゆっくりと桜庭は近づいていった。近づきながら数を数える。一歩、二歩、三歩。

蕪木少年が立ち上がった。

何かを訴えるような目で桜庭を見ている。

さらに一歩近づく。さらに一歩。

ここまでで五歩。

さあ、と桜庭は手を伸ばした。

蕪木は弱々しく微笑み、手を差しだした。

ぎらりと何かが光った。

反射的に桜庭は仰《の》け反《ぞ》った。

刃先が桜庭の喉元を掠《かす》めた。

避《よ》けきれず尻餅をついた。

蕪木の手には大きなナイフが握られていた。刃渡りは軽く十センチを越える。

人なつこい笑みを浮かべ、蕪木は倒れた桜庭の胸の上に跨《また》がった。楽しくて仕方ない子供の顔で、逆手に持ったナイフを振り上げる。

そのまま振り下ろせば、刃先は喉を貫き床に突き立つだろう。

桜庭は必死になってその腕を摑んだ。

痩せっぽちに見えたその腕は、意外なほど筋肉質で鋼のように硬かった。

歯を食いしばりその腕を押さえる。

それでも鋭い刃先は喉元へとじりじり近づいてくる。
蕪木は相変わらず人好きのする笑みを浮かべたままだ。
刃先が喉に当たった。
ひんやりとした痛みを感じる。
力みすぎて今にも頭の血管が切れそうだった。
もう無理だ。死ぬ。きっと死ぬ。
歯を食いしばり悲鳴を堪《こら》える。
きりきりと嫌な音がした。
だが、それでも、しかし、こんなことでこんなやつに殺されたくない。
桜庭は蕪木の目を睨みつけた。最後の最後まで抗《あらが》ってやる。
渾身《こんしん》の力でナイフを持つ手を押し返した。
刃先が喉からわずかに離れた。
ほんの数ミリ。
それが最後の抵抗なのか。
そう思うと悔しくて仕方なかった。
と、いきなり蕪木の腕から力が抜けた。
その機会を逃さなかった。

腕を押し返し、慌てて蕪木の下から這いずり出る。

そして見た。

柿崎だ。

柿崎が蕪木の背後から腕を回し、その首を絞め上げていた。

突然蕪木の身体から力が抜けた。

脱ぎ捨てた手袋のように、ぱたりと手が床に落ちた。

失神したのだ。

柿崎が腕を離すと、顔面から前に倒れた。

まだ尻餅をついたままの桜庭に近づき、柿崎は手を出した。

絵に描いたような王子様じゃないか。

思わず状況を考えずそう思い、差し出された手を摑めない。焦《じ》れた柿崎が無理やり手を摑んで桜庭を立たせた。

「小便は漏らさなかったか」

あり得ない台詞《せりふ》に、かえってほっとして桜庭は言った。

「漏らしてません」

睨む桜庭を見て、柿崎はいつもの笑顔で言った。

「生き延びたら勝ちだ。俺の目の前で死ぬなよ。後が面倒だ」

「わかりました」

面倒ってなんだよ、と思いながら、桜庭はありがとうございますと呟いた。

第二話　カペナウムの會堂

1.

「雨が降る前に」

司祭が言った。

深夜だ。満月は厚い黒雲の向こうにあって見えない。

司祭は二着買うと半額になる紺色のブレザーの下に、安物のスタンドカラーの白シャツを着ている。本当はローマン・カラーという背中側にボタンのあるシャツが司祭の正装だが、集まっている信者ともども、ほとんどが普通の私服だ。

首に掛けた古色蒼然《こしょくそうぜん》とした濃緑の長い帯――ストラと呼ばれるこのストールだけが、司祭であることを示している。

「急ごう」

司祭に促され、信徒たちは松明《たいまつ》を持って、地面に仰向《あおむ》けに寝かされた男へと近づいていった。

男は両腕を胸の前で交差させ、革のベルトで拘束されていた。背筋がピンと伸びているのは、背骨に沿って分厚い鉄板が縛り付けられているからだ。両足も強制具によりまっすぐ伸び、革ベルトで縛られていた。

はちまきのように頭に巻き付けられているのは有刺鉄線だ。刺《とげ》は容赦なく額に食い込んでいた。

目は閉じている。上瞼《うわまぶた》と下瞼が赤い糸で縫い付けられているのだ。唇も同様に縫われていた。

顔を流れる血は既に赤黒く乾いていた。

頭の横に一人の信者がかがみ込む。拘束衣の背後に付けられたフックに鎖を繋いだ。

鎖は小さなユンボのショベル部分に繋がっていた。

ユンボがショベルを持ち上げる。鎖が引かれ、出来損ないの木乃伊《ミイラ》のような男がムクリと起き上がった。鋼の腕がゆっくりと男を持ち上げる。吊《つ》り下《さ》げられた男は、まるで礼儀正しいてるてる坊主のようだ。

ユンボが腕を回転させた。

地面に直径一メートル足らずの穴が開いている。吊《つる》された男はその真上に運ばれてきた。ぶらぶらと揺れる男を、数名の信者が支えた。

ユンボはその穴へそろそろと男を下ろしていく。穴の中に身体が沈む。胸まで埋まって、そこで止まった。鎖が張りを失い垂れている。足が地に着いたのだろう。

地面から生えているような男の前で、司祭は跪いた。

「まことに誠《まこと》になんぢらに告ぐ」

声が聞こえた。

朗々と響くその声は、まるで男が喋っているように聞こえるが、男の唇は堅く縫い付けられていてぴくりとも動いていない。

「人の子の肉を食《くら》はず、その血を飲《の》まずば、汝《なんじ》らに生命《いのち》なし」

声は縫われたその唇の奥から聞こえていた。

右頬に穴が開いている。

その穴から黒いコードが長く伸びていた。コードは男の後方に置かれたアンプに接続され、アンプは発電機に繋がっている。男の口の中に小さなスピーカーが仕込まれているのだ。

「わが肉をくらひ、我が血をのむ者は、永遠《とこしえ》の生命をもつ、われ終《をはり》の日にこれを甦《よみが》へらすべし」

信徒たちがそれを復唱した。

「夫《それ》わが肉は眞《まこと》の食物《くひもの》、わが血は眞の飲物なり」

信徒たちが復唱を続ける。

それを打ち消すように、いきなりサイレンが鳴り響いた。赤色灯が回転し、ヘッドライトが信徒たちを照らし出す。

二台のパトカーが近づいてきた。

信徒たちは松明を投げ捨て一斉に四方へと散った。何度も予行演習を繰り返したような動きだった。

山中の県道から少し入ったところにある空き地だ。道路を外れ山へと逃げれば、数名の警官では追うのも難しいだろう。

制服警官が埋められた男に駆け寄る。

その時を待っていたかのように、大粒の雨が降り始めた。

土を穿《うが》つ激しい雨脚に、信徒たちが投げ捨てた松明の炎が、ほつ、ほつ、と消えていく。

2.

韮沢は取り調べに対して素直に供述を続けていた。五人の少年たちをどうやって剝製にしたのかを、微に入り細に入り韮沢は熱心に語った。みんなに笑顔を分けたのだと、誇らしげだった。未来に何の希望も持てないこの社会にもっと笑顔を届けたかったのだ、と満面の笑みで語った。五人で終わってしまったことをただ悔やんでいた。精神鑑定の準備が進められているのだが、多くの専門家が死刑を免れることは難しいだろうと語っていた。

が、韮沢は殺人だけは認めなかった。そして担当弁護士は死体損壊罪のみの求刑を主張し、殺人に関しては幇助《ほうじょ》すら否定した。蕪木拓海の取り調べが始まり、彼の証言が韮沢の証言を裏付けたからだ。

拓海は五人の少年を殺したのは自分で、韮沢は笑顔の剝製を作っただけだと供述した。それだけではない。中学二年生の時から今までの間に、五人の少年を含め十四人の人間を殺したと供述し、その詳細を自白し始めた。いくつかは物証も上がっており、拓海の証言を裏付けていた。徐々に捜査本部でも拓海を主犯とする考えが主流になってきている。

「ああいうのをサイコパスっていうんでしょうね」

マグカップに息を吹き掛けながら伊野部が言った。瀬馬室長と一緒に蕪木拓海と韮沢耕司の捜査会議からさっき帰ってきたところだ。

韮沢も蕪木も刑事課へと引き渡され、捜査本部は廃工場が管轄の飯盛《いさかい》署にあった。既に特殊情報管理室の手からはすっかり離れてしまっていたのだった。

そのせいもあるのか、最近瀬馬室長は始終県警本部に呼び出され、時には警視庁にまで足を運ばされ、ほとんど管理室にいなかった。

瀬馬がそれだけ忙しくなっているのに、特殊情報管理室の名前が表に出ることはなかった。

「会議でも事実確認だけでほとんど無視ですよ」

部屋に戻ってきた伊野部は鼻息荒くみんなに報告した。

「室長、あれで良いんですか」

伊野部は腹立ちを抑えきれない。

「我々の役目は全うしてるからね。それはそれで評価してくれていますよ」

「そうでしょうか。何もかも刑事課の手柄みたいに言ってましたけど」

最後の方は口の中でもごもご言って終わった。

「やはりサイコパスは不適切です」言ったのは桜庭だ。みんなが、えっ、と桜庭を見た。

「さっきサイコパスって言ったけど、それは不適切です。今は〈精神疾患の診断・統計マニュアル《DSM》〉にサイコパスの記載はなく反社会性パーソナリティー障害と呼ばれています」

「あ……そうですか。いや、それはなんか、すみません」

とりあえず頭を下げる伊野部を無視して、桜庭は話題を変えた。

「二人の関係はどうなっていたんでしょうか。本当に主犯は蕪木で韮沢は死体を加工しただけなんでしょうか」

桜庭が訊ねる。

「糸が見えたんだよな」

柿崎が言った。彼女の特別な力に関しては、すでに情報管理室内部の人間はみんな知っている。ただしそれをどこまで信じているのかはわからない。

「はい、蕪木が柿崎を操っている。それは間違いないと思います。でもそれがどのような関係かは」

「猫の死骸を持って近所をうろちょろしている蕪木を見たのが最初だそうですよ。ええと、今から十一年前のことです。蕪木は八歳です」

タブレットを操作しながら伊野部が言った。

「で、死んだ猫の始末に困っていると言われて庭に埋葬したと。それが二人の出会いです。ところが蕪木はすぐまた死んだ猫を連れてきて、三度目でとうとう理由を問《と》い質《ただ》すと、蕪木が殺したことを白状したそうなんです。で、この子がおかしな方向に進まないようにと、蕪木が持ってくる猫の死体を一緒に埋葬しながら、カウンセリングのようなことをしていたって言うのが本人の供述です」

「そこがもうおかしくないですか」

桜庭が言う。

「猫の死体って十体を越えてましたよね。それを全部一緒に埋めてるんなら、その時点で韮沢もおかしいでしょ」

少しずつおかしくなっていく韮沢の様子は、記録を見ればすぐにわかる。だが笑顔笑顔と言い出したのは四年ほど前からだ。

「最初の剝製が作られたのはいつなんですか」

桜庭が訊ねた。

「四年前です。最初の犠牲者は韮沢が担当していた少年ですよ。妹をレイプした義父をバットで殺しかけた少年」

あっ、と桜庭は声を上げた。

「確か行方不明になっているんじゃ」

「殺されてたんですね。韮沢のところで見かけたから殺したって、燕木は言ってたらしいですけど、見かけただけで殺されたらたまったもんじゃないですよ。で、死体の処理をどうしようかと思って、韮沢に相談したんだそうです。でね、韮沢はその時ピンと来たそうです。笑顔をみんなに与えるにはどうしたら良いのかって」

伊野部が誰も理解出来ないような話を始めた。

「最初から少年を殺すのは燕木で、後は韮沢の好きにさせた、ということで二人の証言は一致しています。少年たちは殺されることで道を踏み外さずに済んだんだって、燕木はたいした人間だって、韮沢は褒めているそうです」

一言として桜庭の頭の中に言葉が入ってこない。

「私にはさっぱりわかりません。室長はどう思われますか」

桜庭に訊かれ、瀬馬室長はゆっくり首を横に振った。

「二人のことはよくわからないな。理解も出来ない。しかし世の中には、人の行動を大きく左右出来るような人間がいる。人を支配出来る人間だ。おそらく蕪木はそんなタイプの人間なんだとは思うよ」

「蕪木が〈園芸家《ザハラニーク》〉のメンバーだってことですか」

桜庭が訊ねる。室長は即座に答えた。

「いや、それはないでしょう。だが〈園芸家〉の犠牲者だったということは考えられる」

「そうなんですか」

「少なくとも接触はあったはずだよ。いや、あくまで私の、元公安としての勘だけどね」

「あっ、そうだ」

突然桜庭が大きな声を上げた。

「蕪木が失踪間際にお姉さんらしき人物と韮沢の所を訪れているっていうのは、確認してもらえた？」

「すまん、忘れてた」

伊野部が頭を掻く。

「それってただの見間違いじゃないの？　姉も妹もいないらしいし、関係ない女を連れて行くはずないし」

「幻の女かあ」

桜庭が呟いた。

「ああ、なんだかどれもこれもすっきりしないなあ」

「現実なんてそんなもんだ」

柿崎が知ったようなことを言うが、桜庭はちっとも納得していなかった。

「さてと、それじゃあ次の仕事の話を始めようか」

瀬馬室長は自分のデスクに戻ると、背後の書類棚からファイルを出してきた。自然とみんなはその前に集まった。

『午丘山《ひるおかやま》事件』

ファイルにはそう書かれてあった。

ぱらぱらとファイルをめくって桜庭が言った。

「三年前から広がっているネットロアって書いていますけど、ネットロアって、なんですか」

「インターネット上の都市伝説のことです」

そう言ったのは伊野部だ。

「悩み事を抱えて死ぬつもりで山に登った人間が、数年後戻ってくる。戻ってきた人間は何の悩みもなくなっている。話を聞くと山奥の家で歓待されてしばらく暮らしていたと答える。だが探してもそんな家は存在しない。そんな噂《うわさ》なんですが、要するにこれは遠野物語のマヨイガなわけで――」

「そんなお伽話《とぎばなし》みたいなのを調べるんですか」

桜庭は不服そうだ。

「これは伊野部君が探し出した案件だよ」

室長が言った。

「そのネット上の噂をもとに、かなり気がかりな、これは事件と呼んでもかまわないようなことにつながっていく可能性が見つかった、と。そうですよね、伊野部君」

「そうなんですよ」

伊野部は褒められた子供の笑顔だ。

「今から五年前。あるSNSに投稿された文章がこの噂の原型です」

それは元警官を名乗る人間がアップした、奇怪なエピソードだった。

今から四十年近く前、彼が現役の警官だった頃の話。山奥に人が拉致されているという情報があって警官が向かうと、数名の奇妙な男女が集まっていた。ヘッドライトで照らしてサイレンを鳴らすと、あっという間に逃げ去り、穴に埋められた男が一人残されていた。救出したが、その後どうなったのかがまったくわからない。

「で、この件は新聞にも載らなかったし、その後報道でも一切見なかったと。この投稿がかなり評判を呼んで、その後しばらくそのSNSは謎の解明をしようと大いに盛り上がりました。ですが、いつの間にかその元警察官からの書き込みがアカウントごと消えてしまった」

「当然だ。もしそれが本当に警察官なら守秘義務違反だ。機密漏洩は刑事罰だ」

柿崎が言うと、伊野部は頷いた。

「そうなんですよ。だから評判になった時点で慌てて消したんじゃないかな。ただ、ネットでは今でいうところの嘘松、虚偽の創作投稿だという話が出てあっという間に騒動は沈静化。曖昧な都市伝説だけが残りました」

「でも、そんな話ってたくさんありますよね。それをどうして今更」

「土地が特定されているんですよ。それがJ県内の午丘山山中」

伊野部はファイルを開いて、中を指差す。

「二十年以上前になりますが、午丘山の麓に在住の大学生がちょっと煙草を買ってくると言って出掛け、そのまま帰ってこなかった。これが一番古い記録ですが、ここ七年ほどの間に午丘山周辺で十四人の行方不明者がいます」

「ちょっと、多いですね」

「多いです。それと謎の儀式が無関係とは思えないんですよね」

「カルト宗教みたいなものでしょうか」

「だと思います」

「どこから取り掛かればいいんですか」

「一番新しいのが三年前に行方不明者届が出ている大学生の失踪ですね」

伊野部はファイルの中を指差した。

「ここから始めてもらえたら。行方不明になったのは当時十八歳の男子大学生、小堺《こさかい》保《たもつ》。彼の通っていた荒屋敷《あらやしき》国際大学が午丘山の麓にあるんですよね。で、彼は大学から家への帰宅途中にいなくなった」

「ここに親と喧嘩をした翌日だって書いてますけど、親子喧嘩で家出しただけじゃないんですか」

「警察もそう判断してます。つまり事件性なし。喧嘩の原因は朝起こしてもなかなか起きなかったから。喧嘩というより説教されてむくれて家を出たんですね。こんなことで自殺するものもいないだろうと、結局警察は何もしなかった。ところがですよ」

伊野部は勿体《もったい》つけて長い間を空けてから、言った。

「今年になって彼が家に帰ってきたんですよ。しかも出ている間何をしていたのか全く語らなかった。そして、そしてですよ、三日目に、自宅で首を括《くく》って死んだんです。ご両親は行方不明者届を取り下げるために警察に連絡し事情を説明した。その報告書が昨日提出され、僕がそれを発見したということです」

伊野部は得意げだ。

「そんな都市伝説、本当に調べる意義がありますかね」

桜庭はまだ不服そうだった。

「どの事件もデータ解析をしてそれなりに〈園芸家《ザハラニーク》〉と関わりがありそうな事象を選んでいますが、特にこの話には引っかかるところが多いんですよ。とにかく小堺の実家と、彼が行方不明になった学校の辺り、見に行って下さい。損はさせませんから」

とうとう伊野部が営業マンのようなことを言い出した。

「わかりました。ちょっと下準備します。一時間後にここを出……柿崎さん、どこ行くんですか」

柿崎は早々に自分のブースへと戻っていく。仕方なく桜庭は大声で「一時間後によろしく」と呼び掛けた。

遠くから微《かす》かに「よろしく」と返事が返ってきた。

3.

「なんでこいつを連れて行かねばならないんだ」

助手席の柿崎は言った。

くう〜ん、と返事するようにブンタが鳴いた。この車は室長のワンボックスカーで、後ろには大きなケージを積んでいる。ケージはもちろんブンタ専用だ。

「こないだはすごく役に立ったじゃないですか」

桜庭は、運転慣れしたおじさんのようなちょっと雑なハンドル捌《さば》きだ。が、交通法規はしっかりと順守しているところは桜庭らしい。

県道はどんどん田舎道になり、周囲を見回せばどこまでも田園が広がる。

「やたらいい天気ですね」

桜庭は言った。

棟石署の周辺ではずっと雨が続いていた。それがここに来ると久しぶりの晴天になった。地獄から天国に踏み入ったような気分だった。

「なんか平和だなあ」

そう言った桜庭は欠伸を漏らしそうになってぐっと我慢した。

「あれだけ大騒ぎした政治スキャンダルも、知らない間にふんわり終わっちゃいましたからね」

「俺たちはこの世が終わる寸前までニコニコ笑ってグルメ番組見てるのさ」

法務大臣と指定暴力団との癒着というセンセーショナルな報道に端を発し、政治家や官僚が指定暴力団と関係のある企業から賄賂を受け取ったことが週刊誌で暴かれた。ところが思ったほどマスコミも騒がず、いつの間にか事件は忘れ去られていた。なんとなく国民には無力感が広がっていた。何をやっても無駄。長いものには巻かれろ。そういう風潮は、一時は内閣総辞職までに発展しかけた黒い噂も、関わった検事総長の疑惑の自殺も呑み込み、そんなもんだよ社会というものはと誰もが得心して終わった。

「あっ、あれ」

桜庭が立て看板を指差した。荒屋敷国際大学ここから800メートル、とある。自死した大学生小堺保が行方不明になったのはこの大学からの帰りだ。

大学関係者のための大きな青空駐車場に車を停める。

「まさかこいつを連れていくつもりじゃないだろうな」

それには答えず車を停め、桜庭は後ろの扉を開いた。

勢いよくブンタが飛び出してきた。

「よし、散歩だよ」

首輪にリードを繋いだ。

早速歩き出したブンタに引かれ、桜庭は仰け反るような姿勢でとことこと小走りで進む。

「遊びに来てるんじゃないぞ」

柿崎が舌打ちした。容姿一つでここまで舌打ちの印象が変わるのだと、桜庭は驚いた。まるで天使の舌打ちだ。あまりに美しいと、舌打ちというものが意味を失うのを知った。度を越した美貌というものが、美しさ以外の意味を奪っていくのだ。こうなると美しいということもある種の呪いなのだと桜庭は勝手に柿崎に同情する。

「おい、聞いてるのか」

柿崎に言われ、桜庭は慌てて説明を始めた。

「ず、ずっと地下室の狭いケージにいるんですから、たまには散歩でもさせてやらないと可哀《かわい》そうですよ」

「それなら室長が散歩させるべきじゃないのか」

文句は言うが、ブンタに合わせて急ぎ足で歩いている。取り残されそうになるのは桜庭だ。

キャンパスに近づくと、若い人の数が増えてきた。ブンタが人見知りして桜庭の後ろに隠れようとする。

ブンタは甲斐犬の血が入った雑種だ。甲斐犬と言えば勇敢とか気性が荒いことで有名なのだが、ブンタは極端に気が弱かった。そのために警察犬の試験に何度も落ち、嘱託警察犬になるのに五年もかかったのだ。

正門が見えてきた。正門前の警備員に止められたが、犬が入れるのかどうか確認してもらい、無事ブンタとともにキャンパスに入った。

学生たちの数がますます増えてくる。みんな晴天に似て、青春を謳歌《おうか》する喜びが漏れ出て眩《まぶ》しいほどだ。彼ら彼女らは例外なく桜庭たちを見ていた。正確に言うと柿崎を、だ。校舎が近づくにつれその数が増えていき、とうとう遠巻きにしてついてくる学生が現れた。そしてとうとうブンタをだしに近づく女子大生が現れた。

「かわいい犬ですね」などと言いながら近づいてくるのだが、目はしっかり柿崎に焦点が合っている。その数が増えてくると、どうしても足を止めざるを得ない。いつの間にか女子大生に周りを囲まれていた。そうなってくるとどんどん図々《ずうずう》しくなってくるのか、写真を撮るものまで出てくる。それも最初はブンタを撮っていたのだが、すぐに柿崎を撮り始めた。撮影会が始まりそうだったので、桜庭は柿崎にリードを渡して、ここで待っていて下さいと言った。えっ、と珍しく柿崎が困惑した顔をした。

「どっちにしても教室内にブンタを連れていくわけにもいかないので」

そう言って桜庭はさっさとその場を離れた。どう考えても柿崎は捜査に向いていない。桜庭はつくづくそう思った。振り返ると柿崎は、少し申し訳なさそうな顔をしていた。

4.

一年前に改修工事を済ませたという真新しい校舎を、案内パネルを見ながら進んでいく。まずは経済学のゼミの教授から聞き込みをしたが、真面目で地味な生徒という報告書にもある話を改めて聞いただけで、これといった収穫はなかった。続けて学内の小綺麗なカフェで待ち合わせていた小堺の友人たちとも話をしたが、女の警察官を相手にしてはしゃぐだけで、新しい情報は何もなかった。

すべて終えて戻ってみると、柿崎が一人で立っていた。大きなマスクを着けて真っ黒のサングラスを掛けている。そうやって顔を隠したら、さすがの柿崎もやたらスタイルのいい不審者にしか見えない。

「そういうの持ってるなら最初から着けて下さいよ」

そばに行くと開口一番にそう言った。

「そんなことよりこれ」

柿崎がブンタを指差した。

ブンタに繋いだリードがピンと張っている。

「向こうに引っ張ろうとしてるんだ」

ブンタは一点を見詰めてじっとしていた。

「何だと思う？」

ブンタの視線の先には、芝生に座って本を読んでいる女性がいた。学生だろう。若い女性だ。

「ブンタが死体捜索が得意だってことは聞いているだろう」

柿崎が言う。

警察犬だった時、ブンタは死体捜索でもっとも活躍した。相手が生きていると怯《おび》えるのに、死体捜索となると堂々と臭跡を追い驚異的な確率で発見するのだ。

「それだけじゃなくて、死ぬかもしれない人が判《わか》るっていうのも、言ったよな？」

「はい、事故も予言するとか……えっ、まさかあの人」

「行ってみよう」

ブンタに引かれるまま、女性の近くまで来る。ブンタはくんくんとにおいを嗅いでから彼女の横に座り込んだ。

ここですよ、ご主人様。

そう言う顔でじっと桜庭を見ている。

女は本を膝に置いた。

「どうした、黒犬君」

女は呼び掛け頭を撫でる。

珍しくブンタは抵抗せず、じっと撫でられるがままだ。

「かっこいいですね。真っ黒の犬って」

正面に立った桜庭の顔を見上げにっこりと笑った。猫を思わせる大きな目がじっと桜庭を見つめている。幼児と目があったように、思わず桜庭も笑みを浮かべた。

ああ、この人は信用出来る。

無条件にそう思わせるまなざしだった。

桜庭は女の目の前に警察手帳を出した。

「あの、私たちこういうものです」

桜庭は少し嬉しかった。

警官になった以上、一度はやってみたかったことの一つがこれ——こういうものですと言いながら警察手帳を出す——だった。手帳と言うがメモ用紙がついているわけでもなく手帳としては使えない。それは顔写真や氏名階級などを明記し、警察の記章がついた身分証である。まさしく「こういうものです」と表示するためのものなのだ。だがそんなチャンスは交通課では一度もなかったのだ。

その女は、警察を名乗り明らかに不審なニヤニヤ笑いを浮かべた桜庭を見て、邪気のない笑顔を見せた。

「わあ、警察手帳ですか。凄いなあ。初めて見ました。女性の刑事なんですね」

「いや、あの……正確に言うと私は刑事ではないんですが、まあ似たようなもんです」

場違いな照れ笑いを浮かべた桜庭を横目で見て、柿崎は言った。

「この人、ご存じじゃないでしょうか」

小堺の写真を見せた。免許証のために撮った写真の残りの一枚だ。生真面目でございますという顔で若い男が映っている。

「小堺保さん。三年前に行方不明になって捜索願が出ています。失踪当時こちらの大学の一年生でした」

柿崎が説明する。大きなマスクと黒いサングラス姿の柿崎に女はまったく動じていない。

「どうです？　小堺さんのこと何かご存じでしょうか」

桜庭が訊くと、女は残念そうに首を横に振った。

「お役に立てなくて申し訳ないですけど。あっ、もしよかったら、連絡先交換しませんか？　えっと、お名前は確か……」

「桜庭です。桜庭アリアと言います」

「私はおおくらはりこ。変わった名前でしょ。こんな字を書くの」

携帯端末のプロフィールを見せた。そこには大倉玻璃子《おおくらはりこ》とあった。

「玻璃っていうのは、仏教の教典に出てくる七種の宝——七宝《しっぽう》の一つなんですって。ヘンな名前でしょ。祖父がつけたらしいんだけど。で、連絡先交換、どうですか」

ほんの少しだけ躊躇《ちゅうちょ》してから、桜庭も携帯を取り出した。二人とも利用しているメッセンジャーアプリの連絡先を交換する。

「何かわかったら連絡します。——よっし、みんなに自慢しようっと。警察官に知り合いが出来たって。あっ、そうだ。写真お願いします。良いでしょ」

こっちこっちと隣に並ばされて、携帯端末で二人の写真を撮った。

「桜庭さん、やっぱり凜々《りり》しいなあ。ほら」

玻璃子が端末の画面を見せた。

桜庭は楽しそうに笑う彼女の横でぎこちない笑顔を浮かべていた。自分ではどうしても凜々しいとは思えなかった。

「送りますね」

言って間もなく桜庭の携帯に着信音が鳴った。玻璃子からの着信であることだけを確認して、桜庭は言った。

「とにかく、さっきの男性のことで何か思い出したら教えて下さい……」

そう言って桜庭は玻璃子に顔を近づけ、じっと見つめながら言った。

「あの、なんだか初めて会った気がしないんですよ」

「あれ、口説いてる？」

「違いますよ。なんだかどこかで見たような気が」

「もしかしたらどこかで会ってたかもしれませんね。じゃあ、また後で連絡いれます」

柿崎が桜庭の肩をぽんぽんと叩く。

なんでしょう、と振り返ると小声で「ブンタの件はいいのか」と囁《ささや》いた。

「あっ、しまった。もうちょっとで忘れるところだった。大倉さん、変なこと聞くようですけど、最近健康診断みたいなの受けたことありますか」

「それはないなあ」

このぐらいの年齢で定期健診を受けているような人間の方が少ないだろう。

「どうしてそんなことを？」

訊ねられ桜庭はブンタを指差した。

「この犬なんですけど」

「黒犬君？」

「ブンタっていう名前です」

「カッコいい名前だなあ」

「犬の中には、すぐれた嗅覚で初期の腫瘍や潰瘍を発見することが出来るものがいるの、ご存じですか」

「いえ、初めて聞きました。えっ、もしかしてこのブンタ君がそれですか」

「そうなんです」

ホントにそうなのかどうかはわからない。が、この犬は死を予告するんです、と言うよりは信じてもらえるだろう。

「たまたま今回聞き込みに連れてきていたんですが、それがあなたのことを見つけて、それでこうやって横に座っているのは、つまり……そういうことです」

「私、病気なの？」

「その可能性があるということです」

柿崎が言った。

「一度病院で調べてみたらどうですか。簡単な血液検査でも」

「それを教えてくれに、わざわざ私に話し掛けてくれたんですか」

「ええ、そうなんです。すみません、よけいなお世話かもしれませんけど……」

「いえいえ、ほんと有り難いです。明日にでも医者に行って来ます。結果はメッセージ入れますね」

「そうしてもらえると有り難いです。やっぱり心配だから」

「優しいんですね」

「いやあ、そうでもないんですけど」

照れる桜庭を遮るように間に入り、柿崎は言った。

「じゃあ、これで」

「またね、ブンタ君。桜庭さんには連絡入れます。無視しないでね」

「しませんよ」

大倉からなかなか離れようとしないブンタを引っ張って、二人はその場を離れた。玻璃子の姿が見えなくなってから、桜庭は言った。

「私が、人と人とのつながりが糸として見える、っていうの信じてもらってます？」

「嘘はついてないと思ってるが」

「さっきの玻璃子さんなんですけど」

「何か見えたか」

「背中からかなり太い濁った緑色の糸が伸びていました。背中からの糸は誰か支配的な存在がいることを意味します。それもあの色なら何か歪んだ力で支配されているんじゃないでしょうか。考えられるのは頑固者のお父さんがいる家庭。お母さんが暴君ってこともありますけどね」

「何が言いたい」

「ブンタって死というものに鼻が利くじゃないですか。近々その人が死ぬ、とかいうのまでわかるっておっしゃってたでしょ。で、思ったんですよ。もしかして玻璃子さん、酷いDVの犠牲者で、近々死んじゃうとか、あるんじゃないかと思って」

パーキングに辿り着き、二人は車に乗り込んだ。ブンタはケージに自分から入った。

運転するのは変わらず桜庭だ。

「で、それを知ってどうする」

席に着くと同時に柿崎が言った。

「何も出来ません。それはわかってます。でも、もし何かの時に助けが出来たら、とは思っています。千分の一でも万分の一でも、その可能性があったら、役に立ちたいなって」

サングラスとマスクを取りながら聞いていた柿崎が、鼻で笑った。

さすがにむっとして、

「笑わないで下さい。本気なんですよ」と柿崎を睨む。そして嚙《か》みつくような勢いで言った。

「私が手を尽くさなかったために、誰かが傷つくのを二度と見たくないんです」

その声が震えている。まさかここまで激昂するとは思っていなかった柿崎が、慌てて言った。

「悪かったよ。今度何か奢《おご》るから勘弁しろよ」

「奢る？　本当ですか」

「嘘はつかん」

「じゃあ、今度駅前でやってる特産品市場に寄って良いですか。そこで鴨《かも》ローストサンド買いたいんです」

「そんなの売ってたか？」

「ネットで評判になってたから、今度寄ったら買おうと心に決めていたんですよ。御馳《ごち》走《そう》になります」

「これが最初で最後だからな」

苦々しい顔でそういう柿崎を横目で見て、桜庭は微笑む。最初はどうなるかと思ったが、この現実離れした美貌の持ち主にずいぶん慣れてきたようだ。慣れれば柿崎が、確かに変人ではあるのだが警察官という職務には真面目に取り組んでいることが判ってきた。

「何をニヤニヤしてる」

「はっ、いえ、あの、なんでもないです」

桜庭は慌ててそう答えた。

ついてないときは何をしてもついてない。

5.

朝から悪夢のようなドミノ倒しが続いていた。財布を忘れて家を出たのが始まりだ。取りに帰って仕事に遅刻。任されるはずだった大口クライアントとの交渉にはついて行けず、代わりに郊外の頑固な地主に会いに行き、土地を売れ売らないの神経を削る攻防戦のあげく、何の収穫もなく外に出てタクシーが勝手に帰ってしまったことを知り、待たせて悪いからと先におおよその料金を支払っていたことを後悔しながら、仕方なく県道まで出てとぼとぼと徒歩で駅へと向かう途中での大雨だった。

駅までそれほど遠いわけではないが、それでも歩けば二十分は掛かるだろう。土砂降りの中歩きたい距離ではない。広い県道を通る車がほとんどない。タクシーを拾える可能性はかなり低そうだった。

徐々に冷えてくる身体を抱きかかえとぼとぼと歩いていると、後ろからきた軽トラックが横に来て止まった。

「どうした」

同い年ぐらいの若い男だ。

「すみません。駅まで乗せてもらえませんか」

思わず拝む。

「何があったね」

「待たせてあったはずのタクシーに逃げられちゃって」

「金も取らずにか」

「先払いしてたんですよ」

男は大口を開いて笑った。

前歯が二本欠けているのが見えた。

「あんちゃん、人が好いんだ」

男はニヤニヤ笑いながら言った。

「っていうわけでもないんですけど」

「乗りなよ。善人は救われなけりゃね」

「ありがとうございます」

服のまま風呂に入ったような状態だが、そのまま助手席に座った。車内はそこかしこ泥だらけで汚れていたからだ。

「すみません、シート濡《ぬ》らしちゃって」

それでも礼儀として謝った。

「いや、そんなことどうでもいいんだ。で、こんな所に何しに来たの」

「商談で」

「たいへんだね、こんな日に。俺はこの近くで野菜とか作って売ってるんだけどね。あっ、ちょっと悪いけど、ここに寄らしてもらっていいかな」

返事を待たず、歯抜け男はY字路を車幅ぎりぎりの隘路《あいろ》へとハンドルを切った。

「これ、ひみつの通路」

歯抜け男は嬉しそうに言った。

片側が壁、片側が小さな溝川《どぶがわ》で、しかもガードレールも何もない。助手席から見ていると脱輪ギリギリのそこを抜けると、不意にぽっかりと拓《ひら》けた土地に出てきた。

青空駐車場だろうか。

何台か廃車寸前のような車が停められていた。

その向こうに古びた団地があった。既にここは団地の敷地なのだろう。男はそこに軽トラックを停めて、言った。

「悪い。ちょっと一緒に来てもらえるかな」

先に出て、ビニール傘を渡された。

不審に思ったが、こんなところで臍《へそ》を曲げられても困る。歯抜け男の後ろについて歩く。

「どこに」

「悪い、ちょっと部屋に寄ってくるから」

「じゃあここで待ってます」

歯抜け男は振り返ってこっちを見た。

不快そうな顔だ。唇が歪んでいる。

「雨降ってるのに?」

男が言った。

「そうですね、そう。行きます。連れてって下さい」

二人揃って正面の団地の中へと入っていった。コンクリートが黒ずんでいるのは黴だろうか。コンクリートが吸った湿気の臭いがした。一階の奥へと入っていくと、第一集会場とうっすら見えるプレートが掛けられていた。男は古臭い真鍮製の鍵を出して、部屋を開いた。

中は小学校の教室ほどの広さがある。窓はなく、隅には廃材やハンマーやツルハシ、猫車などが置かれていた。埃の臭いに混ざって、饐《す》えた臭いがした。古びた肉の臭いだ。中央には木製のがっしりとしたテーブルが置かれていた。何かの作業台だろうか。赤黒いシミで汚れていた。饐えた臭いはそのテーブルからしていた。

「俺たちね、野菜の他には肉も売ってんだ」

背を向け、隅に置かれた廃材を触っていた歯抜け男は、そう言うと角材を一本取りだしてきて、いきなりフルスイングで男の頭を殴った。

頭がぶれ、意識が暗転する。

酷い頭痛で目が覚めた。

どこで何をしているのか一瞬わからなくなる。

自分が寝かされているのがテーブルの上であることがわかった。

そうか、集会場に入って――。

そこまで考えて身体が自由に動かないことに気がついた。手も足も結束ベルトで結ばれ、ロープでテーブルに固定されている。

「あっ、気がついた」

男はそう言うと、歯がないことを見せびらかすようににっこりとした。

「おまえは生きが良いなあ。新鮮なうちに処理しておかないとな」

歯抜け男はナイフを手にしている。細く尖《とが》った刃を持つ小さなナイフだ。

「下処理を任されてるんだけど、ここが一番しんどいよね。でもな、みんなに任されるのはそれでも誇りだよ。しんどくても頑張らなくちゃなあ」

「何してる。何をする気だ」

声が震えている。

「よく鳴くなあ。じっとしとけ」

歯抜け男は額を摑むようにして頭をテーブルに押さえつけた。

「動くと死ぬぞ」

喉を指先でさぐる。

狙いが定まったのだろう。

いきなり細く鋭い刃先を喉に突き入れた。

男はぎゅっ、と奇妙な声を漏らした。

「静かにしてろよ」

中で二度三度、何かを探るように刃先を前後させ、抜いた。

血がこぽりとこぼれる。

それきりだった。

深く喉にナイフを突き入れたにしてはわずかな血だった。

「喋ろうとするなよ。どっちにしても声は出ないけどな」

そう言うと大判の絆創膏《ばんそうこう》を傷口に張り付けた。

「もし口の中に血が溢れてきたら、飲み込まずに吐き出せ。飲むと傷が治りにくくなる」

男はポケットから小さな手巻きの煙草のようなものを取りだし、口に咥えるとライターで火を点けた。

深呼吸でもするようにゆっくりと煙を吸い込む。そして中空を見詰めしばらく息を止めてから、ゆっくりと吐き出した。

淡く紫がかった煙は、あまり嗅いだことのないような甘いにおいがする。

「喉の傷が治ったら吸わせてやるよ。手と脚の処理はこれなしだとちょっときついからな」

男は歯の隙間に煙草を挟み、紫煙を残して部屋から出て行った。外では篠突《しのつ》く雨が降り続いていた。

6.

次にすべきことを柿崎と話していると、伊野部から桜庭の携帯端末に連絡が入った。

——わかりましたよ！

いきなり伊野部は言った。

「なにがですか」

——例の元警察官の連絡先がわかりました。

「っていうと、あのSNSに投稿した人」

──そうです。今はどこにいますか。

「大学を出たところ」

──あの話の舞台もその辺りなんですよね。ということで、だいたい菜践署《なふむ》の警官じゃないかなと見当を付けたわけですよ。で、特定しました。データがデジタル化されているってことはありがたいですね。SNSのアカウントに紐付けされたブログが残っていました。で、本名がわかったので、三十六年前の菜践署の記録を探したらばっちりありました。斉藤俊介《さいとうしゅんすけ》巡査。当時三十二歳。今は六十八歳で、警備会社に顧問として勤めています。住所や電話番号もわかってます。

「えっ、ブログ一つでそこまでわかったんですか」

──そうですよ。

自慢気だ。

──それほど難しいことじゃないですよ。みんな脇が甘いですから。

「ハッカーってやっぱり怖いなあ」

──ぼくはハッカーじゃないし、ハッカーという用語の使い方も……止めましょう。いずれにしても、警察も含めてデータ管理がいい加減過ぎるんですよ。それでですね、本人に連絡入れました。話を聞きたいって。そうしたら、今日は仕事が休みで家にいるから、今から来てもらってもいいって。大学のそばにいるなら、そこから車で一時間ちょっとですね」

「なら今から行くと伝えておいてくれますか？」

――ＯＫ。任せといて。住所はそっちに送ります。

柿崎と桜庭はブンタをケージに入れ、ワンボックスカーに乗り込んだ。

送られてきた住所をナビに入力し、せまい田舎道から広い県道に出る。そこからさらに一時間近く走らせて住宅街に出た。一階に駐車場がある建て売り三階建てのバリエーションが延々と続く。比較的新しい町なのだろう。

「あそこですね」

門扉に斉藤と書かれた表札がある。その前で停めた。ちょっとここで待っててくれとブンタに声を掛け、二人は門扉の前に立つ。

どこかでメジロが鳴いていた。

桜庭はインターホンを押した。

「良い家ですね。田舎町の巡査も警察官続けたらこんな所に住めるんですかね」

「住める奴もいる、ってことじゃないか」

「夢のある話だなあ」

「そんなのがおまえの夢か」

「そう言われると悩みますけど、この程度の家に住めたら充分じゃないかなって――」

インターホンから声が聞こえた。

「――どちら様でしょうか」

「先ほど連絡した棟石署のものです」

桜庭が言った。

すぐに玄関が開き、痩せたごま塩頭の老人――斉藤が出てきた。

彼に招かれ二人は中へ入る。玄関先も廊下も、隅の方には埃が目立つ。どうやら一人暮らしのようだ。二人は居間に招かれた。

「まあ、座って下さい。

「お構いなく」

テーブルを挟んで二人はソファーに腰を下ろした。

「それで、SNSに投稿したあの件だろ。本当に取り調べに来たんじゃないんだな」

斉藤は疑い深い目で桜庭を睨んだ。

「取り調べ……ああ、機密漏洩罪ですか。そんなつもりは毛頭ありません。ご心配なく」

「インターネットというやつは恐ろしいもんだな。最初の投稿には具体的な地名も何も書いていないのに、たちまち特定された。あんたらにしても、五年前の投稿からこの俺を特定して住所を調べてきたわけだろ。もうこりごりだ。それで、取り調べじゃなかったらなんでそんなことを今更」

「午丘山近辺で失踪した方が数名おられまして、もしかしたら斉藤さんのお話と関係があるのかと」

桜庭が説明する。その間、斉藤はじろじろと柿崎を見ていた。

「この男も警察官かい」

「柿崎警部補です」

柿崎は警察手帳を見せた。

「現役の頃から四十年近く経ってるからなあ。警察も変わったもんだ」

「その四十年前のお話をお聞かせ願えませんか」

斉藤は目を閉じ、上を向いてしばらく考えていた。

「……あの日通報があったんだ。秘密の儀式を行っている。そこで人が生贄《いけにえ》にされているってな。そう言われて、すぐに同僚と一緒に現場へと向かった」

パトカーが到着すると集まっていた十数名はばらばらに逃げ出した。

「情けない話だが、誰も捕まえられなかった。みんなおそらく山の方に逃げたんだとは思うが」

「土に埋められていた人は悲惨な状況だったとか」

訊いたのは柿崎だ。

「瞼を縫い付けられていた。それから口もな」

「縫い付けられていたって、あの、糸で」

桜庭は眉をひそめる。

「そう。リンチとか拷問じゃなく、何か儀式的なものだったと思う。新興の宗教団体だったんじゃないかとね。だか結局はその後有耶無耶《うやむや》になっちまって終わりだ」

少し悔しそうだ。

「オウム事件が起こったのはその後だからな。あの頃の宗教団体はある種のタブーだった。当時はおそらく公安の対象にもなっていなかっただろう。まあ、助け出すことは出来たので、それで良しとすべきだろうがね」

「無事だったんですか、その人」

桜庭が訊いた。

「すぐに病院に運び込んだ。ショックからだろうね。彼は何も話さなかった。何が起こったのか。何をされたのか。彼が誰なのか」

「名前も言わなかったのですか」

「そうだ。ただ怯えて、震えるばかりだった。そしてその夜、病院から消えた」

「消えた？」

桜庭と柿崎が同時に言った。

「看護師は三時間おきに様子を見に行っていた。午前二時に見たときにはベッドにいたが、午前五時に見たらもういなかった。その間に出ていったのは間違いないだろう。あるいは連れ出されたか。今ならそこかしこに監視カメラや防犯カメラがあるから証拠になるだろうが、当時そんなものはどこにもなかった。そしてそのことは調べなくて良いと、当時の上司に言われた。勝手に一人で出ていったのだろうとね。それで終わりだよ。奇妙ではあるが、その時点で被害者がいなくなった。マスコミもくいつかなかった。三面記事にも出なかった。釈然としないままだが、こだわるほどのことでもない。当時、どことなくあまり周りに言うなというような雰囲気があった。もやもやを抱え誰にも言えず十年経ち二十年経ち三十年が過ぎた。もういいだろうと思ってオカルト話としてネットにアップしたら、それなりに反応があり、みんながいろいろと考えてくれた。長い間一人で抱えていたから、それが有り難かったのだが……ちょっと反応が大きすぎた。これはまずいと思ってすぐにアカウントを消した。それで終わりだ」

一気にそこまで話すと、深呼吸でもするように大きく息をついた。

「被害者の男性がどこにいったのかは今も不明ですか」

桜庭の問いに、斉藤は頷いた。重ねて桜庭が問う。

「その宗教団体が何かも分からずじまいですか」

「その事件を起こした団体かどうかはわからんが、あの近所に本部のある宗教組織があった。〈カペナウムの會堂《かいどう》〉という宗教団体だよ。法人としての届け出はしていないようだった。布教活動もあえてしていなかったらしい。そしてこれは噂でしかないのだが……」

斉藤はそこまで言って黙り込んだ。

何ですかと言いかけた桜庭を柿崎はそっと止めた。

しばらく待つと、斉藤は再び口を開いた。

「あくまで噂だが、彼らは儀式的に生贄を捧《ささ》げていたと聞いたことがある」

「生贄ですか」

桜庭が繰り返す。

「人柱ってやつだろうな。どんな儀式かは知らないがね。いずれにしてもあくまで噂だけだよ。それが事実なら明らかな刑事事件だ。場合によっては殺人だからな」

「警察は介入しなかったんですか」

桜庭が訊く。

「していないし、今の話はただの噂だ。布教もするわけではなく、洗脳して入信させたり、高額のお布施を求めたりすることもなかった。警察が介入する要素は皆無だったんだ。第一、それとあの夜の儀式とが本当に関係があるのかどうかも分からない。しかし、あの事件があってすぐ〈カペナウムの會堂〉が解散したのは、偶然とは思いにくいがね」

「信者がどこかに残っていたりしませんかね」

「さあね、そこまではわからんが……もしかしたら、公安は知っているのかもしれん」

そう言って二人を見た。

「さっきは公安も知らなかったって言ったがね、オウム以前だし。……だが、何となく警察組織のどこかは、この事件を知ってたんじゃないかと」

「どうしてそんなことを」

桜庭の問いに、斉藤は即座に答えた。

「秘密にしたがっていたからだよ。あの時のことは署内でも言うなと口止めされていた。はっきりと『秘密は守れ』と言われたよ」

「誰にですか」と柿崎。

「直属の上司だ。風の噂ってやつだが、今は県警本部長になったらしい」

「そこに話を聞きに行くってのは」

と桜庭は斉藤の顔をうかがう。

「まあ、やめといた方がいいだろうな。訊いたところで言うはずもないしな」

斉藤がそう言うと、タイミングを計ったようにメジロが鳴いた。

7.

「お久しぶりですね」

拓海は屈託のない笑顔で桜庭を迎えた。

飯盛署留置施設内の面会室だ。

失踪間際に韮沢宅を蕪木と一緒に訪れた〈お姉さん〉らしき人物。桜庭にはそれがどうにも気がかりだった。蕪木に面会出来ないかと検察に尋ねてみたら「生活保安課がしゃしゃり出て捜査の邪魔するな」とけんもほろろに扱われた。結局は瀬馬室長の手を借りることになった。それで、ようやく今その許可が下りた。

管理人に蕪木の写真を見せ、確認は取ってある。お姉さんらしき人物を連れて韮沢宅を訪れたのは蕪木だ。いろいろと調べてみたが、その〈お姉さん〉に該当する人物は蕪木の周囲にいない。

桜庭はじっと蕪木を見つめていた。

あの時と同じ笑みを蕪木は浮かべている。この少年は何の前触れもなく、次の瞬間には桜庭を殺せるのだ。

怖《おそ》ろしかった。

運が悪ければこの少年に自分は殺されていたのだ。あの時の蕪木が思い浮かぶ。あの時空虚な笑みの向こうには、何もなかった。殺意も悪意も、何もだ。愛想の良いこの少年は、人の形こそしているが、中身は何もない。悪疫のようにかかわる人間を傷つけるが、それは彼の意志でもなんでもない。彼は機械仕掛けの運命の一部品、形を持った死そのものだ。桜庭が柄にもなくそんな抽象的で哲学的なことを考えてしまうほど、その存在が、存在自体が怖ろしかった。

「覚えていたの？」

ようやく言葉が出た。

「もちろんですよ。僕を逮捕した人ですから。で、今日は何か訊きたいことがあるんでしょ」

「あなたが韮沢と家を出た、その直前に韮沢と面談をしているよね」

黙って頷く。

「その時に私ぐらいの年齢の女性が同席していたよね」

「ああ」

あっさりと蕪木は答えた。

「それは誰」

「水晶」

「えっ、それって名前？」

「水晶と呼んでって」

「何者なの」

「さあ」

「さあって……それはどういうこと」

「知らないんだよ。何度か会ったけど」

面談に行く途中で呼び掛けられて路上で少しだけ話したのが最初だった。

「ナンパかなと思ったんだけど、それなら次に会ったときに潰しちゃおうかなと思ったんだけど、そうじゃなかった。仲間にならないかって言われたんだ。何かいいことあるの、って聞いたら、絶対退屈しないって」

ふふ、と蕪木は笑った。

「ちょっと考えときますって言ったらさ、次の面談に一緒に行きましょう。面白くなるからって……それが四年前のこと」

「えっ、失踪前じゃなくて？」

「水晶は僕が何人も人を殺していることを知ってた」

「えっ」

「で、それを韮沢に相談してたんだよね。この子人殺したんだけど、どうしたらいいと思うって」

「なんですって」

我ながら馬鹿な相槌《あいづち》ばかり打っているとわかってはいたが、桜庭にはただ驚くことしか出来なかった。

「まだ驚くのは早いよ。それから水晶は言ったんだ。これであなたの願いもかなうんじゃないですかって。そしたら韮沢の顔がぱあっと輝いたね。その時に思いついたんだろうなあ。笑顔の剝製を作ろうって」

「じゃあ、失踪直前の面談にその水晶を連れて行ったのは何故《なぜ》」

「忠告を韮沢に伝えたいっていうから。それで連れて行ったら、水晶が逃げろって」

「逃げろ？」

「そう、今すぐに逃げろって。ここにいるとまずいよって。韮沢はもう今にもすぐに逃げ出しそうだったよ。それで、僕も急いで逃げた方がいいって思って、一緒に逃げた。すぐばれちゃったけどね」

「そりゃそうでしょ。韮沢が韮沢の持ち物の工場に隠れていたんだから。すぐにばれるよ」

「水晶はきっとばれることを見越していたというか、すぐにばれてほしかったんだと思う。あの人派手好きだから」

「君はそれでいいの」

「退屈してたからね」

「わざと捕まったっていいたいの？」

「僕は親切なんだよ。僕のせいで人に迷惑を掛けたくないんだよね」

殺人鬼の少年はにこりともせずにそう言った。

「韮沢さんにも猫の始末でお世話になっていたから、恩返し。あの人、ちょっとおかしな趣味を持っているでしょ」

桜庭は曖昧に頷いた。生首を剝製にして飾ることを趣味と言うならそうかもしれない。

「それを叶えるには死体が必要だったんだね。だから四年前、韮沢に死体を渡した。ほら、これは僕の善意だよ」

「韮沢から話を持ち掛けたんじゃなかったんだ」

「彼の欲望を叶えてあげたんだ。僕は死体を余らせている。彼は生首が欲しい。水晶がその橋渡しをした」

桜庭には何も理解が出来なかった。そして何一つ理解が出来ませんという桜庭の顔を見たからか、蕪木は説明を続けた。

「彼は保護者になりたかったんじゃないかって、そう思ったんだよ。僕を善導するつもりでいたんじゃないかな。なんかね、一つだけ、ちょっと気に食わないことがあるんだ。

というのはね、僕も韮沢も、水晶に勧められたままに行動しているような気がするんだよね。自分の意思じゃなくて。もしそうなら、ちょっと嫌かな」

「もう時間です」

看守が言った。

「ちょっと待って下さい」

看守にそう言って、蕪木に訊ねた。

「どうしてそんな気がするの」

「音を覚えているんだ」

「何の話？」

「水晶と会った時に、舌打ちみたいな音を聞いたような気がするんだけど」

「舌打ち？」

「正確には舌打ちじゃなくて、ほらこういう音」

蕪木はコッコッと舌を鳴らした。

「それから後にやったことは、なんていうか、やらされてたような気がして」

これは単なる責任回避の言い逃れなんだろうか。しかし蕪木はそんなタイプには見えないのだが、と考えていたら「そこまでそこまで」と看守に急《せ》かされた。桜庭は「今日はありがとう」と話を終わらせ、立ち上がった。

蕪木はにこやかな顔で言った。

「あなたに会えて嬉しかった。また話しに来て下さいよ」

あからさまな社交辞令だが、こんな時にこんな場所で言うと奇異に聞こえる。それでも桜庭は黙って頷き、彼に背を向けた。

＊

駅前に停めたワンボックスカーの前に台が置かれ、上に様々な野菜が並べられている。車体の横には午丘《ひるおか》朝市と書かれてあった。

「ええっ」

桜庭が頓狂な声をあげた。

「鴨ローストサンドないんですか」

「ごめんなさいね。あれはよく売れるわりに入荷が少ないんだよ。ある時とない時があるから、事前に連絡をくれたら、とっといてあげるよ」

目の前に立った太った中年女性がすまなそうに言うと、住所や電話番号が書いてあるチラシを渡した。桜庭はそれを丁寧に畳んで財布の中に入れた。

「じゃあ、代わりにイチジクのフルーツサンドを下さい」

袋に入れて「はいこれ」と差し出してきたそれを、桜庭はご褒美をもらった子供の顔で受け取った。

「ありがとうございます」

喜色を浮かべて桜庭は袋を赤ん坊のようにしっかりと抱きかかえ、ミニバンまで戻ってきた。

蕪木と面会を終えてまっすぐ荒屋敷国際大学近辺の地取りにやってきたのだ。〈地取り〉というのは事件現場近くで聞き込みを行うことだ。近くまで柿崎と一緒に来たのだが、柿崎は「さっきヒロヘリアオイラガの幼虫を見たからちょっと採取してくるわ」と早口で説明するとガラスの瓶を持って出ていってしまった。なのでこの駅で待ち合わせることになっていた。

ここに寄る前には近くのＪＲ駅やバス停近くの売店などで聞き込みを済ませ、それからキャンパス周辺で学生が寄りそうな店も順に廻《まわ》った。安い定食屋と、古めかしい喫茶店で、小堺の写真を見て知っていると答えた人間がいたが、それ以上の進展はなかった。それを終えていそいそと駅前の午丘朝市に向かったのだ。それが本来の目的で、地取りはついでのようなものだった。だが結局地取り同様、本来の目的も果たせなかった。要するに鴨ローストサンドを手に入れることは出来なかった。が、収穫はゼロではない。桜庭はいただきますと紙袋からフルーツサンドを取りだしぱくつき始めた。あっという間にすべてが胃の中に消えた。それと同時に助手席の扉が開いた。

「待たせたな」

柿崎だった。長身を折り曲げ助手席に乗り込む。ほらほら、と広口瓶を見せた。中では鮮やかな緑色をした小さな毛虫がうじゃうじゃと蠢《うごめ》いていた。小さなとき、毛虫を持ってきて嫌がらせをする男子にも、それを見てきゃあきゃあ騒ぐ女子にも馴染《なじ》めなかった桜庭は、悟りを開いた禅僧のような顔でそれを見ていた。

「イラガは幼虫から毒があるんだ」

喜色満面で柿崎はそう言うと、斜め掛けしていた黒い鞄にその瓶を入れる。

このタイミングだな、と桜庭はポケットからレシートを出して柿崎に差し出した。

「ごちそうさまでした」

ちらりとそれを見て、柿崎は言った。

「鴨何とかはもう食ったのか」

「残念ながら売り切れてて、フルーツサンドいただきました」

「満足したか」

「満足しました」

満面の笑みを浮かべ、桜庭は言った。

「じゃあ、行きますか」

生クリームが付いた指先を、何の躊躇もなく服で拭いハンドルを手にした。行先《いきさき》は元〈カペナウムの會堂〉信者の家だ。名前は天川次郎《あまかわじろう》。事件当時三十そこそこだったから、今は七十近いだろう。

室長に〈カペナウムの會堂〉のことを訊ねると、公安から聞き出してくれた。やはり公安は目を付けていたのだ。未《いま》だに天川は公安の監視対象であるらしい。

天川の家は棟石署の近くだった。

引き返すにつれ、空模様が怪しくなってきた。やがてしょぼつく小雨《こさめ》が降りだした。天川は駅前の賃貸アパートに住んでいた。かなり古い四階建てのアパートだ。エレベーターなどついていない。壁に向かって長々と立ち小便をしている男の横を通り、外にある錆《さび》だらけの鉄の階段を上っていく。カンカンと音をたてる度に、階段全体がユラユラと揺れた。良く見ると階段と壁との接合部に大きなヒビが入っている。

「これ、大丈夫ですかね」

桜庭は不安そうだ。上がるほどに揺れがひどくなる。

「落ちたところで死なない」

柿崎が素っ気なく言った。

「ここ四階ですよ」

「運が良ければ死なない」

運は良かったようだ。何事もなく最上階に辿り着き、桜庭は汗を拭った。

「この廊下もなんだか危なそうですよね」

外壁のそこかしこにヒビが入っていた。おそらくコンクリートの耐用年数を大幅に超えているのだろう。今にも崩れそうな外廊下を、桜庭はびくびくしながら歩いて行く。

「ここですね」

ようやくたどり着いた。桜庭はほっと息をつく。そして部屋番号を確かめると、インターホンのボタンを押した。ぶつぶつ、と雑音がする。インターホンはもう壊れかけているのだろう。

「来たぞ」

柿崎が言った。扉の向こうに人の気配があった。すかさず桜庭が言った。

「連絡した棟石署のものです」

返答はない。

「お話を聞かせてもらえると聞いております」

続けて喋ると扉が開いた。

「入れ」

中から陰気な顔の老人が顔を出し、すぐに消える。

その後ろから続けて桜庭と柿崎が入った。

「扉閉めて」

急かされ、慌てて桜庭は後ろ手で扉を閉めた。

部屋の中は薄暗い。そろそろ陽が傾きかけているのに電灯を点けていないからだ。

窓の前で天川は胡座をかいて座った。

「適当に座ってくれ。待っても座布団は出んよ」

窓を背にしているのでシルエットしか見えない。ずんぐりした黒い影だった。二人は灼けた畳に直接座る。ひんやりとした湿気を感じた。

「天川さんが〈カペナウムの會堂〉の信者だったことは間違いないんですよね」

桜庭が切り出す。

「古い方の〈カペナウムの會堂〉のね」

「古い新しいってあるんですか」

桜庭が訊くと、天川はその顔を睨みつけながら言った。

「だいたい〈カペナウムの會堂〉って名をなんでつけたと思う」

「カペナウムはマタイ伝に出てくる地名ですよね」

柿崎が言った。天川は、ふっと鼻で笑い、解説を始めた。

「聖書を読んだことぐらいはあるようだな。カペナウムの町の住人はイエスに耳を貸すことなく悔い改めなかった者たちだ。だから黄泉《よみ》に落ちるだろうと予言されている。〈カペナウムの會堂〉ではこの世はカペナウムである、と考える。つまりこのままではみんな地獄行きだとね。それを我々の力で世の中を変えていこう。それが教義だった。そのために聖書のみならず、仏教やヒンドゥー教、ゾロアスター教も学んだ。いずれにしても隠された智慧《ちえ》を学ぶことで、キリストの為《な》し得なかったことをやる、という超人思想がその中心だった。そういう意味では最初から異端の教義だったともいえる。とにかく我々は神の声を聞くために修行を続けていた。ところが新しい預言者が生まれてから、何もかもが変わった」

「新しい預言者ですか」

桜庭が繰り返した。

「信徒を導くものだ。それは殉教者として三年に一度選ばれる。その儀式の最中に通報されて、みんなはばらばらに逃げた。その時とり残された預言者が、その後帰ってきてみんなを導くために動き出した。彼は本物のカリスマだったよ。もしかしたら仲間から見捨てられたことが彼を変えたのかもしれない。彼にはカリスマ性があったが、それが信徒の方向性を変えていった。悪《あ》しき方向にね。あの時、一度〈カペナウムの會堂〉は終わったんだ。そして居場所を移して新しい〈カペナウムの會堂〉が誕生した」

「生贄の儀式があったと聞いているが、本当か」

柿崎の質問に天川は頷く。

「それがあの日、中断したわけですね」

そう言ったのは桜庭だ。

「最後まで続いていたら生贄は殺されていたんじゃないのか」

柿崎は天川の目をじっと見た。しばらく睨み合い、天川は首を横にふった。

「ヨハネによる福音書第6章で語られる、イエスがカペナウムの會堂でした説法、『人の子の肉を食《くら》はず、その血を飲《の》まずば、汝《なんじ》らに生命《いのち》なし』を文字通りに実行するのがこの儀式の主旨だ。そして預言者に選ばれた者はあくまで擬似的な死を体験し殉教者となる。そしてその腕の皮を剝ぎ、流れる血を掬《すく》い、ほんのわずかな血と肉をみんなで分け合うのだ。儀式はほとんど終わっていた。あの男は殉教者となっていた。その殉教者を、信者たちは棄《す》てて逃げた。だがすぐにそのことを後悔し、彼を病院まで救出に行った。まさか取り戻しに来るとは思っていなかったのだろうな。奪還そのものは簡単に終わった」

イエスはゲッセマネの地で囚《とら》われたとき、彼の弟子はすべて彼の元を去っていった。そしてイエスは処刑され、その後復活する。

偶然にも、ゲッセマネの祈りから磔刑《たっけい》を経てイエスの復活に至るまでを、この時の〈預言者〉はなぞることになった。

「我々はイエスの再来など望んでいなかったが、奇跡が起こった。彼は復活したイエスとなった。もう彼に逆らう者はいなかった。〈カペナウムの會堂〉は彼のものとなった。

もともと閉鎖的で過激な教団だったが、さらに戒律は厳しくなり、厭世《えんせい》的な団体となった。ただ〈カペナウムの會堂〉は布教をしなかった。限られた、つまり選ばれた人間の修行の場だった。しかし新しい預言者は外へその手を伸ばし、信者を増やすことを考えた。そして……贄《にえ》を外部に求めた。殉教者となりその肉と血を信者へ分け与える贄を……。贄を経た者はその日が入信となる。これは強制的な布教だ。そんなものはキリスト教でも何でもない」

一気にそこまで喋り、天川はゼイゼイと苦しい息をして、咳《せ》き込んだ。

「じゃあ、今もそこにいるのか」

天川はゆっくりと首を横に振った。

「カペナウムの會堂はカルトと呼ばれても仕方ない団体になった。強引な布教もその一つだ。それからどんどん内容が変わっていった。今はどうなっているか、俺は知らん。途中でついていけなくなった俺は逃げたんだ。後のことはまったく知らない」

「その新しい預言者の名前は分かりますか」

桜庭が訊ねると、天川は頷き、言った。

「滝植正三《たきうえしょうぞう》」

8.

〈午丘山事件〉は、伊野部の情報収集によりあっという間に新興宗教〈カペナウムの會堂〉へと辿りついた。ここまではとんとん拍子だった。

が、そこどまりだった。

解散以降の信徒たちの消息は全く摑めない。警察に儀式を見つかってから、〈カペナウムの會堂〉はその拠点を転々と移動している。天川はその途中で離脱したので、今の本部がどこにあるのかは知らない。公安が天川を未だにマークしているのは、今となっては〈カペナウムの會堂〉とのつながりが天川だけだからなのだ。

午丘山付近で行方不明になった十四人に関しては、四人だけ行先を摑んでいた。どれもただ普通の家出だった。理由はどれもが、地方在住の閉塞感に我慢出来なくなった、というようなものだった。残りの行方不明者も、一人ずつ見たら事件性はなさそうだ。今頃どこかで別人となって暮らしている可能性の方が高い。伊野部は自分の勘を信じてまだ何か調べているようだったが、柿崎も桜庭も、もうそろそろ次の対象へ移った方がいいかもしれないと思い始めていた。

そんなタイミングで大倉玻璃子からメッセージが送られてきた。病院に行った結果かと思ったが、それには全く触れず、刑事の友達が出来て嬉しいというような他愛ないものだった。それで桜庭が、今度玻璃子の家に遊びに行っても良いかなと問うと、それは駄目、と素っ気ない返事が返ってきた。

何故、と訊ねると、実家は古い団地で汚いから、見せるのが恥ずかしいのだという。そんなこと気にしないで良いのにと送ったが、頑として玻璃子は譲らなかった。じゃあ、またどこかで会いましょうと送信して会話を終えた。

桜庭は、ここですよご主人、褒めて下さい、という顔で玻璃子の横にじっと座っていたブンタを思い出していた。

大倉の背中から伸びていた太い緑の糸を見てから、もしかして彼女は酷いドメスティック《D》・バイオレンス《V》の犠牲者ではないのかという思いが消えない。実は以前、子供に虐待していた親が署に連れてこられたとき、その胸からピンと上へと伸びた黒っぽい緑の太い糸を見た。それは上の階で保護されている五歳の子供の方を指していた。そのDVを示す糸と印象が似ているのだ。

暴力による支配。そしてブンタが嗅ぎ出した死の気配。玻璃子は家に来るなとかたくなに拒んでいた。あれでますますDVを疑った。見せたくない、あるいは見られては困るものがあるに違いない。妄想をそれ以上広げることはしなかったが、不安感は残った。

嫌がっているけれど、一度偶然を装って近所まで行ってみるか。でも住所を訊いて教えてもらえるだろうか。そんなことを考えながら、お茶でも煎《い》れようと給湯室に向かう。その途中で「あっ」と声を上げ、慌てて情報管理室へとUターンした。自分のデスクに戻るとモニターに向かった。マップソフトを使い、荒屋敷国際大学を探し出した。西へと指でなぞる。望みのものが見つからず、縮尺を変えたり、画面を動かしたりしているうちにイライラしてきた。

大倉の背中から出ていた糸は、西を向いてピンと張っていた。つまり彼女に対して主人の役割を果たしている人物、おそらく彼女の実家の誰か、は大学から西の方角にいるということだ。そして彼女は古い団地に住んでいると言っていた。つまり桜庭は大学の西にある団地を探していたのだ。

桜庭は引き出しやロッカーの中を掻きまわして、ようやくそれを見つけ出した。道路マップだ。デスクの上のものをざっと横に押しやり、地図を開いた。大学を見つけ、そこから西へと赤いボールペンで直線を引く。

あった。

どうやら自分は根っからのアナログ人間なのだなと思った。

見つけたそれを赤い丸で囲む。

午丘団地とある。

これなら地図アプリで検索したらすぐに出てきたなあ。そう思い苦笑した。

時間を確認する。

行ってみるか。ひとり呟いた。

柿崎は行方不明者の何度目かの鑑取りに出ていた。その間に桜庭は報告書を書いていたのだが、それもさっき書き上げていた。特殊情報管理室専用のミニバンは柿崎が乗って出ている。室長は不在なので、室長のワンボックスカーは動かせない。

署から電車とバスを使って行くと、団地まで一時間ほどだ。向こうで一時間、帰るのに一時間。三時間ぐらいなら何の成果がなくても、ちょっと気になることがあったので調べてきました、で何とかなりそうだ。ならなかったにしても何とかする。

桜庭は伊野部に声を掛けた。

「ちょっと出掛けてきます」

「えっ、どこに行くの」

伊野部がブースから出てきた。

「ちょっと鑑取りに」

「だからどこに」

「今は秘密です」

「秘密って……」

「三時間後には連絡入れます。柿崎さんには適当に言っといて下さい」

「あっ、ちょ、ちょっと待って——」

慌てて引き留めようとする伊野部を尻目にそれだけ言い残して、桜庭は署から抜け出した。ＪＲの棟石駅へと向かう。

一時間足らずで最寄りの駅にたどり着いた。午丘団地は三棟しかない小さな団地だった。地図で見ると、その三つの建物がコの字に並んでいる。

敷地は広く、団地の前に駐車場を兼ねた大きな空き地があった。県道からちょっと離れたところにあるのだが、見渡す限り二階以上の建物が皆無のこの辺りでは、四階建てのその団地は遠くから目立っていた。

既に夕方が近づいていたが初夏の陽はまだ高く、夕暮れにはほど遠かった。だがあいにくの曇り空で、べったりとした鉛色の空を背景にコンクリートの素っ気ない箱が建っている様子は、荒涼としたものを感じさせた。

場所を確認してから、桜庭は近所で団地の話を聞いた。小堺が行方不明になった場所に近い。ついでに地取りをしておこうと思ったのだ。我ながら刑事根性みたいなものが（刑事でもないのに）身についたなあと思う。

団地の近所での評判は思ったほど悪くなかった。そしてサンドイッチを買ったあの午丘朝市はこの団地の管理組合が経営しているものだった。その評判が良いのも、近所の評価が高い原因の一つだろう。

ただし、夜中に団地に近づくのはやめた方が良い、という忠告は何度も受けた。いわゆる「やんちゃ」な若者のたまり場になっているから、というのがその理由だった。

その団地を目の前にしている。そしてそろそろ陽が暮れようとしていた。

団地前の広場はアスファルトで舗装されているが、所々にヒビが入り、そこから逞《たくま》しい雑草が頭を出していた。

隅の方には廃車寸前の車が数台停められていた。放置されたままのように見える。並んだ車の端に比較的手入れされているワンボックスカーが一台置かれてあった。車体には午丘朝市と書かれてある。サンドイッチを買った、あの車だった。

それらを横目で見ながら団地へと向かう。

玄関口が見えてきた。

扉があるわけでもない。

ぽっかりと開いた出入り口から一歩中へと入った。

急にむっとした湿気に包まれた。

酷くカビ臭い。

古いコンクリートがたっぷりと湿気を含んでいるようだ。

遠くから犬の遠吠《とおぼ》えが聞こえた。

最近では滅多に見ることがなくなった野良犬がいるのだろうか。

不意に背後から「おい」と呼び止められ、桜庭は飛び上がった。振り返ると若い男が二人、険しい顔をして桜庭を見ていた。二人ともどこともいえず薄汚れた感じがした。

「あっ、はい。なんでしょうか」

「何してるんだ」

吹き出物だらけの男が不機嫌そうに言った。

「ちょっと友達のところに」

「友達？」

背の高い方の男が言う。

「そうなんです。ええと、この団地ってポストはどこにあるんですか」

「はあ？」

吹き出物の男が口を歪めた。

「いや、いいです、いいです。自分で探しますから」

「ここは団地の中だ。勝手にうろちょろされても困るんだよ」

「部屋番号は」

吹き出物の男がそう訊ねた。

「知らないんですよ」

桜庭がそう言うと、男たちは顔を見合わせた。

「おまえ、本当に友達の所に来たのか」

「もちろん本当ですよ」

「部屋番号も知らずにか」

「急に来て驚かしてやろうと思って」

「それでも部屋番号ぐらい知ってないと辿り着けねぇだろうが」

二人は交互に桜庭を問い質す。

「だ、だからポストで部屋番号を調べようと思ったんです」

そう言って桜庭は、目を細めて二人を見た。

正面からも横からも糸は見えない。少なくとも彼らが玻璃子と繋がっていることはなさそうだ。

「電話で連絡もせずにか」

「だーかーらー、驚かしてやろうと思ってたって言ってるでしょ」

声が大きくなってきた。

「怪しいなあ」

「怪しいなあ」

二人が声を揃える。

警察だと言おうかと思ったが、やめた。

警察の名を出して玻璃子に会いたいというと、おかしな噂の元になりかねない。玻璃子に迷惑を掛けたくはなかった。

「で、ポストはどこなんですか」

「さあ、そんなものがあったかなあ」

吹き出物の男が薄笑いを浮かべてとぼける。

「もういいです。自分で探しますから」

行こうとすると、腕を摑まれた。

反射的に振り払おうとした。だが鎖で繋がれているように離れない。出そうになった悲鳴を呑み込む。

このままではフラッシュバックが始まる。

そう思い、頭の中でゆっくりと数を数えながら、言った。

「やめて下さい」

思った通りのドスの利いた声が出た。腕をつかんだ男を睨む。

大丈夫だ。

頭の中で知恵の輪を思い浮かべる。手首をつかんだ相手の手。その親指が知恵の輪のつながった部分だ。そこに開いた掌《てのひら》の親指側を合わせ、同時に自分の肘を相手の肘にぶつけるように腕を伸ばす。

するりと手が離れた。

その男を両手で突き飛ばし、反対側に逃げる。いや、逃げようとした。

が、そこには背の高い方の男が立っていた。

「人の敷地に勝手に入ってくるだけで犯罪だぞ。おまえ犯罪者な」

男は言った。

どこかでまた犬が遠吠えを始めた。

「どうした」

新しい男が顔を出した。

「いや、なんか友達探してるとか言ってるけど、怪しいから」

「嘘だな。きっと嘘だ」

「何かあったのか」

また人数が増えた。後から後からやって来る。このままでは団地の住人がすべて出てきそうだった。

彼らには共通点があった。

簡単に言えば粗暴。獣じみた暴力の気配と、知性だの理性だのに対する悪意が汗のように滲《にじ》み出《で》ている。

お前たちのことは少しも怖くない、という顔で桜庭は言った。

「あの、いいです。もう帰りますから」

「せっかく来たんだから探してったらどうだ」

　桜庭を中心に男たちが取り囲んでいた。皆体格が良い。ほとんどの男がジャージの上下を着ていた。中にはゴルフクラブやバットを持っている者もいる。その輪がじりじりと狭まってくる。

「ちょっと待って下さい」

　押し返すように掌を向こうに見せて言う。

「もう帰ります。もう帰りますからそこを退《ど》いてもらえますか」

　男たちは冷ややかな目で桜庭を見ていた。まだニヤニヤニタニタしているのなら普段見慣れた男の顔だ。下心が透けて見えるのはそれだけ扱いやすい。この男たちの顔からは、この先何をされるのか、どうするつもりなのかがさっぱり読み取れない。ひたすら薄気味悪かった。

「で、友達の名前は」

　後ろの方で声がした。

「名前を言えよ」

「嘘じゃないなら名前を言え」

　名前を言え、名前を言えと声が大きくなっていく。

警官であることを告げるのと大倉の名前を出すのとどちらが事態を収拾出来るかしばらく考え、言った。

「大倉玻璃子さんです」

男たちが黙り込んだ。

「大倉だあ？」

野太い声がした。

人垣を掻き分け、でっぷり太った中年男が前に出てきた。髪をけばけばしい金髪に染めている。

「俺の娘に何の用だ」

態度も容姿も大倉とは似ても似つかない。俄《にわか》には親子と信じがたい。

「あの、大学で知り合ったんですけど」

「おまえ、誰」

「桜庭有彩です。お嬢さんとは……お友達です」

言いながら男を観察した。

だが正面から見る分には、一本の糸も出ていない。彼が本当に父親であるなら、虐待説は間違いだったことになる。

「今玻璃子は出掛けている」

男は言った。

「わかりました。じゃあ、出直してきます」

「まあまあ、そう急がんでも」

また新しい人物が現れた。

桜庭は溜息をつき、その男を見た。

息を呑んだ。

白髪交じりの男の腹からは、数十本の緑の糸が突き出ていた。その緑は墨を流したように黒く濁っている。そしてその糸の幾本かはその場にいる男たちの背後へと消えていた。

それが何を意味しているのか桜庭は必死になって考えた。周りから見たら、ただぼおっと中空を眺めている様に見える桜庭を睨みつけ、男は言った。

「私はこの団地の理事長です」

男の右頰には、口をすぼめたような目立つ傷痕があった。よく見ると似たような、しかし小さな傷痕が瞼や唇にも点々とあった。

「あ、はあ」

戸惑いながら桜庭は頭を下げた。

「最近は物騒でね。この間も空き巣が入っていろいろと盗まれたんだ。それで管理組合としても、自警団のようなものを作って、いろいろと注意を払っていたんだよ。こんな男たちに囲まれて驚いただろう。見た目はあれだがね、みんないい奴だ。玻璃子ちゃんと友達なんだろう。それなら悪い印象を持ったまま帰って欲しくないんでね、ちょっとこの団地の事を私が案内しよう。その間に玻璃子ちゃんも帰ってくるだろう。さあ、みんな解散だ」

理事長がそう言うと、男たちは急に桜庭に興味を失い、ばらばらと去っていった。その背に繋がる緑の糸は、すべて理事長の腹へと繋がっていた。

「どこに行くんですか」

「団地のみんなで協力してね、野菜や肉を作っているんだよ。それを見てもらおうと思ってね」

「駅前で売ってるやつですね」

「ほう、知っていたか」

「あそこで買って食べましたから。美味《おい》しかった」

「ほう、何を召し上がったんですかね」

「イチジクのフルーツサンドです」

「それはそれは。美味しかったでしょう」

はい、と大きく頷いた。

「鴨ローストサンドは？」

「売り切れてたんですよ」

「ではまた次回」

団地の中を通り抜け、中庭に出た。そこに中庭全体を使った本格的な菜園があった。

「あっちにあるのがサツマイモ、その横にジャガイモ、トマトやキュウリは定番かな。あっちがキャベツ、ヤングコーンもある。ここでちょこっと紫蘇《しそ》とネギを作ってる」

「これだけ広いと手入れが大変でしょう」

「まあ、団地のみんなでやってるから。手作りで自動給水の装置もつくったんだ。堆肥もここで作ってる」

理事長は胸を張る。

「こんなにきちんとした畑があるとは思ってませんでした」

「土の手入れから始まって、みんなで育てた。そうだ、後で野菜をお土産に持って帰ってもらおうか」

「ありがとうございます」

「好評なら駅前で火曜木曜の週二回、車を停めて販売しているから買いに来てくれるとありがたいね」

「理事長、あれは」

指差す先には小さな木造の小屋があった。

「あれは鴨の部屋だ」

近づくとぐわぐわと鳴き声がする。

「ストレスに弱いんで、見せることは出来ないが——」

その時小屋の扉が開いて、ジャージ姿の男が出てきた。理事長の姿を見ると「食わせるのに一苦労……」と話しかけ、横にいる桜庭に気づいたようだ。

慌てて扉を閉めた。

だがその時、一瞬桜庭には小屋の中が見えた。

丸いものが床に転がっている。

薄暗い小屋の中だ。しかも扉が閉じるまでのわずかな間だ。一秒にも満たないだろう。だから自信を持ってそうだと言い切れはしない。

桜庭が見たもの。

それは生首だった。

またか、と思ったら次の瞬間その生首が大口を開いてぐわっと鳴いた。

出てきた男は唖然とする桜庭の前に来て言った。

「中、見えた？」

そう言ってにっこりと笑う。

前歯が二本欠けていた。

滑稽と言うより、寒々しいものを感じた。

「いえ何も」

桜庭は笑顔でそう答えたのだが、自然な笑みに見えているかどうかまではわからない。

その歯抜け男の背中から伸びた緑の糸も、理事長の腹へと繋がっていた。

この団地に住む者はすべてこの老人に支配されている。

桜庭は直観した。

あの糸の色の濁りや太さ、存在感の強度。それはドメスティックバイオレンスなどを含む歪んだ支配被支配の家族関係で見たことがあるものだった。

具体的にそれが何を意味するのかまではわからない。だが今桜庭の命運を握っているのがこの老人であることには間違いなさそうだ。

「こうやって、我々は地域へ貢献しているわけだよ。で」

理事長は桜庭の顔を覗き込んで言った。

「何か見たか」

「見てません」

ふるふると首を左右に振る。

答えが少し早過ぎた。

顔が強《こわ》ばっている。

慌てて笑顔にしようとするが上手《うま》くいかない。

理事長はそばに立っていた歯抜け男を睨んでいた。

男の顔が蒼褪める。

「この男を授けて下さったことに感謝します」

そう言うと理事長は男の腹を蹴った。

喧嘩慣れした人間の蹴りだった。

革靴の爪先が、鍛えているであろう男の腹に深く食い込む。

ぐふっ、と声を漏らし腹を押さえて後退した。

「おまえのような不出来な弟子こそが神の与えた試練なのだろうな。この世はカペナウムそのものだ。弟子は裏切る。それが世界だからだ。手をどけろ」

最後は男に向けて言った。

男は情けない顔でじっと理事長を見ている。

カペナウム。

今理事長は間違いなくそう言った。

「手を腹からどけろと言ってるんだ」

慌てて男が手を離すと、さっきと同じ場所に再び蹴りを入れた。

男は身体をくの字に折って苦悶《くもん》した。

「滝植様、お許し下さい」

男が弱々しい声を上げた。

滝植――。

聞いたことのある名前だ。

そうだ、間違いない
滝植正三。〈カペナウムの會堂〉の新しい預言者の名前だ。

「世界は悲哀で満ちている。これ以上わたしを悲しませるな」

男に向かって本当に悲しそうな顔でそう言うと、滝植は桜庭を見た。

「何を見たにしろ、それを一生誰にも話してはならない。約束出来るかな」

首が千切れるほど頷いた。

それを見て、滝植は言った。

「嘘だ」

あっ、殺すつもりだ。

一度観《み》た映画のように、桜庭にはその続きがどうなるかがわかった。

「おまえは誰かに話すだろう。約束は守られない。だから――」

桜庭はくるりと滝植に背を向けると、猛スピードでダッシュした。

走れ走れ走れ。

桜庭は言葉で自身の尻に鞭打《むちう》つ。

背後から遠吠えが聞こえた。

それはあの歯抜け男の声だった。

男は空を仰ぎ、おうおうと高く低く、狼のように吠《ほ》える。

遠吠えそっくりのその声に、団地のあちこちから反響のように遠吠えが返ってきた。

団地の中を吠え声が響き渡る。

滝植が怖ろしいほど良く通る声で告げる。

「また彼は使《つかひ》たちを大いなるラッパの聲《こゑ》とともに遣《つかは》さん。使たちは天の此《こ》の極《はて》より彼《か》の極《はて》まで、四方より選民を集めん」

その声に沿うように、強く弱く遠吠えが続く。

遠吠えに押されるようにして桜庭は走った。

プランターを蹴り倒しミニトマトをばら撒《ま》き、中庭を抜けると県道へと繋がる棟へと駆け入った。

仄暗《ほのぐら》い廊下を出口へと向かって走る。

玄関口付近に人がたむろしていた。助けを求めようと声を掛ける寸前、たむろするものたちが空を見上げ遠吠えを始めた。

慌てて途中で廊下を折れる。

あっちにいたぞ。

声が聞こえる。

廊下はすぐに行き止まりだった。

右側に扉があった。

ノブを摑んで引くとあっさりと扉が開いた。

中に飛び込み扉を閉じる。

内側から鍵を掛けると、その場にぺたりと座り込んだ。

心臓が今まで経験したことのない速度で脈打っている。全力疾走したからだ。その心臓のリズムが、恐怖を煽《あお》った。そうだ。恐怖だ。

私は怯えている。

初めてそのことに気が付いた。気が付いたとたん、脚が細かく震えだした。

身体に力が入らない。

脚が萎えたようで、立ち上がれない。まるであの時のように……。

まずいぞ。

桜庭は思った。

数を数えるんだ。

大丈夫。

数えている間に何もかも終わる。

窓のないカビ臭い部屋の中で心臓の鼓動に合わせ、桜庭はカウントを始めた。

いち、に、さん、し、ご、ろく……。

駄目だった。

いくら数を数えても、どうしても数字に集中出来ない。

無理無理もう無理だ。

無意識にそう呟き出した途端、頭の中で悲鳴が聞こえた。

子供たちの悲鳴。泣き声。

そして男の怒声。

横たわり、じっと桜庭を見つめる少女の顔が目に浮かんだ。

サキティごめんなさいごめんなさいごめんなさいごめんなさいごめんなさいごめんなさい。お経のようにごめんなさいを繰り返し、震えの止まらない手で両耳に蓋をする。

それでも頭の中の悲鳴は止《や》まない。

とうとうフラッシュバックが始まってしまったのだ。

十五年前のことだ。

桜庭が小学六年生の秋。

いつものようにぎりぎりまで寝て、母親に朝ご飯だけは食べて行きなさいと叱られ、慌ててトーストを口に押し込みミルクで流し込んで集団登校の集合場所に向かった。桜庭は友人のサキティと一緒にこのチームを率いている。秋の晴れた空はどこまでも澄んで風は冷たく、パン工場のむせるようなイースト菌のニオイも、きゃあきゃあとはしゃいでいる下級生も、何もかもがいつも通りで、学校に到着した。教室に入ったらすぐだった。隣の教室で悲鳴が聞こえた。泣きながら廊下を走っていく同級生を見ても、何が起こったのかわかっていなかった。

そしてその男が入ってきた。血塗れの包丁を持っていた。慌てて逃げだそうとした同級生たちが手や胸を刺されて倒れている。

桜庭は咄嗟に掃除用具入れに入り込んだ。しゃがみ込み床にへばりつくようにして、ロッカーの下にある換気用の隙間から外を見た。

悲鳴が聞こえる。助けを呼ぶ声が聞こえる。隙間から覗いた。床に広がる赤い血。倒れた友人にまたがって何度も何度も包丁を叩きつける男。その背中でのたくる緑の薄汚いゴム紐。助けてくれと訴える友人の目。蛇口を捻ったようにジャブジャブと流れていく赤い血。

桜庭は震える手で耳を押さえ、数を数えた。手だけではない。足が震え、膝の力が抜けていく。キャンドルが溶けるように狭いロッカーの中に伏せ、そうやって数を数え続けた。ちょうど百を数え終わったとき、彼女は駆け付けた警官によって救助された。犯人はその場で射殺された。

そうだ。

数を数えるんだ。

数えていればいつかは終わる。誰かが助けに来てくれる。

桜庭は再び数を数え始めた。

今度は上手くいった。

いつの間にか悲鳴も怒声も聞こえなくなっていた。

そうだ。

そうやって数を数えて――。

がちゃがちゃと扉のノブが動かされている。

誰かが中へと入ろうとしているのだ。

桜庭は慌てて大きなテーブルの下に隠れた。

同時に扉が開いた。複数の人間が部屋に入ってきた。テーブルの下で膝を抱える桜庭には、周りをうろついている男たちの脚が見える。

――この部屋か。

――ああ、入るところを見た。

――鍵を掛け忘れたな。

――それは、まあ、内緒にな。

――さあ、どこに隠れてるんだ。

つい声をあげそうになって、掌で痛いほど口を押さえた。その手が凍えるほど冷たかった。

扉が閉じる音がした。

この部屋はあの時の学校の教室ほどの広さだった。それだけでまたあの時に引き戻されそうになり、ぎゅっと身を縮める。

この部屋は物置なのだろうか。隅の方には廃材や工具などが置かれてある。

口を押さえ、鼻で息をしている。

埃の臭いに混ざって、乾いた腐臭がしていた。不吉な、喉に絡むような臭い。

――よりによってこの部屋になあ。

――いわゆる袋の鼠《ねずみ》ってやつだな。

――お嬢ちゃん、どこに隠れた。っていうか。

そう言って、前歯がない男の顔がテーブルの下を覗き込んだ。

目が合った。

ひっ、と息を呑んだ。

悲鳴も出ない。

「ここしか隠れる場所がないよなあ」

逃げる間もなく腕を掴まれた。

止めて、止めて。

悲鳴混じりの声が自分でも驚くほどか細い。

抵抗らしい抵抗も出来ず、男たちによってずるずると引きずり出された。

前歯が抜けた男が顎をあげ上を向くと、周囲に響く大きな声で遠吠えを始めた。すぐに遠吠えが木霊のように返ってきた。

「これは天使の喇叭《らっぱ》と言ってな、仲間に呼び掛け集合を掛けるときに使うんだ」

前歯のない男は得意げにそう言った。

＊

「何でとめなかった」

眉間に皺《しわ》を寄せてそう言ったのは柿崎だ。憂う柿崎は退廃《デカダンス》そのものだ。もうずいぶん見慣れているはずの伊野部も、一瞬だけそれに見とれてから言った。

「だから、止めたんですって。止めたけど三時間したら戻ってくるって飛び出ていったんですよ」

「確かに特殊情報管理室は独立部隊であり個人プレイも尊重はするが、それでも警察組織の一部なんだぞ」

いつになく柿崎が正論を言い出した。

「せめて行先ぐらい言っておけよ、馬鹿か。奴は馬鹿なのか。馬鹿なんだろうなあ。で、出ていってから四時間は経ってるよな。だいたい桜庭は何があろうと赤信号は渡らないタイプの人間だろう」

「そうですねえ」

「そうですねえじゃない。おかしいだろう」

「連絡はしてみましたよね」

「した。連絡しろってメッセージも入れている」

「成人女性なんですから、帰ってくるのが一時間ぐらい遅いからって」

「遅すぎる」

「まだ一時間ですよ。なんですか、親心ってやつですか」

「馬鹿、刑事の勘だ。言ってる間に一時間半経過だ……行くのなら〈午丘山事件〉関連のことだろうか」

「でも秘密だって言ってましたよ。捜査なら秘密にしないいんじゃないですか。ぼくは私用だと思いますけどね」

「桜庭に限って私用はあり得ん……いや、待てよ。半私用ならあるか」

「半私用って？」

「荒屋敷国際大学に行ったときに、ブンタがある女子大生のところに行って動かなくなった。あのシニガミが、だ」

その時のことをひとしきり説明する。

「桜庭はかなり気にしていた。病気、あるいはDVの犠牲になっているんじゃないかってな。それを確認に行ったか、あるいは本人から連絡があって来てくれと言われたか……しかし何があった。それだけのことなら連絡は出来るはずだ。おかしい。やっぱりおかしい」

おかしいおかしいと言いながら、柿崎は桜庭のブースに入っていく。

「えっ、勝手にそんなことして」

駄目ですよと言いながら伊野部も桜庭のブースに入っていった。柿崎は勝手にデスクの引き出しを開けたりしている。伊野部も駄目ですよと口では言うが、止めようとはしない。

とうとう柿崎は一冊の道路マップを見つけ出した。

「うわあ、今時紙の地図を使ってる人がいるんだ」と伊野部は見当違いの方向に驚いていた。

「まずは荒屋敷国際大学」

言いながら地図を広げる。大学はすぐに見つかった。そしてそこから西に向けて引かれた赤い線も、その先にある午丘団地が赤く丸で囲まれていた。

後ろから覗いていた伊野部が「団地か……」と呟いた。

「何かわかるのか」

「ちょっと前に幽霊団地の話なら聞いたことがあるんですよね」

「幽霊団地？　オバケが出るって？」

柿崎の問いに伊野部は即答した。

「これも都市伝説みたいなものですよ。イヌナキっていう妖怪がでるって、そういう団地があるんだって、一時噂になってました。そういえばあれも午丘山の近くで発生した都市伝説だったなあ」

「あれええ」

室長の声だ。

「桜庭君のブースに二人入ってなにしてるの」

言いながら室長も入ってきた。

「室長、お願いがあります」

「なになに、柿崎君が珍しいなあ」

「ブンタとそれから車貸して下さい。ブンタ連れてちょっと調べたいことがあって」

「いいよ」

室長は嬉しそうだ。

「なに、何か進展があったの？」

「行くんですか、その団地」

「ああ、ブンタを連れていく。なぜかその玻璃子という女を遠くからでも嗅ぎ出すみたいだからな」

柿崎は室長からキーを受け取り、急いで部屋を出ていった。

柿崎は勘などというものはあまり信用しないタイプの男だった。が、今ここで動かなければとんでもない後悔をするような気がしていた。

＊

簡素な作りの小屋だった。外から見たよりも中は広かった。

中庭に作られた小屋に、桜庭は連れてこられたのだ。

天井は高く、縦横に渡された梁《はり》が剝き出しになっていた。

床には柔らかな土が敷きつめられ、隅の方に何も入っていない大きなケージが二つあった。

そして何よりも奇妙なものが小屋の中央にあった。地面から突き出た首だ。若い男だが、へらへらとだらしなく笑っている。

桜庭は両手をロープで結ばれ、直接地面に座らされていた。その横に滝植が立っている。

「もうその男は鴨になっているよ。この恰好《かっこう》で一週間経っているからね。もちろん体調管理はしっかりとやっている。一日一度は地表に出して洗っているしね。さあ、引き上げてくれ」

歯抜け男が二人の男と一緒に、その男を地面から掘り出していく。スコップ捌きも慣れたものだ。男は袋に入れられていた。その袋がグイと持ち上げられ、男は床に寝かされた。かなり小さい。中に成人男子の身体が納まるとは思えない大きさだ。

「サイズがおかしいと思っただろう。手も脚も腱《けん》を切って小さく畳んであるんだ」

「……何か薬も使ってますよね」

「良く判るな。モルヒネを射《う》ってる。彼はいつでもご機嫌だよ。一週間足らずでこうなる。これが鴨だ」

ジャージ姿の女性が来た。かなりふくよかな中年女性だ。低い座椅子のようなものがあり、女性はそこにぺたりと腰を下ろした。袋詰めされた男が、その膝の上に置かれた。があがあと男が鳴いた。女性は赤ん坊を抱くように背後から男を抱きすくめる。

その手に大きな注射器のようなものが手渡された。

「いわゆる強制給餌《ガヴァージュ》だよ。あのシリンジの中身は豆乳のヨーグルトにナッツ、紫花豆、カボチャにオリーブオイルやワインビネガーなんかをペースト状にしたものだよ。動物性の食材は一切使用していない。要するにビーガン料理だ」

シリンジの長い先端を男の口の中へと突っ込むと、女はゆっくりとピストンを押し込んだ。どう見ても赤ん坊にミルクをあげているようにしか見えない。

「こうするとストレスも無く、肉の味が数段によくなる。この食事を二か月から三か月、あまり運動をさせずに続けることで、驚くことに鴨肉そっくりの肉質になるんだよ」

餌を呑み込む男の、首筋や背中、脇腹をチェックすると、また埋めるように男たちに指示した。

滝植は自慢気に説明を続ける。

「強制給餌と聞いてフォアグラを連想したんじゃないかね」

まったくそんなことは思いつかなかった。目の前で行われていることの異様さにただただ驚くだけだ。

「だが肝臓は使わない。内臓はほとんど肥料に回される」

「あの、それってもしかして、肉を……食べるってことですか」

「当然じゃないか」

滝植はキョトンとした顔で桜庭を見る。

「一体何の話をしていると思っていたんだ。ほとんどは我々で分けるのだが、神への感謝の意味もあり、わずかばかりは町の人々にも分けることにしている」

「鴨肉のローストサンド」

そう呟くと口の中に苦いものが込み上げてきた。桜庭はそれをぐっと堪えた。喉が押し潰したような音をたてた。

「その通り」

滝植は嬉しそうに笑う。

「狂ってる」

桜庭が呟く。

聞こえたのか聞こえなかったのか、その声を無視して話は続く。

「またこれが良い値で売れるんだ。まあ、こっちも手間暇掛けているから、人件費等考えるとそう儲《もう》かっているとは言えないんだが。肉と一緒に野菜も提供している。何しろ我々は非常に良心的な商売をしているからね」

得意満面でそう言う。

「孫娘をね、大学にやったんだ。これがまた優秀でね。我々は野菜を中心に加工品やお土産用の菓子、ジュースなども作る小さい会社をやってるわけだが、その経営をいずれは孫娘に任せようと考えている」

その時ノックの音がした。

「おお、来たか。入っておいで」

扉が開いて若い女性が入ってきた。

「桜庭さん、何してるんですか」

大倉玻璃子だった。

「玻璃子さん！」

飛びつきかねない勢いで桜庭はそう言った。

「この人に説明してあげて下さい。ただ玻璃子さんに会いに来ただけなんですよ。怪しい人間じゃないって言ってやって下さい」

「この人は警察官ですよ」

玻璃子は言った。

言い放ったと言うべきか。大学で会ったときの親しみは拭ったように消えてしまっていた。

その場にいた男たちが全員桜庭を見た。

「玻璃子さん……」

「行方不明になった大学生を捜しに来てたの。ほら、三年前に入信してすぐに脱退した小堺とかなんとか」

「知ってるの？」

「ごめんね、嘘ついて。知ってるよ」

そう言うと玻璃子は小さく溜息をついた。

「だから来るなって言ったのに……」

と呟く。

「小堺さんはここに来たってこと？」

「来たってこと。でも逃げ出しちゃった。同じ釜の飯を食べた仲間になりながらよ。酷いと思わない？　思うよね。そんな人間には罰が当たって当然だって。だから——」

さらに話を続けようとする彼女を押しのけて滝植が前に出た。

「おまえは警官なんだね」

桜庭は頷く。

「ここには仕事で来たのか。つまり何かの捜査で」

「そう。その通り。このまま連絡を入れなかったら、すぐに仲間がここにやって来る」

滝植は射るような目で桜庭を見た。目を逸らしそうになるのをぐっと堪えて滝植を睨む。

「……まあ、嘘だろうな。何かが判ってここに来たようには見えない。ただただふらりと遊びに来た間抜けな女に見える」

「うるさい」

抗議にしては少し声が小さすぎた。

「いずれにしても、おまえは邪魔な存在であることに変わりはない。問題はどうやって始末するかだ」

「人の子の肉を食《くら》はず、その血を飲《の》まずば、汝《なんじ》らに生命《いのち》なし」

玻璃子が言った。

滝植が拍手する。

「素晴らしい、大学に行かせた甲斐がある」

「やめてよ、お爺《じい》ちゃん。こんなこと神学部に行かなくても聖書読めば覚えるよ。っていうか、小さいときからお爺ちゃんに聞かされてるんだから」

神学部？　お爺ちゃん？

自分の立場を忘れていくつもの疑問が浮かぶ。

「滝植さんがお爺ちゃん？」

つい質問してしまった。

「そう。ママがお爺ちゃんの娘ってことね」

「玻璃子さん、神学部だったんですか」

「当然でしょ。真実の神の言葉を学ぶためには、基本的なことも知っておかないとね。

で、保も宗教学の講義で知り合ったの」

「保って、小堺保さんのこと？ でも小堺さんって経済学部ですよね」

「宗教学は趣味というか、興味があったからその授業だけ取ってたみたい。関係が薄いうちにここに誘ったらほいほいついてきたんだよね。堕落した人間だよ」

吐き捨てるように言う。

「あまり身近な人間を連れてくるなとは言っておったんだが」

「お爺ちゃん、私には甘いから」

言われて「こりゃまいった」みたいな顔をするからまったくの好々爺《こうこうや》に見える。しかし会話の内容は大学生を誘拐した話だ。

「仲間にしようとしたのが間違いだった」

滝植は渋い顔でそう言った。

「あれなら鴨に育てて捌いておけばよかった。その方が人々に貢献出来るからな」

「鴨に……」

桜庭はニヤニヤ笑う生首を見た。ああなっていたかもしれないということか。

「で、この子は鴨にするの？」

桜庭を顎で差して、滝植に訊ねる。

「鴨に育てる時間があればいいが、どうだろうね。このお嬢ちゃんが警官なら、ちょっと困ったことにもなりかねないからね。せっかく住みやすい場所を見つけたのだが……」

「ごめんなさい、お爺ちゃん」

「まだそうなると決まったわけじゃない。どっちにしても、いつまでも同じ所にはおれんだろうしな。しかしそうなると、この娘にもまあそれなりの処理をせんと――」

遠吠えが聞こえた。

滝植が目で合図をすると、歯抜け男が慌てて部屋から出て行った。

遠吠えは途絶えない。

すぐに歯抜け男は戻ってきた。

「新しい客です。犬を連れた男が」

「警察か」

「やたら綺麗な男で、最初タレントか何かと思ったんですが、警官でした」

犬を連れた綺麗な男が来ている。

歯抜け男はそう言った。

しかも警官だと。

――柿崎警部補！

思わず叫びそうになった。

すぐそこにいるのは間違いなく柿崎警部補とブンタだ。どうやったのか知らないが、この場所を突き止めてくれたのだ。有り難くて嬉しくて、思わず涙がこぼれそうになる。が、泣くのも感謝も後回しだ。

「とにかく入り口で食い止めていますが。どうしましょう」

「わかった。行こう。おまえたちはこいつを集会場に連れて行って見張ってろ。声をあげそうになったら適当に処置してくれ」

そう言うと滝植は玻璃子を連れて部屋を出て行った。

チャンスだ。

桜庭は頭をフル回転させた。

＊

「ここに行くと言って出ていった人間が、指定した時間に帰ってこないから迎えに来ただけだ」

柿崎は、三棟ある団地へのたったひとつの出入り口をふさぐジャージ姿の男たちを睨みつけた。

勝手に団地に入られては困ると言われ、警察手帳を出してからずっとこの状態だ。

その気配に怯えて、ブンタは柿崎の後ろに大きな身体を縮めて隠れている。

理事長という老人が出てきたので、これで話が進むと思ったらまったく違った。

彼らは余計頑《かたく》なに柿崎の侵入を拒んだ。

「ここは私人の土地です。我々管理組合に話を通さず中に入れるわけにはいかんのです」

先頭に立っているのは滝植だ。

「警察であるなら、令状を持って来なさい。正式の捜査であるなら管理組合も協力しますよ」

「もう一度言う」

柿崎は根気よく説明を続けた。

「身分を証明しろと言われて警察手帳を出したが、これは捜査でも何でもない。同僚がここに行くと言って出て行ってから、いつまでも帰ってこないので探しに来ただけだ。団地中を隈無《くまな》く探そうといってるわけじゃない。ちょっと中を見せてもらえないかと頼んでるだけだ」

「それなら不審者とかわりない。入れるわけにはいきません」

「二十代の女がここに来ているだろう」

みんな黙って柿崎を見ている。

「こうやって、急にやってきた人間を玄関口で止めるぐらい、普段から出入りする人間に気をつけているわけだろ。それなら、見知らぬ女が中に入るのを見逃すわけがない」

「誰か知ってるか」

滝植が後ろを向いてそう言った。みんなが一斉に首を横にふる。

「見ていないそうだ」

滝植は柿崎を睨む。

柿崎は溜息をついた。

「ここに来ているのは間違いないんだ」

もちろん嘘だ。それを確かめにここに来ているのだから。しかしここまで中に入ることを拒絶されると、かえってここに桜庭がいるのではという思いが強まる。

「だから言ってるだろう。ここは私有地だ。管理組合の許可を得ずに入ることは出来ない。それでも入りたかったら令状でも何でももってきなさい」

「令状持ってきてもいいけどね」

柿崎はそう言ったが、ただのはったりだ。事件すら起こっていないのに令状が出るはずがない。つまり何かを摑んでいるかのように見せたわけだが、あまり効果はなかったようだ。

「そうしてもらうとこちらとしても有り難いですな。こんなところで押し問答せずにすみ――」

話途中で柿崎はしゃがみ込んだ。

彼の足首をブンタがしきりに甘噛《あまが》みをしているからだ。

ただ怯えているだけにも見えるが、真意はわからない。

「どうしたブンタ」

そう訊ねると、リードを手放して首のあたりを撫でた。

その時、また遠吠えが聞こえた。

ブンタがびくりと身を震わせる。

「なんだその犬」

「まったく見掛け倒しだな」

「震えてるよ」

そう言いながら男が近づいてきた。

その時また遠吠えが聞こえた。

ブンタはぴょんと跳ねて逃げ出した。

マンガのように二、三度足が空転してからの猛ダッシュだった。

「待て、ブンタ」

叫びながら柿崎は後を追った。

＊

歯抜け男がじっと桜庭を見ていた。好色な目ではない。無関心なわけでもない。内装屋が出来かけの家を見てこれからの段取りを考えている顔だ。いつものように、いつもの手順で、いつものあれが始まる。

集会場の中にいる残りの二人、魚のようにまん丸の目を見開いた男と、ジャージ上下がはち切れそうなマッチョ男は、何かと言えば互いの身体を触っている。尻を触り腰を抱き髪を撫でる。辺りをはばかることなくいちゃついていた。

桜庭は椅子に座り考えていた。

多少甘く見られているのだろう。集会場に運ばれてから、手は縛られているが足は縛られていない。実際もし逃げだそうとしてもすぐに摑まるに違いない。たとえ運良くここを逃げ出しても、彼らが天使の喇叭と呼んでいる遠吠えもどきの吠え声でたちまち仲間たちが集まってくるだろう。

だが今、すぐそこに柿崎が来ている。急げ。今しかないのだ。大丈夫。なんとかなる。

桜庭はわざとゆっくりと数を数え始めた。数えながら考える。そうだ、今わたしに出来るのは、この状況をきちんと分析することだ、と。

三人の男の背中からは緑の糸が伸びている。その先に、あの滝植がいるのは間違いない。

桜庭は目を細め、さらに意識を集中した。

存在感のある緑の糸に目がいって、見えなかった他の糸を見るのだ。

魚目の男の脇腹とマッチョ男の脇腹は赤い糸で結ばれている。消えそうな薄い赤だが繋がっているのは確かだ。おそらくこれは恋愛あるいは性愛の糸。問題は魚目の男の背中から出ている赤黒い糸。細く目立たないがそれでもそれが意味しているのは性的な色彩の濃い暴力による支配被支配の関係。薄く細いが、あの連続監禁殺人事件の犯人の腹から生えていた糸とそっくりだ。それが繋がっているのは歯の抜けた男の腹。

さあ、考えろ。

これは何を意味する。

桜庭は目を閉じて考えに集中する。いつの間にか数を数えるのを止めていた。

魚目の男とマッチョ男が恋愛関係にあるのは糸を見るまでもない。そして歯抜け男だ。彼は魚目の男を性的に支配している。そのために暴力が使われている。セクハラ？　レイプ？

色も薄いし糸も細い。単に魚目の男が浮気者で、マッチョ男と付き合いながら歯抜け男に惹かれているのかもしれない。要するに単なる三角関係。

でも……魚目と歯抜けの関係はもっと不健康なもののような気がする。

歯抜け男の暴力的な支配って、やはりレイプ紛《まが》いの何かじゃないのかなあ……考えろ。考えるんだ桜庭。

良し。

桜庭はぎゅっと拳を握った。

急がなければ。柿崎が追い返されたらもう終わりだ。数を数えている暇はもうない。ゴクリと音をたてて唾を飲み、しかし桜庭は結局一から数え始めていた。自分が数を数え始めていることにイライラし、それでも適当に数を飛ばすことも出来ず、最後は荒い鼻息を繰り返しつつようやく最後の数字を呟いた。

ひゃく。

そして桜庭は言った。

「二人は上手くいってるの？」

「はあ？」

マッチョ男が口を歪める。

「だから、お二人は順調に恋愛してるのかって聞いてるの」

マッチョ男と魚目の男を交互に見た。

「おまえ、馬鹿にしてるのか」

マッチョが凄んだ。

「違いますよ。二人が良い感じだから応援したいなと思っただけです。女の子ってそう言う恋愛話が好きなんですってば」

「こんな状況でもか」

マッチョ男が半ば笑いながら聞く。

「こんな状況でもです」

と即答する。

「でもお兄さん」

桜庭はマッチョに呼び掛けた。

「もっと恋人には気をつけてあげないと駄目ですよ」

「どういうことだ」

「釣った魚には餌をやらない主義かもしれないけど、あまりほったらかしにしてたら、あっちのお兄さんに取られちゃいますよ」

そう言って桜庭は歯抜け男を見た。

マッチョの視線は歯抜け男に向かい、魚目が俯いた。

良し。上手くいっている。

桜庭は自信を得てさらに話を進めた。

「あっちのお兄さんが恋人にレイプ紛いのセクハラしてるの、判ってる？」

「ほんとか」

マッチョが歯抜け男を睨む。

「おまえ、いい加減なことを」

桜庭に抗議しようとした歯抜け男の胸ぐらを、マッチョが摑んだ。
「ほんとかって聞いてるんだよ」
「嘘に決まってるだろう」
歯抜け男の襟を摑んでねじ上げたまま、マッチョは魚目を見た。
咄嗟に魚目が目を逸らした。
嘘がつけないタイプらしい。
「おいおいおい、だいたい前からおまえの態度がおかしいとは思ってたんだ」
マッチョが魚目に気を取られている間に歯抜け男がその腕を振りほどいた。
舌打ちしてマッチョが拳を固める。
慌てて魚目がマッチョを止めようと手を出した。
今度は歯抜け男が拳を固める。
少し間があったのはナイフか何かの武器を取り出そうか迷ったからだろうか。
今しかなかった。
歯抜け男がマッチョに殴りかかった。
桜庭は椅子を蹴倒し転がるように駆け出した。
脱兎《だっと》の勢いでもめる三人の横をすり抜け、作業台の携帯を摑む。
その勢いのまま半ば体当たりで扉を押し開け外へと走り出た。

仄暗い廊下の向こう。

団地の出入り口に大勢のシルエットが見えた。

キャンキャンと怯えた犬の鳴き声。

そして「ブンター!」と叫ぶ柿崎の声。

どうやら団地前の駐車場にいるようだ。集まっているであろう男たちの怒号も聞こえる。

今ならあそこを通り抜けることが出来るかもしれない。

今度は数を数えることもない。

桜庭は腹をくくり、男たちが集まっている方へと走り出した。

逆光でシルエットしか見えなかった男たちの姿が見えてくる。ジャージ姿の男たちは皆桜庭に背を向け駐車場の方を見ている。

ブンタの怯えた鳴き声が聞こえる。

タスケテくださいと訴えるあの目が見えるようだ。

待ってろよ、ブンタ。

頭の中で声を掛け、桜庭はさらに速度を上げた。

弾丸のように男たちの間をすり抜ける。

「ブンタ!」

ブンタは駐車場の端の方で座り込んでいた。それに駆け寄る柿崎。桜庭には幸運の女神に見えた。安堵《あんど》のあまり崩れ落ちそうになるのを必死で持ち直して叫ぶ。

「逃げて。捕まったら殺される！」

「女が逃げたぞ！」

背後から誰かが怒鳴る。

遠吠えがあちこちから聞こえてきた。

いくぞ。

一声掛けて柿崎は抵抗するブンタを抱き上げた。

大きな黒犬を赤ん坊のように抱えた柿崎が全力で走る。

桜庭がそれに併走する。

そのすぐ後ろから、殺気だった男たちが迫っていた。

おい、こら、待て、と怒声がほとんど耳元で聞こえる。

と、茂みの間から白いミニバンが勢いよく飛び出してきた。

男たちと桜庭の間に割り込む。

男たちを撥《は》ね飛《と》ばしかねないぎりぎりの所に突っ込んで、砂塵《さじん》を舞いあげ停止した。

「乗って！」

叫んだのは伊野部だ。

後部座席の扉を開き、柿崎がブンタを投げ入れ自分も乗る。桜庭が身体を半ば押し込んだときにはミニバンは発車していた。

「遅れてすみません。道に迷ってしまって」

伊野部が言い訳しながら慌ただしくハンドルを切りアクセルを踏み込む。

灯火を見つけた蛾《が》のように男たちがしがみついてきた。

左右にハンドルを切って振り落とすのだが、男たちは怖《おそ》れることなく次々飛び掛かってきた。

見境なくいきなり前に飛び出してくる者までいる。

そこで速度を落とせば、たちまち群れで襲いかかってくる。

県道へと向かっていたミニバンは、途中で後輪を滑らせつつ百八十度方向を変えた。

そして駐車場端にある藪の中へと猛スピードで突っ込んで行った。

「伊野部君！」

桜庭が前のシートにかじりつくようにして叫んだ。

藪の横は溝川だ。そのぎりぎりを、車よりも高く生い茂る夏草を踏みつけ引っ掛け押し倒しながら進む。

ざあざあと草葉が車体を打つ音がうるさい。

しがみついていた男たちが枝葉に弾《はじ》かれ振り落とされていく。溝川に落下した者が汚水を撥ね上げる。

拭ったように急に視界が広がった。

県道に抜けたのだ。

もう追ってくる者はいない。

「伊野部、やるな」

柿崎が言った。

「道に迷って良かった」と伊野部。

彼は団地に来るときに道に迷い、偶然さっきの隘路を発見したのだ。

「怪我はない……かな」

振り返った伊野部は、死体のように蒼褪めて強張った顔の桜庭を見た。カツカツとうるさいのは歯が鳴っているのだ。

桜庭は震える両手を、ただじっと見つめていた。

9.

「ほんとに一切特殊情報管理室の名前は出ないんですね」

呆れ顔で桜庭が言った。その手に丸めた今日の朝刊を持っている。

「当然だな」

そう言ったのは笑顔の柿崎だ。

「わかってます。わかってますけど、それでもびっくりですよ」

あれから桜庭たちはすぐに県警と合流して再び団地へと向かった。柿崎たちが団地に向かう前に、瀬馬室長から県警に連絡を入れていたのだ。どのように瀬馬が伝えたのか、県警はオウム事件再びとばかり三百名あまりの警官を現場へと送った。

桜庭の先導で中庭の〈鴨の小屋〉に突入。拘束されていた男を発見し、団地の住人三十六名を現行犯逮捕した。その後中庭からは人の肉片や内臓、毛髪などが発見され、駐車場からは粉々に粉砕された無数の人骨が見つかった。

教祖とされる滝植正三は団地内でシアン化合物を摂取し死亡していた。

拉致監禁、傷害及び殺人で複数人が起訴され、団地内で大麻草が栽培されていたことも発覚しており、罪状と被疑者の数はどんどん増えていった。

人肉食も含めていたって猟奇的な犯罪にマスコミは飛びつき、連日〈人食い団地〉の話題がテレビやネットを大いに賑わせていた。

警察本部に設けられた特別捜査本部には警視庁刑事課が加わり、県警からは公安部が参加していた。もちろん特殊情報管理室の人間も捜査に協力していたが、捜査会議でも蚊帳《かや》の外に置かれているのは明らかだった。

「どう考えたって俺たちの手柄なんだがなあ」

伊野部は子供のように唇を尖らせた。

「まあ、伊野部君、手柄がどうこういうような話じゃなくて、犯罪が解決すればそれで良しじゃないですか」

室長がそう言うと「まだ解決してないがね」と柿崎が付け加えた。

「県警内部では我々の存在が認められたはずだ。それで充分としよう」

瀬馬室長が言った。彼だけは幾度も捜査本部に呼び出されていた。

「もともと捜査逮捕を目的として動くことのない部署なんですから」

そもそもの話で言うなら、午丘団地は棟石署の管轄外にある。そして管轄外であろうと管轄内であろうと、特殊情報管理室の役割は〈園芸家《ザハラニーク》〉が事件にかかわっているかどうかを調べることだ。その結果捜査すべき何かが判明したら、それは県警に連絡を入れるなり、その事件の管轄担当者に連絡しなければならない。だからこそ管轄外の事件に関与することも見逃されているのだ。

「あっ、見つかった」

モバイルを操作していた伊野部が言った。

「ええと、午丘団地ですよね。日本住宅公団が一九六五年に建ててますから築六十年近く経ってるのか。規模は比較的小さいですね。今の持ち主は……」

「そんなこともわかるの？」

室長が頓狂な声を上げた。

「やり方次第ですよ。地番がわかってますから、近くの法務局へ……ここが一番近そうだな。多分検索出来ると思いますよ」

「クラッキングってやつか」

「そこまで大袈裟《おおげさ》なものじゃないですよ。だいたいの役所のデータ管理はゆるゆるですから」

桜庭が伊野部を指差して言った。

「室長、この人法を犯してますよ」

「その言い方はないでしょ」

「事実を指摘しただけです」

「確かにちょっと違法すれすれの……あれ、これどうなってるんだ。ええと、九十年代にいくつかの民間企業に分割して売却されてます。そのどの業者もそのまま転売をいくつか重ねて、こりゃさっぱりですね。あっ、でも最終的に滝植に売却したところはわかりますね。株式会社東京電影会。ＣＧ映像なんかを作っている会社ですね。ちょっと聞いてみましょうか」

伊野部は携帯端末を取りだし話を始めた。相手はすぐに出た。話を聞き出し、通話を切ると、ふう、と伊野部は溜息をついた。

「もともとこの会社も持ち主ではないはずだと言ってました」

「ないはずってどういうことだ。自社のものかどうかぐらいわかるだろ」と柿崎。

「この団地が区画整理で、東京都との境に引っ掛かっているため、よけいに話が複雑になってるらしいです。長い間放置されていたらしくて」

「だいたいわかるよ」

　室長が言った。

「持ち主が分割され売買を繰り返した問題のある物件。それが老朽化し建て直さないと危険。しかも古い建物だから建築基準法の耐震基準を満たしていない可能性が大。下手に指摘すると、高額を支払って大規模な建て直しか、さもなくば更地にすることを迫られる。責任の所在が不明だから、それは県や市の仕事となるだろうけど、税金からそんな費用を捻出するよりも、持ち主を探し出してやらせるべきだ、という意見もあり、要するに誰が猫の首に鈴をつけるか、ということになり誰もが二の足を踏む。まあそんなところじゃないですかね。それでも団地がまるまる放棄されるってことは珍しいことでしょうが」

「そこに〈カペナウムの會堂〉の信者が移り住んだ」

　柿崎はそう言って「みんな不法入居者だったらしいな」と付け加えた。

「何しろ犠牲者の人数が多い。骨などが残っている場合は身元を調べているが、全貌が明らかになるにはまだまだ時間が掛かるだろうな」

瀬馬室長はそう言うと持っていたファイルを閉じた。

「玻璃子さんの名前がないんですよね」

ぼそりと言ったのは桜庭だ。

「滝植の孫でしょ。彼女は逃げたってことか」と伊野部。

「信者のリストとかは見つかっていないらしくて、もっとたくさん逃げた信者はいるかもしれませんが……でも彼女に連絡がつかないのはちょっと気掛かりです。携帯端末も見てないみたいだし」

「信者はみんなドライというか、一斉に洗脳が解けたようで、なんであんなジジイにへいこらしてたんだろうって不思議がってたそうですよ」

伊野部が言った。さっきまで室長と一緒に署内の捜査会議に出ていたのだ。

「あのジジイを抜いたらただのチンピラの集まりだよ」

伊野部は吐き捨てるように言った。

「まあ、そこが〈園芸家《ザハラニーク》〉の関与を思わせる一番大きなポイントなんだがな」

滝植が教祖となる前は奇矯なカルト宗教ではあったが、積極的に布教するわけでもなく周囲に迷惑を掛けるような宗教ではなかった。滝植を〈殉教者〉として迎えてからは新しい信者を積極的に受け入れたりするようになったが、それでも皆敬虔《けいけん》なキリスト者であることに変わりはなかった。ところが五年ほど前、突然信者の大半が反社会的勢力からも排除されたようなチンピラばかりになった。皆信仰などとは全く無縁の徒だ。それまでの信者は大半がキリスト教徒であり、聖書の勉強を重ねてきたまっとうな信仰者ばかりだった。だが今はそんな人間は一人もいない。にもかかわらず、そのチンピラたちが滝植を崇拝し、命じるままに動いていた。この頃から〈鴨〉の販売が始まっている。その頃〈園芸家〉が絡んできているのは間違いないだろう。

「で、結局滝植は〈園芸家〉の一員だったんでしょうか」

桜庭が訊ねると、瀬馬は困った顔で「確信はない。わかっているのは、〈園芸家〉に関する物的な証拠を残さず滝植は死んだ、ということだけだ」

「あの……それで、滝植の義理の息子は、大倉はどうなったのかわかりますか」

桜庭の問いには伊野部が答えた。

「逮捕者名簿に大倉の名前はあったよ」

「娘さんは、玻璃子さんの名はありましたか」

「桜庭から聞いてたから探してみたけど、なかったね。結構な人数を取り逃がしているみたいだし、一人で逃げたんじゃないのかな。でもどうしてその子が気になるの？」

「どうして……どうしてだろう。やっぱりブンタのことを気にしてるからかな。誰であれ、死んでほしくはないですからね」

「俺は？」

伊野部は自らを指差した。

「えっ？」

「俺も死んでほしくない？」

「当然でしょ」

「友達だから？」

「誰にだって死んでほしくはないですよ……なに？　なんで不満そうな顔してるんですか」

「そこはせめて、好きな人には死んでほしくないぐらいのことは言ってくれても――なに、その目」

「室長、職務中に女口説くような奴は正面から拳で殴ってもいいんでしたっけ」

拳を固めて桜庭は言った。

「それは、あの、冗談ですよね」

そう言う伊野部を、到底冗談とは思えない目で桜庭は見ていた。

「室長」

すがるように言う伊野部に、室長は答えた。

「桜庭、許可する」

第三話　アリアドネ受難

1.

雨上がりの街は酷く臭い。

下水臭い街に罵声が飛ぶ。

全裸でナイフを振り回していた中年の男が、柄の悪い男たちに囲まれ、たちまちのうちに濡《ぬ》れた路面に押さえつけられた。

すぐ近くに棟石署があるのだが、男たちは警官ではない。いわゆる半グレだ。

桜庭は柿崎の顔を見上げたが、柿崎はわずかに首を横に振っただけだ。最初の頃は「このまま見ていていいんですか」と熱く訴えたが、この手の騒動は夜の街に出れば必ず出会う。しかも一度や二度でない。目に余れば署に連絡を入れたりもするが。この程度ならほうっておけ、というのが今の柿崎の指示だ。

いつもの棟石署近辺の夜だった。物騒極まりない。街灯は二つに一つが壊されたまま放置されている。空を見上げれば月も見えない。厚い雲で覆われているのだ。予報では夜から明朝にかけて雨が降るらしい。薄暗い公園にたむろしている黒い影から、なぜか視線だけを感じる。甲高い街娼《がいしょう》の笑い声。どこかの換気扇から流れ出る焼ける肉とニンニクの煙。甘い乾燥大麻の臭い。小便臭い路地裏から、上乗せするように漂う下水の臭い。口汚く罵る声は男女問わずBGMのようにずっと聞こえていた。遠くでは鳴くようなパトカーのサイレン。合唱するように聞こえる救急車のサイレン。さらには猫の鳴き声とも赤ん坊の泣き声ともつかない正体不明の何か。次の瞬間大通りを魑魅魍魎たちの行列が通り過ぎてもおかしくない。女一人では（いや、男であったとしても一人では）来たくはない剣呑《けんのん》さが薄闇の中に満ちている。

「あっ、ここです」

桜庭は三階建ての平べったい石盤のようなアパートを見上げた。かなり年季が入っている。築五十年は余裕で経っているだろう。コンクリート製の階段はシミだらけで、外付けの非常階段の手すりは錆だらけだ。その階段を上って二階へ。横に進藤《しんどう》と書かれたプレートが掲げられた呼び鈴を押すと、扉の向こうから声がした。

「名前を言え」

「棟石署の桜庭です」

「柿崎、です」

いきなり扉が開いた。

チェーンは掛かったままだ。

桜庭が警察手帳を見せた。いったん扉が閉じ、チェーンが外された。

「入れ」

二人が入るとすぐに扉を閉め鍵を掛け、チェーンを掛ける。

「さあ、こっち入って」

背中を押し奥へと追いやった。

窓にはカーテンがしっかりと閉じられ、隙間が開かないようにクリップで止められていた。部屋の中は薄暗い。進藤はその窓を背にして胡座をかいた。桜庭たちが腰を下ろす前に進藤は言った。

「遅いよ。どれだけ待たせるんだよ。通報して三日目だぜ」

進藤からの通報は一度刑事課に通された後、特殊情報管理室に相応しい事件だと判断され室長のところに回ってきたのだ。そして室長はこれが〈園芸家《ザハラニーク》〉に関係しているとみて、ここまでやってきた。

「で、スナッフフィルムを作成している組織がある、というお話だったかと思いますが」

話を進める桜庭を、進藤は止めた。

「ちょ、ちょっと待て。こいつ誰」

「柿崎です」

「多分名前を訊いているわけじゃないと思いますよ。身分身分」

「嘘だろ。テレビドラマじゃないんだぞ。こんなモデルみたいな刑事がいるわけないだろ」

「いるんです。刑事じゃないですけどね。私も最初信じられなかったですけど、私の上司です」

柿崎は警察手帳を広げて見せた。

「柿崎警部補です」

「本物……か？　ちょっと待て。今確かめるから」

進藤は棟石署に電話を掛け、柿崎の名前を出した。

「それ、ほんとびっくりするぐらい綺麗な……ああそう。いるの」

男は携帯を畳に置いてしげしげと柿崎を見て、ようやく話を始めた。

「情報を提供したら保護してもらえるのか」

進藤は前のめりになって早口でそう言った。顔色の悪い貧相な男だった。歯並びの悪さが貧相さに拍車を掛ける。

「話の内容にもよりますが、警備は強化します」

柿崎が言った。

「保護してもらわないと殺されちゃうんだよ。嘘じゃないよ」

進藤は今にも泣きだしそうだ。

「大丈夫ですよ。なんでしたら署でお話を聞きましょうか」

桜庭が言うと、

「……いや、あんたたちと外に出る方が目立つ」と首を振った。

「じゃあ、早速話を聞かせて――」

桜庭に最後まで喋らせず、進藤は話を始めた。

「本物のスナッフフィルムが流通しているっていう噂を聞いて、ちょっと調べてみようと思ったんだ」

スナッフフィルムというのは、実際に殺人しているところを収めたフィルムのことだ。それが裏社会では高額で売買されているという話は昔からあった。それは一種の都市伝説だったのだが。

「日本でも幼女を惨殺した犯人がその記録をビデオで撮っていたでしょ。ああいうものが流出しているっていう噂もあったんだ。俺が調べた限りじゃあ全部ガセだったけどね。ところが本当に殺人ビデオを撮ってそれをネットに流す人間が現れるようになった」

「『ウクライナ21』のことですか」

柿崎が言うと、進藤は感心した様子で「さすがは刑事さんだ」と呟いた。桜庭には何の話をしているのかがわからなかった。

二〇〇七年にウクライナで凶悪な連続殺人事件が起こった。犯人は三人の十九歳の青年だった。彼らはそれをビデオに録画していた。それがどういう経路かネットに流れてしまった。それが『ウクライナ21』と呼ばれる映像だ。映像を簡単にネットにアップできる環境が整った現在、スナッフフィルムはただの都市伝説ではなくなっていたのだ。

「この手の映像は今後どんどん流出されるだろうなあ。殺人までいかなくても拷問映像や虐待映像。撮影したそれをネットにアップするのは簡単だ。しかし俺が興味を持っているのは偶然流出してしまった殺害映像なんかじゃなくて、それを高額で販売するビジネスの話なんだ」

ここまで早口で一気に喋った。喋っていると恐怖が失せるのか、身体の震えが収まった。

「あの……何でそんなものに興味を」

桜庭が訊ねる。警官でもないのにそんな犯罪に興味を持つこと自体が理解出来なかったのだ。

「俺、ライターだから。いい題材だと思ったんだよ。誰だって興味があるんじゃないですか。いや、自分で人を殺そうって話じゃなくて、人を殺すことを娯楽としてみる人間がいるんだってこと、面白くないですか」

桜庭が反論する前に柿崎が言った。

「で、それを販売する人間を見つけたわけですね」

「最初はただの噂だった。人を殺すところをショーとして見せるところがあるって」

「フィルムとかじゃなくて？」と桜庭。

「そうなんだ。考えてみれば当然だ。殺人映像なんてネットで手に入る時代だ。そんなもの誰が高い金を出して買う？　裏ビデオが売れなくなったのと同じだ」

得意そうに話を続ける進藤を遮って柿崎が言った。

「それで、それは見つかったのですか」

「これも噂なんだが、GGサーカスという名前の興業があって、そこでは出演者、つまりは殺される犠牲者を求めて求人をしているっていう話だった……で、俺はダークウェブを漁った」

特別なブラウザを必要としたりする、特に匿名性の高いネットワーク空間のことをダークウェブという。それ自体は別に違法ではないが、中には武器や非合法な薬の売買なんかをしている、文字通りのブラックマーケットがあって、摘発されたりもしている。

「で、見つけたんだよ。殺人依頼や傭兵《ようへい》募集なんかがある安全リクルートっていうふざけた名前の求人サイトを。その中で親類縁者や家族友人がいない人間募集というのがあって。保証人がいなくてお困りならご連絡下さいって……詳しく書かれていないところが怪しいだろう」

桜庭が頷く。

「しかもアカウント名がGGだ。間違いなくこいつだよ。そう思って、そこに連絡を入れてみた。しばらくしたら向こうから連絡があって、面接に行くことになったんだが」

三十分ほどで全員の面接は終わり、結果を待つように言われてみんな帰らされた。それから十日後に進藤は電話で不採用を告げられた。

「それで終わり。これが三か月前のことだ」

進藤は溜息をつく。

「しかしですよ。しかし俺はそこで諦めなかった。人に会うごとに、金をとって殺人現場を見せてるっていう話を聞いたことないかってあちこち聞いて回ったんだ。で、これだ」

進藤はポケットの中から小さなビニールの袋を出してきた。

「見てくれ」

袋の中に入っているのは、指先に載るような小さなメモリカードだった。

「俺の友達に田淵《たぶち》っていうホストがいる。幼馴染《おさななじみ》で飲み仲間だ。それがこれを俺にくれた」

進藤はそれをICレコーダーに挿し入れた。スイッチを押す。

いきなり何かの作動音、おそらくドリルか何かを回す音がした。

「これは」

何かと言おうとした桜庭に、進藤は人差し指を唇に当てて「しっ」と制止した。

——右下の奥歯から始めましょう。

低く落ち着いた男の声が聞こえてきた。

それとは対照的に聞き取りにくい声があわあわと何かを必死で訴えている。

ドリルの音が変化した。がりがりと何かが削られる音。同時に呻き声がさらに激しくなる。それでもドリルの音は止まらない。

——さて、そろそろ神経に達します。

ドリルの音に負けない悲鳴が聞こえた。

遠くで拍手の音がした。

「これは、何ですか。歯の治療のように聞こえますけど」

桜庭が言うと、進藤は鼻で笑った。

「もうちょっと聞いてくれ」

ドリルの音が止まった。男のすすりなく声が聞こえる。そして落ち着いた声の男が言った。

——さてどうでしょう。どなたかやってみませんか。

信じられない台詞だった。どうやら誰かが名乗りをあげたようだ。再びドリルの音が聞こえ、悲鳴があがる。削る役は次々と変わり、笑い声や歓声、拍手が聞こえる。

「もういいです」

桜庭が両耳を押さえて言った。

「止めて下さい」

顔色が悪い。こめかみから流れた冷や汗が顎先から垂れていた。柿崎が険しい顔で俯いていた。

進藤が再生を停止した。急に音が途絶える。しばらく誰も口を開かなかった。無音が耳に痛い。

「わかりましたか」

ようやく進藤が言った。

「拷問、ですか」

喉に絡んだ声でそう言い、桜庭は咳払《せきばら》いした。額に滲む汗をハンカチで拭う。

「しかもそれを見世物にしている」

桜庭はかすれた声で訊ねた。

「これってGGサーカスの現場の盗聴ですか」

「多分」

進藤が言う。

「どこから入手した」

柿崎に問われ、進藤は入手した経緯を説明した。

最近テレビでもしきりにCMをしている外食産業チェーンの社長の息子が、懇意のキャバ嬢に自慢げにこれを聞かせてGGサーカスの話をしたそうだ。そのキャバ嬢は咄嗟にこれは金になるのではと考えた。そしていつものようにホテルに行き、男がシャワーを浴びている間にレコーダーから抜き出して携帯端末に挿入。ダウンロードし、何食わぬ顔でまたレコーダーに戻した。

「でも彼女にはそのデータをどうやって金にしたらいいかがわからなかった」

そこで恋人の田淵を頼った。

「で、田淵はスナッフフィルムだのダークウェブだのの話をしていた幼馴染、つまり俺に相談した。田淵も恋人も金になると直感的に判断したけど、あまりそれが危険なネタだとは思っていなかったみたいだな。ちょっとした冒険程度にしか」

進藤は俯き黙り込んだままだ。

「それで、その儲け話を諦めてどうして警察に連絡する気になったの」

桜庭が訊ねる。いつの間にか敬語が失せていた。

「……命には代えられないからな。田淵から連絡があって、キャバ嬢が行方不明だって。そうこうしてる間に、彼とも連絡が取れなくなって、そんなことをしている間にここに泥棒がはいったんだ」

「泥棒？」

桜庭が問い返す。

「空き巣だよ。ちょっと留守にして帰ってきたら扉が開いてたんだ。で、引き出しとか押入とか物色した痕跡があって……。もちろん警察に届け出ましたよ。被害届が残っているはずだ」

「何か盗まれたものがあったんですか」

桜庭が訊ねた。

「ないって、その時は言ったんだが……」

「何か盗まれていたんですか」

「長年掛けて集めたスナップフィルムの資料がごっそりとなくなってたんだ。しかもその日からどこかで見張られているような気がして……俺、だんだん怖くなってきて、次に消されるの、俺じゃないかって……」

進藤は黙り込んだ。また恐ろしくなったのか手が小刻みに震えている。

「進藤さん」

声を掛けたのは柿崎だ。

「状況はかなり深刻なようですが、しばらく外出を控えることは可能ですか」

「一週間ぐらいなら……バイトがあるんで」

「しばらくの間は警官が警護します。ご安心下さい」

柿崎がそう言うと、それだけで進藤は安心した様子だった。それから安全リクルートや面接のことなど詳細を訊ね、二人は礼を言ってアパートを出た。

「進藤には何か背後関係が見えたか」

すぐに柿崎が訊ねた。

「何もありませんでした。普通の人間関係、小さく目立たない糸が数本。気を付けて探さないと見えないようなものです」

「そうか。じゃあただ運良く、いや、運悪くか。当たりを引き当てただけかもしれないな」

「柿崎さんは私のことを信用してくれているんですか」

桜庭は柿崎の、神々しいばかりの顔を見上げた。身長差があるから見下ろされるのは当然なのだが、下界を睥睨《へいげい》する天使のようだ。もう慣れているはずなのに、ドキドキした。

「少なくともそれは嘘じゃない、ぐらいのことは思っている。おまえに関しては嘘をつきそうにないからな」

どこまで本気かわからないが、関係性の糸が見えるというような、とんでもないことも少しは信用してくれているようだ。桜庭はそれだけで嬉しかった。柿崎はそう簡単に人を信じそうにないからだ。

　そう言えば……。

「あの、以前瀬馬室長を信じるなって、仰《おつしや》ってましたよね」

「当然だろう。セクハラで降格という噂だけ流れているが、誰がセクハラで訴えたのかもわからないし、だいたい瀬馬警部はそんなことでしくじる馬鹿ではない」

「じゃあ、室長はいったいなんでこの部署に」

「自分からすすんできたのは間違いない。きっと〈園芸家《ザハラニーク》〉という組織と瀬馬警部は、深く結びついている。おそらく公安四課時代に何かかかわりがあった。その因縁で今特殊情報管理室の室長を務めている。考えてもみろ。室長は〈園芸家〉壊滅のために二十年間の未解決事件と、刑事事件にもなっていない小さな事件をデータ化した、と説明した。二十年分の未解決事件だけでも相当な数だ。そこに新聞のコラムだのなんだのまで取り上げたら、もうそれは無限にある。そこから二百件を選んだと言っていたが、それは伊野部とたった二人だけで出来る仕事か？　というより、そんな仕事を二人だけの人間に任せると思うか。いくら人手が足らなかったとしてもそれはあり得ない」

　桜庭は柿崎の勢いに呑まれ、ただ頷くだけだ。

「もし仮にそこから選び出すのなら、母数はおそらく数千万。さすがに億はないだろうが、いずれにしても、そこから何らかの指針で選んだ二百件の中に、求める事件がある確率はかなり低い。ところが、こんな短期間に二つの大事件を引き当てた。これを偶然と言うなら、もうそれは奇跡だ」

「偶然じゃないですよね。ただランダムに選んでいるわけではない。最初から引っ掛かりのありそうな事件を選んでいるわけですから」

「選んでいるのは室長だ」

「伊野部さんと二人で、です。伊野部さんがそのためのソフトを作ったって仰ってましたよね」

「その伊野部に問いただしたら、伊野部はデータ整理をしただけだと言っていた。最初から二百あまりの件数に絞られていた、とね」

　喋り終えた柿崎は、いつもの笑顔でじっと桜庭を見ている。動きが止まると、まるでギリシャ彫刻のようだった。そのためか、どうにも話が頭に入ってこない。が、それでも必死になって頭の中を整理する。

「これでわかっただろう。室長は事前に大きな事件が絡んでくるとわかっていて選んでいた。そして我々に〈園芸家《ザハラニーク》〉関与の可能性を見つけさせようとした」

「でも、でもですね。どうして我々にそれを秘密にしなきゃならないんですか」

「その理由が〈園芸家〉と室長の関係にあるんじゃないかと、俺は思っているが、良くはわからない。とにかく気を付けるに越したことはないだろう」

「気を付けろって言っても、何を気を付けたらいいのかわからないし、いずれにしても我々は目の前の事件から片付けていくしかないんじゃないですか」

　わかったようなことを言っているが、桜庭は室長が自分たちを裏切っているとは思いたくなかったのだ。だからと言って柿崎が嘘を言っているとも思えない。だから何もかも保留にして、目先の事件にとり掛かろうと思っていた。

　柿崎は探るような視線でしばらく桜庭を見ていたが、溜息一つついてから、言った。

「とにかくこいつから始めようか」

　袋に入ったメモリカードを見せる。

「こいつは鑑識に回して、録音された場所や人物の特定につながるものがないか調べてもらう。ネットの捜査に関しては伊野部に任せた方がいいだろう」

「じゃあ我々は——」

「伊野部の結果が出てからか。あいつならその場で解決するだろうさ。俺たちの仕事はそれからだ。とにかく署に戻ろう」

　柿崎のその言葉に呼び込まれたように、ポツリポツリと大粒の雨が降ってきた。

　桜庭は鞄から折り畳み傘を出した。二本ある。

「気がきくな」

「予報では夜から豪雨でしたから」

言っている間に、驚くほどの大雨が降り始めた。濃い闇の中から大粒の雨が路面に叩きつけられる。飛び散った飛沫《ひまつ》で足元が白く煙《けぶ》っていた。よく見れば車道の両脇を、黒々とした水が小川のように流れている。

お互い声を張らないと雨音にかき消されてしまいそうだ。

「じゃあ、署まで走るか」

柿崎がそう言った途端、彼の携帯端末が着信を知らせた。内ポケットからそれを取りだす。

「ああ、桜庭と一緒だ……なんだって」

柿崎の顔が強張った。

「今はどこに……じゃあ、今すぐそちらに向かう」

携帯をポケットに収めた。

「どうしたんですか」

「伊野部が重体だ……誰かに襲われたらしい」

2.

「伊野部君はかなり早いうちから寮に戻っていたようです」

集中治療室《ICU》から出てきてすぐに室長は説明を始めた。今までにない真剣な顔をしている。ここにいるのは室長と桜庭に柿崎の三人だ。

「同室の山口《やまぐち》巡査が部屋に戻ってきたのが今日の十八時過ぎ。伊野部君は部屋の中央で仰向けに倒れ、床には血溜まりが出来ていた。何しろ周りはみんな警官です。すぐに警察病院に緊急搬送されました」

鈍器で後頭部を殴られたようだ。頭蓋骨は陥没し出血、血腫が生じ頭蓋内の圧力を上昇させ、脳ヘルニアを起こしていた。

いつ死んでもおかしくない状況だった。そして今もまだ生死の間を彷徨《さまよ》っている最中だった。

「犯人の目星はついているんですか」

柿崎が言った。

「近所をバールを持ってうろついていた男が逮捕されたそうです。今署で取り調べを受けている最中です。ここ何回か宿舎の管理人に爆弾を仕掛けたと脅迫電話を掛けてきていた男だそうですよ」

警察の寮や宿舎には年に一、二度、恒例のように脅迫電話が掛かってくる。世の中には警察に怨《うら》みを持ったり批判的な思想を持った人間が山といるのだ。

「俺はちょっと現場に行ってみるわ」と柿崎はすぐに行こうとする。

「私も行きます」

そう言う桜庭の肩を押さえて柿崎は言った。

「独身寮にこんな時間に女を連れて行くわけにもいかんだろう」

「そんな――」

「私たちはここで待機していましょう。まだ手術も終わっていませんし」

室長に言われ、不承不承受付前の長椅子に腰を下ろした。柿崎はさっさと病院を出ていく。それを見送ってから、桜庭は大きく息をついた。息と同時に魂が抜け出たように、肩を落とし頭を垂れる。今日も署を出る前、伊野部に夕飯に誘われた。いつものへらへらした笑顔を見ていたら腹がたった。桜庭は舌打ち一つして、いかにもうんざりとした口調で、そんなことよりきちんと仕事をしろと説教した。後悔していた。何もかもが後悔の種だった。

またた。また私は仲間を救うことが出来なかった。悔しくて情けなくて、息がつまる。最後に会った伊野部の顔が思い浮かぶ。不意に泣き出しそうになって我慢する。泣いて、少しでも気持ちが楽になるのは許せなかった。

と、突然背中を思い切り平手で叩かれた。しんとした病棟内に、ばんっ、と大きな音がした。

驚いて顔を上げる。

室長だった。笑っていた。

にやけた顔を見たら腹が立ってきた。

「怖いなあ。そんな目で見ないで下さいよ。そうやって背中が曲がってたらね、よく母親に背中叩かれたんですよ。臍噛みそうだよって。頭が下がると良くないことばかり頭にたまるからやめろって。良くないこと考えてたでしょ」

桜庭は室長を睨みつけたままで言った。

「考えてました」

「どうせなら前向きのこと、考えましょうか。何か気になったこと、ありませんか。例えばバールを持った男が警察の寮に入っていくのを、誰も咎《とが》めなかったのか、とか」

「……確かにそれは変だなと思っていました」

「男は伊野部の同級生を名乗り、伊野部から部屋で待っていてくれと言われたのでと、さっさと部屋に入っていったそうです。バールは新聞紙で包まれ、大きめのエコバッグに入っていた。土産か何かと思った、っていう証言も得てますね。寮ですから、目撃した警官は何人もいます。でも怪しむ者は誰もいなかった。男は堂々とした態度で、迷わず伊野部の部屋に向かったし、錠が開いていることも知っていたと」

「錠、開いてたんですか」

「警察の独身寮ですからね。よほどの豪傑でも堂々と強盗に入る人間はいないだろう、と大概の入居者は鍵を掛けていないそうですよ」

「で、そいつは伊野部さんを狙っていたわけですよね」

桜庭が訊ねると、室長はしばし思案してから言った。

「計画性があるのは間違いないでしょう。わざわざバールを持ってきているんだし、伊野部君の部屋も知っているようだった。ところが理由を訊いても要領を得ないんだよ。どうやら本人自身が良くわかっていないようなんだよね。飲み屋で会った女に唆され、やらねばならないと思いついたとか言ってるそうですよ」

「誰ですか、その女」と桜庭。

「それが……水晶って名乗っていたらしい」

「水晶って、あの蕪木や韮沢に犯行を促したっていう女」

「そうなんだ」

蕪木との面会で聞いた話はもう報告済みだ。室長経由で、それは当然捜査一課にも行っている。だが蕪木は、桜庭以外にはその話をしていないし、訊ねても知らないと言っているらしい。韮沢にしても同じで、そんな女は知らないと言っているそうだ。そうなると桜庭の話を信じる者は誰もいない。蕪木にからかわれたんだろうということでその話は終わりそうだった。だがしかし……。

「その男が捕まるちょっと前、つまり丁度犯行当時に寮の近く、伊野部の部屋当たりを見上げていた見知らぬ女がいたっていう証言もあるらしい。水晶と名乗る女が〈園芸《ザハラニ》家《ーク》〉の関係者である可能性は高い、と私は思っている」

二人はしばらく無言で顔を見合わせた。沈黙はそう長くは続かなかった。すぐに伊野部の両親が駆け付けてきたからだ。二人とも驚き不安がってはいたが取り乱しはせず、桜庭はほっとした。修羅場は見たくなかった。

おおよその説明を室長がし、犯人は逮捕されている旨も説明した。

手術は六時間以上掛かったが無事終わった。手術は成功しましたと医者に告げられた時には、桜庭は両親と抱き合い喜んだ。それから室長と桜庭は後を両親に任せて署へと戻った。

＊

二人が署に戻る、その一時間ほど前、柿崎は三階建ての独身寮を見上げていた。不審な女が目撃された辺りだ。雨脚はだいぶましになってはいた。が、見上げれば霧のような細かい雨が顔に降りかかる。街灯に照らされたその顔にいつもの笑みはなかった。

伊野部が住んでいるのはこの私道に面した二階だ。犯人は堂々と中へと入り、伊野部が戻ってくるのを待っていた。そしてバールで後頭部を殴り、窓から外へと逃れた。一階にある植え込みに足跡が残されていた。

植え込みから出て舗装した道路に入ってからの足跡は雨に流されてしまった。

その周辺をペンライトで照らす。

犯人はこの辺りを歩いていて警官に呼び止められ、慌てて逃げ出した。逃げられたのは十メートル少々。すぐに捕らえられ手錠を掛けられた。

舗装道路をペンライトで照らす。水捌《みずは》けの悪い歩道はそこら中に水たまりが出来ている。何かを探すには不向きな時間であり天候だ。

丸い光の輪が植え込みの途中で止まった。

柿崎は顔を近づけ、その場にしゃがみ込んだ。胸ポケットからノック式のボールペンをとりだす。その先でぬかるんだ泥をつついた。泥の上に虫がいた。細長く引き伸ばした蟻《あり》のような虫が泥の中でもがいている。

やっぱり。

柿崎は呟いた。

特徴的なオレンジ色のそれはアオバアリガタハネカクシという昆虫だ。触るとやけどのような炎症が出来る毒虫だ。つまり柿崎の趣味の対象ではある。だがこの夜の雨の中で、一センチ足らずのこの小さな虫によく気づいたものだ。

ボールペンの先で小さなその虫をつつく。

「窓の明かりにつられてやってきたか。近所でも大発生してたからな。何があったのか……ん?」

ボールペンの先が泥の中の何かに当たった。ボールペンで持ち上げる。泥の中から黒いプラスチックのようなものが顔を出した。指でそれを摘まむ。

USBメモリだ。端子の部分が剝き出しになっている。誰かが捨てたか落としたか……。鑑識がゴミ一つまで拾っていった後だ。何かを見つけることは難しい。それは充分承知している。日本の鑑識は優秀なのだ。だがこの雨だ。明かりも当たらぬぬかるみの中は見逃したのかもしれない。第一犯人ももう逮捕されている。気が緩んでいてもおかしくない。柿崎は鞄から出した小さな広口瓶にそれを入れた。柿崎はいつもこれを持ち歩いている。虫を入れるためだ。

瓶を鞄に収め、ひとしきり周囲を見回ってから、柿崎は寮に入った。その視線が一斉に柿崎に集中する。あちこちから感嘆の声が聞こえた。就寝時間をとっくに過ぎていたが、意外な場所での傷害事件にみんな浮き足立っていた。柿崎は見知った顔に挨拶して伊野部の部屋に辿り着いた。靴カバーとシリコン手袋を身につけ、黄色い立ち入り禁止のテープを避けて中へと入る。電灯を点けた。LEDに慣れた目には、蛍光灯の明かりが煤《すす》けたように暗い。

部屋はきれいに片付いている。壁際にある本棚には理工系の書籍が並んでいる。そこに長財布が無造作に置かれてあった。物取りではありませんと言っているようなものだ。柿崎は手にとって中を見る。万札はない。千円札三枚と小銭。カード類と一緒にレシートが押し込まれてあった。取りだしてみる。秋葉原にある電子部品専門店のものだ。そこで一万円近く使っている。買ったものがどういうものなのか、知識のない柿崎にはさっぱりわからなかった。少し考え、レシートを自分の札入れの中に入れた。

中央に卓袱台が置いてあった。小さなデスクライトが取り付けてある。電子部品のようなものがごちゃごちゃと置かれてある中、大学ノート二冊分ぐらいのスペースが空いていた。そこに何か——おそらくノートパソコンが置かれてあったのだろう。それを鑑識が証拠品の一つとして持って行ったのかどうか。

良く見ると部屋のそこかしこに血痕が残っていた。パソコンがあったらしいところに血痕はない。伊野部は卓袱台に向かってパソコンを操作していた。それをどこかに——多分トイレに隠れていた犯人が背後からバールで思いきり後頭部を殴った。

伊野部は卓袱台に俯《ふ》す。

だが発見時伊野部は仰向けで倒れていた。現場の様子は所轄の知り合いに確認してあった。

大量の血が流れていたのは、その時に後頭部から流れたものだろう。

何故か。

犯人は伊野部の髪を摑み、後ろに倒した。

どうして。

怨みから？

いや、違う。

そこに頭があると邪魔だったからだ。

つまり犯人はパソコンに用事があった。

柿崎は携帯を取りだし鑑識に電話をした。知り合いの鑑識官がいるのだ。

「おう、タカモリ。ちょっと教えて欲しいことがあるんだが」

――今ここには血清を置いていない。

「誰もそんなことを訊いていないだろ」

――カリキン師匠の頼みと言えばそれぐらいだろう。

カリキンというのはカリフォルニアキングスネークの略称だ。猛毒を持つガラガラヘビでも食べてしまうところからキングと名付けられた蛇食性《オフィオファゴス》の蛇が柿崎の綽名だった。

「今日、うちの伊野部がお世話になったはずなんだが」

――頭を殴られた子だろ。どうなった。

「今手術中だ」

――無事か。

「運次第だ」

――じゃあ、祈れ。

「祈ってるよ。人の死は仕事だけで充分だ。で、その時現場からノートパソコンを証拠品として持っていったか」

――現場からじゃない。犯人の男が持ってたんだ。

「そいつはそこにあるよな」

――ああ、いったん鑑識に来た。

「いったん？」

――すぐに公安の人間が来て持って行ったよ。サイバー犯罪対策部に見せるとかなんとかで。

「公安？」

――そう。それも公安調査庁の人間だ。

「どういうことだろう」

公安調査庁は警察ではない。属しているのは法務省だ。逮捕権、捜査権はなく、反社会的な破壊活動を行う団体を調査するのがその主な仕事だ。

――さあな。どこかの極左が動き出してるのかね。閑職が必死で仕事を作ってるんじゃないの？。

破壊活動防止法――所謂《いわゆる》破防法が生まれたとき、その施行に伴う調査、処分請求事務などを行うために公安調査庁は誕生した。が破防法は世論の反発が激しく、現在に至るまで適用されたのは二度。オウム真理教事件の時でさえ適用されなかった。そのため公安調査庁は幾度か不要論が起こった。閑職呼ばわりされるのはそのせいだ。

「そうでもないようだぞ。積極的に政府に取り入って情報機関として名をあげているって話を聞いたがな。まあ、仲の悪い公安警察からの情報なんであてにはならないが。しかし伊野部のパソコンの中に公安の興味を惹く何が入ってたんだ……。パソコンの中身は覗いたか」

――凶器のバールで叩き壊して近くの溝川に捨てようとしていたところを捕まったんだ。ぐしゃぐしゃに壊されて中身を見るどころの話じゃない。せめてハードディスクだけでも救出出来ないかと思ったが、取り外す暇もなくかっさらわれていった。

「公安にか」

――だな。そんなことより、カミコロは元気にしているか。

言われて珍しく柿崎の目が笑う。本当に楽しそうな顔になった。

カミコロは柿崎の飼っているハブの名前だ。正式名称は『神をも殺す』である。

「まだまだ元気だ。おまえの所の無許可のマムくんはどうなんだ」

マムくんは鑑識の飼っているニホンマムシの名前だ。

――無許可いうな。

「無許可は無許可だろ」

――単に捕獲しているだけだ。

マムシを飼うには自治体の許可が必要で、いろいろと面倒だ。だが捕獲して一時所持するのには許可を必要とはしない。

「捕獲して既に一年経ってるよな。そう言うのは飼育って言うんじゃないのか」

――言わない。

「まあしゃあない。趣味を同じくするものとして気持ちはわかる」

――気持ちを察してくれてありがとう。じゃあな。

「ちょっと待った。最後に一つお願いがある」

――頼みがあるなら晩飯をおごれ。焼肉だ。焼肉食べ放題だ。……あっ、今舌打ちしただろ。

「いえいえ、喜んでおごらせてもらうよ」

――今月中に実行頼むわ。

「はいはい、了解。で、ＵＳＢメモリが手に入ったんだが、中に何が入っているのか調べてもらえるか」

——……おまえ、現場から盗んできたな。

「人聞きの悪いこと言うな。拾ったんだよ。拾得物拾得物。というわけで明日直接持っていくわ。それじゃあな」

相手は何か言いかけたが通話を切る。

柿崎は赤黒く血に汚れた床をしばらく眺め独りごちた。

「こういうときに煙草を吸いたいって気持ちもわからなくはないが……」

柿崎は紫煙の代わりに長い溜息をついた。捕らえられた男が単純な恨みからやったのなら、パソコンを盗み出す動機がない。

何もかも狂ってる。

声に出してそう言う。

いつの間にか意味のない笑みが再び口元に浮かんでいた。

3.

警官が警察の独身寮で殺されかけたのだ。二十四時を過ぎてもまだ署内は蜂の巣をつついたような大騒ぎになっていた。特殊情報管理室の人間は残らず事情聴取を受けた。

「瀬馬室長、えらく怒鳴られてましたね」

桜庭が言う。

ふざけてるのか、と怒鳴る声が外まで漏れていた。

「まさか我々のミスってことになるんじゃないでしょうね」

桜庭が訊いた。

「さすがにそれはないな」

柿崎が言った。口元は笑っている。笑みを浮かべた美しい仮面のようだが、眼だけがそれを裏切っていた。少しも笑っていない。

「犯人はもう逮捕されている。現行犯逮捕で物証も供述も揃ってる。あいつが犯人であることは間違いないだろう」

「例の誰でも良かった……じゃなくて、警官であれば誰でも良かったってやつでしょうか」という桜庭の問いに、柿崎が答える。

「現場を見てきたが、そうは思えない。犯人は何かの目的を持って伊野部の部屋に侵入した」

「目的って、襲うためじゃないんですか」

桜庭が訊く。

「かもしれないし、そうでないかもしれない」

「もしかして何か見つけたんですか」

「何も見つけなかったが、それでも……」

珍しく語尾を濁した。

「みんな、ちょっと集まって欲しい」

瀬馬室長だった。

今管理室に戻ってきたのだ。

「伊野部巡査のことはショックだったと思います。が手術は成功している。後は経過を待つしかない。事件に関して言うなら犯人も逮捕されているし、動機もわかっている」

「動機って何ですか」

聞いたのは柿崎だ。

「警察組織への怨みだよ。昔棟石署の警官と職質でもめて逮捕された経験があるらしい。それを逆恨みしてずっと交番や寮に嫌がらせを続けてきた」

「それが動機だと」

柿崎が念を押す。

「本人がそう供述している」

「女のことはどうなりました」

桜庭が質問した。

「刑事課では適当な嘘だとの判断だ」

「えっ、目撃証言もあるって」

「関係ないという判断だ。事件に関してはここで一段落している。今後はもう我々に出来ることはない。捜査一課に任せるしかないだろう」

「その動機では、何故伊野部が狙われたかがわかりません。第一なんで伊野部のパソコンをわざわざ持ち出して破壊したんですか」

そういう柿崎を、室長は睨みつけた。公安の猛者の目だ。

「どこでそれを訊いた」

「さっき現場を見てきました。偶然逮捕を手伝った警官に会って話を聞いたんですよ。叩き壊して近くの川に捨てようとしていたって」

「柿崎はどう思う。なんでパソコンを持ち出した」

「わかりませんよ。わかりませんが意味なくそんなことはしないでしょう。第一誰でも良いのなら警察の独身寮に忍び込むような真似《まね》をしなくても、それこそ交番襲撃や警邏《けいら》中の警官を狙ったりするのが筋じゃないですか」

「あの」

口を開いたのは桜庭だ。

「水晶の件は全くの無視ですか」

「水晶って、おまえが蕪木から聞いたっていう」

桜庭は今回も水晶と名乗る女が絡んでいることを柿崎に説明した。

「男は随分酔っていたらしい。唆されたような気がする、程度の証言だからね。捜一じゃあ与太話として扱われていた」

「そんな馬鹿な。飲み屋で意気投合した女に唆されたって供述してるんですよね」

「だからそれは捜一では与太話だって言っただろ。ですが我々にとっては核心になる人物だと思っています。その話をする前に、ちょっとこの管理室のことを考えて欲しい」

　室長は言った。

「実は管理室を廃止しようという話が出ている」

「ええっ、それはどうしてですか。言っちゃ何ですけど我々は刑事課以上に問題解決しているでしょう」

　桜庭が真っ赤な顔で抗議をした。

「君たちには言ってなかったが、生首事件にしても人食い団地事件にしても、刑事課の方で少しずつ捜査を進めていたところだったんだ。従って結果的には、我々がそれを掻き回したことになっている。だからお叱りを受けてきた。わざわざ調査を続けていたものを我々がちょっかい出したから」

「んな馬鹿な。どちらも放置されていた事件、いや事件ですらなかったじゃないですか。

柿崎さん、何か言ってやって下さいよ」

柿崎は沈黙を守っていた。端正なその顔からは何も読み取れない。

「もう少し話を聞いて欲しい。要するに今管理室は存亡の危機にさらされているわけです。だがね、君たちが真摯に捜査を続けてくれたおかげで、いくつかの犯罪を食い止めることが出来た。そのことは誇るべきことだと私も思っている。たとえ刑事課の思惑とは違ってもね。その思惑の件を、私はあともう少し調べてみるつもりです。その結果次第で、きみたちの疑問にも答えられるはずなんだ。それまではちょっと待ってほしい」

「今やっている殺人ショーの件は進めてもいいですよね」

桜庭が言った。

「それにも横やりが入っているんだが、君たちの面構えを見ていたらそうもいきそうにない。捜査を進めるのなら進めるで、とにかく気を付けて下さい」

「何にですか」と訊ねたのは桜庭だ。

「命にだよ」

それだけ言うと、瀬馬はすぐに情報管理室を出ていった。

4.

その一角はデカ村と呼ばれている。警察共済組合から警官向けに安く分譲された一戸建てが並んでいるからだ。

柿崎はその一棟に住んでいる。独身の彼には贅沢《ぜいたく》すぎる家だ。相手もいないのに、結婚を前提にしてかなり無理して購入したのだ。

玄関の扉を開き中へ入る。勿体ないのはわかっているが廊下の灯《あか》りはつけたままだ。

「ただいま」

声を掛ける。返事はない。返事が出来る者はここにいない。大小様々なケージや水槽が置かれているが、そこにも返答出来そうな生き物はいない。ガラスの水槽に真っ赤な腹を見せて張り付いているのはアカハライモリたちだ。大きなニホンヒキガエルが餌をもらえると思ったのか、のそのそと近づいてくる。

「ただいま」

もう一度それらに声を掛ける。腐葉土を敷きつめたアクリルのケージにいるのは飼い始めて三年になるローズへアータランチュラだ。

ここにいるものは、ほとんどが有毒の生き物たちだ。

元々は虫屋——虫の写真を撮るのが趣味だった。なかなか家に帰れない職業なのでペットを飼うのは難しい。一度海外の爬《は》虫類《ちゆうるい》に手を出して死なせてしまい、それからは諦めていた。

それが突然有毒の虫や植物、毒蛇などを飼い始めた。飼育のために自ら閑職を志願した。その結果の特殊情報管理室配属だった。結果的に閑職ではなかったわけだが。それはそれとして、あることを切っ掛けに柿崎は趣味を優先して生きることに決めたのだ。

彼には兄がいた。仲の良い兄弟だった。

この世のものとは思えないほど愛らしかった柿崎には、抱かせてほしいと言ってそのまま持ち帰ろうとしたり、ふらふらと連れ去ろうとする者が後を絶たなかった。家族は誘拐や猥褻《わいせつ》目的のストーカーなどから彼を守った。特に五歳年上の兄は、彼を守ることを使命としているようだった。

彼の美貌は、対人関係においても邪魔でしかなかった。まともな恋人も出来ず、親友と呼べるものも出来なかった。兄は彼の唯一の友人であり、頼りになる先輩だった。歳《とし》を重ね警察に就職し、彼の容姿などまったく気にしない親友と呼べる人間も出来た。だが、それでも一番の友人は兄だった。

兄の結婚は我が事のように喜んだ。義姉は最初こそ驚いていたが、兄同様普通に接してくれた。姪《めい》が出来たときも兄以上に彼ははしゃいだ。その姪がまた彼に良くなつき、彼も姪を可愛《かわい》がった。いつか自分も結婚して娘が出来てあんな幸せな家庭を築こうと本気で思っていた。この家を購入したのも、そのためだ。

それが三年前。兄は家族を道連れに一家心中したのだ。突然の事だった。柿崎はまったく知らなかったが、兄は鬱病を患っていた。間違いなくそれがすべての要因だろう。両親はとっくに亡くなっていた。柿崎の最愛にして唯一の家族だった。

病気だったんだよ。仕方ないよ。

周りにはそう言われたし、柿崎本人もそれは理解していた。しかし理解しているからといって、それが何かの慰めになるとは限らない。

柿崎は静かに心病んだ。笑うことが出来なくなった。そのために始終口元だけでも笑顔を浮かべるようになった。自分では気づいていなかったが、どこかで死を望む——希死念慮が彼の心を蝕《むしば》んでいた。

毒のある生き物を身近に置くようになったのは、明らかに死を身近に感じていたいからだ。いつでも死ねる。毒蛇や毒草を手の届くところに置き、そのことで逆に自殺から遠のく。微妙なバランスが彼の命を支えていた。

ハブを飼うのは、首吊《くびつ》りのロープを手元に置くようなものだった。

部屋の電灯を点けながら、居間から書斎へと向かう。そこにある大きなアクリル製のケージを見て、柿崎は蒼褪めた。その中にいたハブのカミコロがいないのだ。

ケージの蓋を閉め忘れたのか。

餌を入れるための扉が蓋にある。それが開いたままになっていた。ハブは人命に関わる危険な生き物として、特定動物に指定されている。動物愛護管理法により、飼うには県知事の許可が必要だ。許可を得るためにはいくつかの基準を満たす必要があり、そう簡単には許可が出ない。もし逃走などされたら、即座に許可は取り消されるだろう。それどころか罰則規定により懲役や罰金が科せられる。

飼育許可を得るためには各方面に頭を下げ、コネを利用し、労力と金を費やしていた。ケージの扉が開いているのを見て最初に柿崎が思ったのは、そのことだった。外に逃げ出して大騒ぎになる前に摑まえなければ。

柿崎は細い棒の先に曲げた針金を付けたお手製の捕獲棒を手に、部屋の中をゆっくりと見まわした。

「カミコロ、どこ行った。カミコロ、出ておいで」

声を掛けながらテーブルの下を覗き込んだときだった。

矢のような勢いでハブが飛び出してきた。

柿崎はこの蛇の扱いにあまりにも慣れ過ぎていた。すっかり油断していたのだ。ハブは柿崎の二の腕を咬《か》んだ。ハブの毒は強い。咬まれて丸一日何もしなければ七十五パーセントの確率で死ぬ。死ななくても、ハブ毒は血管を破壊し筋肉を腐敗させる。ハブ咬《こう》症《しょう》にはそういった四肢の損壊も含まれる。

柿崎はハブの頭を押さえて長い牙を腕から抜いた。一メートルを超える大きなハブだ。慌てた様子もなく、柿崎はそのハブを再びケージに入れ鍵を掛けた。

そして居間に戻りソファーに腰を下ろし、気怠《けだる》そうに欠伸をして目を閉じた。

5.

駅前のコインパーキングに車を停め、そこからは歩きだ。激安スーパーに、飛び込みで入るのはちょっとためらう小汚い飲食店。おそらく雑貨店を兼ねているだろう無駄に大きなホームセンター。桜庭たちにとって見慣れた町が、広い川で分断されている。

その川に掛かったレンガ造りのアーチ橋を渡ると、景色が一変するのだ。

橋向こうはもともと治安のよいところだが、二つの川に挟まれたこの地域は、かなり手をかけ整備されていた。立ち並ぶのはそれなりに金のかかった品の良い庭付き一戸建てばかりで、高級住宅街と言って間違いないだろう。少なくとも生活に困っている人間の住める街ではない。ほとんどが一戸建ての個人住居だ。店舗は小綺麗なパン屋と、民家を改造して作ったおしゃれな美容院。大きな病院もある。街路樹も花壇も公園も、緑がいっぱいだ。ヨーロッパの街を模したテーマパークに来たのかと思うような造りだった。こんなところに派遣会社が、それも「闇の」とつくような怪しい派遣会社が本当にあるのだろうか。周囲を見回しながら桜庭は思う。

進藤が見つけたダークウェブ〈安全リクルート〉は県警のサイバー課の協力ですぐに見ることが出来た。県警の監視対象だったのだ。実際に進藤が見た人材募集はすでに消えていたが、それもすべてデータとしてサイバー課で保存していた。サイバー課は情報を出し渋ったが、瀬馬室長が交渉を重ねて聞き出すことに成功した。サイバー課では〈安全リクルート〉の住所も、運営を誰がしているのかも摑んでいた。

桜庭はのんびりと空を見上げた。雨続きの毎日に、久しぶりの晴天だった。

ブンタが寄り添うように彼女の横を歩く。「引退したらこんなところに住みたいな」思わず呟いた。

ブンタと歩くのは、殺伐としてきた情報管理室の日々の中で唯一の癒やしだった。ついつい桜庭も気が緩んで大欠伸をした。滲んだ涙を指で拭う。

「それにしても柿崎さん、なにしているんだろう」

今日は署には来ていない。連絡したが電話にも出なかった。どうせ情報管理室も終わりだと思って、やる気をなくしてしまったんだろうか。

そこまで思って頭を振る。

いやいや、そうじゃない。柿崎警部補は普通の人とは方向は違うが、なにか熱い心を持っているような気がする。

　桜庭は晴れ渡った青空を見上げ、それからゆっくりと周囲を見回す。庭で水を撒いている老人。娘と買い物に出ようとしている主婦。ジョギングをしている中年の男性。複数の犬の散歩をさせている若い男。公園のベンチに腰を下ろしている品の良い老紳士。平和そのものの情景だ。暖かな陽射《ひざ》しもさわやかな風もなにもかもが心地よい散歩気分にさせる。このまま昼寝したいような気分だ。が、と桜庭は首を捻る。なにかが引っ掛かっているのだ。それは欠伸したらそれだけで吹き飛ぶような些細《ささい》な違和感。なのに靴の中に入った砂利のように気になる。その正体は何だろう。

　柿崎さんならわかってもらえるかな。

　桜庭はわずかな異臭を探るように、その違和感に鼻をひくつかせた。

　足元でブンタがくうぅと鳴いた。

「ははは、ニオイを嗅ぐのは君の十八番《おはこ》だよね」

　そう言ったとたん、ブンタがいきなり走り出した。

　ぴんとリードが張り、引っ張られて前のめりになる。そのままひきずられるようにして桜庭は走り出した。速い。ついていくのがやっとだ。息切れして、そろそろついていくのが難しくなった頃、走り出したときと同様唐突にブンタは立ち止まった。そしてその場に座り込んで、その家を見上げた。横に並んだ桜庭も見上げる。

「どうやらここ、みたいね」

桜庭が携帯端末の地図を見ながらそう言った。住所は間違いなくここだった。

二階建てのモダンな建物だが、会社には見えない。周囲は高い煉瓦《れんが》塀で囲まれており、塀の上には物々しいステンレスの忍び返しがつけられていた。スチール製の重そうな門扉はしっかりと閉じられ、押しても引いても動かない。その防犯の厳重さはこの街にはそぐわない。

門扉の横には大理石の表札が掲げられていた。そこには安西《あんざい》とだけ書かれてあった。社名はない。

桜庭は門柱にあるインターホンを押した。すぐに男の声が聞こえた。

――はい、どちら様。

「棟石署から来ました」

そう言って桜庭は塀に取り付けられた監視カメラに向けて警察手帳を開いて見せた。

――何のご用でしょうか。

「〈安全リクルート〉の件なんですが」

わずかばかりの沈黙があった。

――それで、どんなお話でしょう。

「長い話になりそうなのでとりあえず中に入れてもらえませんか」

桜庭が言うと、少しの間を開け、電気錠が音を立てて開いた。桜庭は慌てて家の横にある駐車場のフェンスにブンタのリードをつないだ。ブンタはおとなしく建物を見上げている。

門扉を開き中へと入った。前庭の石畳を歩く。玄関扉も自動で開いていた。導かれるままに建物の中へと入った。

正面に痩せた長身の老人が立っていた。

後ろで扉が閉じ、電気錠が掛かる音がした。

男は手も足も細長い。頭と足を持ってぎゅっと引き延ばしたような体型だった。六十代前後であることは推測出来る。白髪の交ざった髪は後ろに撫でつけられている。整った顔をしているがそれ故にあまり特徴はない。が、態度からも表情からも自信が満ちあふれていた。それは傲慢に至る直前で抑えられている。いろいろな意味で頭が良さそうだった。

「安全リクルートの運営をされていますね」

桜庭が言うと、安西は鷹揚《おうよう》に頷いた。

「で、何か」

「そこでは非合法な取引が行われていますよね」

「そうですか。申し訳ありませんが、実際の運営は他人任《ひとまか》せなのでよくわからないのですよ」

「非合法な内容が多いようですが、それを注意したりはしないんですか」

桜庭の眉間に深く皺が寄っている。あからさまに苛立《いらだ》った顔をしていた。彼女は本心から不正を憎んでいるのだ。

「注意はしませんね。こっちはただ場所を提示しているだけですから」

「でも管理者としての責任があるでしょう」

「警察から情報開示を求められたら素直に従いますよ。それが管理者責任ってことじゃないですか」

「しかしですね」とさらに食い下がろうとして止める。

「ここはご自宅ですか」

改めて訊ねた。

「ええ、自宅兼事務所です」

「個人宅で電気錠を使っているところも珍しいですよね。インターホンのカメラ以外に監視カメラも設置されてますし」

「防犯ですよ。最近は物騒ですからね」

「なるほど。失礼ですがお仕事は何をされているんですか。〈安全リクルート〉の運営だけではやっていけないですよね」

安西は革の名刺入れから一枚取り出して、桜庭に渡した。そこには、株式会社東京電影会取締役社長　安西昴《すばる》と書かれてあった。

「映像関係の仕事ですよ。企業の会社案内やシステム説明のCG作製とか……。若い者に仕事は任せて、今はもう半ば隠居ですがね」

「セミリタイアってやつですか。それでここにお一人でお住まいなんですか」

「ええ、そうです」

「誰かお客さんが」

玄関先にある黒いパンプスに目をやる。

「友人が遊びに来ているんです。というわけですので、そろそろお引き取り願えませんか」

「これは失礼しました」

愛想良くそう言い、付け加えた。

「それでは最後に一つだけ教えていただけますか。〈安全リクルート〉で、保証人がなくて困っている人に仕事を紹介しますという求人広告を出していたGGという人のことを覚えていませんか」

「さあ、先ほども言いましたように内容にはノータッチですから。ですが、調べることは出来ますよ。捜査関係事項照会書をお持ちでしたら会社の方に電話して調べさせますが」

「お詳しいですね」

「こういう仕事をしていると、たまにこういったことがありますからね。で、お持ちですか」

「まだ手続き中です」

堂々と嘘をついた。

「ですがどうせ見せてもらえるわけですから、今連絡していただけるとありがたいのですが」

「規則ですから」

安西は素っ気なく答える。桜庭はなおも言い募る。

「こういう商売をするなら、警察とは良好な関係を結んでおいた方が良いんじゃないですか」

「脅しですか」

表情には何の変化もない。

「まさか、ただのお節介ですよ」

安西の顔に苦笑が浮かんだ。

「後で必ず照会書を送って下さい」

「ありがとうございます」

桜庭はにこやかに頭を下げた。

安西はスマートフォンを手に、失礼、と桜庭に背を向けて奥へと消えた。しばらくすると紙を一枚、ひらひらさせながら戻ってきた。

「郵送すべきなんでしょうが、送られてきた情報を直接印字してきました。GGという人間が登録している情報はこれですべてです。名前や連絡先もありますが、それが正しいかどうかまではわかりません」

安西はその紙を折り、たたみ、封筒に入れて桜庭に手渡した。まるで奇術師のような手つきで無駄がない。

「ありがとうございます。感謝します」

受け取ったそれをカバンに突っ込みながら桜庭は言った。

「ご協力ありがとうございました」

頭を下げ、そそくさと家を出た。

フェンスからブンタのリードをはずしながら、安西の身体から出ていた〈糸〉のことを考える。

見えたのは粗い目のやすりみたいにざらついて冷たい感触の糸が男の腹から数本。数も少なく細く短い。この程度の数の、しかも細く弱々しい支配の糸なら、中小企業の社長でも持っている。問題は安西の脇腹からしっかりとした太めの緑色の糸が出ていたことだ。あの水晶から出ていた糸ではない。安西と対等な関係——友人か同僚がその糸の向こうにいる。糸は床へと向いていた。おそらくだが、あの家には地下室がある。糸はそこへとつながっている。つまり地下室に誰かがいるということだ。それが多分、玄関にあった黒いパンプスの女。

ほどけたリードを持って、家を離れた。ブンタは何度も何度も後ろを振り返っていた。あの家を離れたくないようだった。ブンタは死を感じ取る。動物を含めて本物の死体があの家にはあるのかもしれない。あるいは死に近い何かが。もちろんまたペットの死体かもしれないのだが。

考え込むと足が止まる。

立ち止まると同時に、ピアノの演奏が聞こえてきた。峠の我が家のメロディーだ。見上げると街灯の横にスピーカーが取り付けられおり、音はそこから聞こえていた。音楽に続けてアナウンスが流れてきた。

——花と緑の公園管理事務所からのお知らせです。老朽化による事務所の雨漏りの工事が今週末より行われます。それに伴い一部事務所のご利用を制限することになります。詳しくは事務所前掲示板をご覧下さい。

町内放送だ。晴天の青空に流れる町内放送は長閑《のどか》そのものだった。それなのに、なぜこうまで不穏なものを感じるのだろう。

わからぬことを考えるのはすぐにやめた。こっちは後回しにして、差し当たってGGの方から当たってみるか
桜庭は安西からもらった連絡先の入ったカバンをポンと叩いた。

でもその前に――。

携帯端末を取り出した。まず柿崎の所在を確かめておこうと思ったのだ。もともと柿崎は連絡をこまめにするタイプではないし、以前にも連絡無しで何度か遅刻している。だから心配ないとは思うのだが、だがしかし……。

伊野部のこともあってやはり気懸かりだった。

――なんだ。

すぐに不機嫌そうな柿崎の声が聞こえた。桜庭はほっと息をつく。

「柿崎さん、良かった」

――何が良かった。

「連絡がつかないから心配したんですよ」

鼻で笑うのが聞こえた。

「何であれ無事で良かったです。今はご自宅ですか？」

――情報管理室にいる。

「なんだ。そうだったんですか。私もすぐ戻ります。これからはきちんと連絡入れて下さいよね」

はいはいと返事して電話は切れた。

＊

携帯を内ポケットにしまって、柿崎は言った。

「桜庭はすぐにここに戻ってくるでしょう」

「彼女は面白いなあ。不思議な力があるし」

「室長、あの話を信じているんですか」

「何かがあるのは間違いないじゃないですか？　こんなことになったわけだし」

「こんなことっていうのは、大事件が解決したことですか」

「まあ、そうですよね。そんなことはあまり期待していなかったから。私も、上の者も。それにしてもひどく顔色が悪い。どうしました」

「どうした？　すでにご存じかと思いましたが」

「何の話ですか」

「家に戻ったらハブに襲われました。誰かが飼育しているケージの蓋を開けていたんですよ。ほら」

柿崎は袖を捲って見せた。

二の腕に黒々と穴が二つ開いていた。その周辺は赤黒く腫れている。

「咬まれちゃいました。誰かは知らないが、咬まれたら死ぬか、死なないまでも障害が残ると考えたんでしょう。無駄ですがね」

柿崎はじっと室長の顔を見る。室長の表情は変わらない。

「うちには冷凍したハブ毒が保存してある。それを解凍して少しずつ注射するんですよ。痛くもないし体調も悪くならない。それどころかふわあっと気分が高揚する。これを繰り返すと、俺の適応免疫系がハブ毒に対する抗毒素を作り出す。こうすることで毒蛇に耐性を持った哺乳類、マングースのような体質になれる」

「それは……すごいね」

さすがに柿崎の毒気に呑まれたようだ。驚くというより、室長は呆れ顔だった。

「これは自家免疫実践者と言って世界中に同じ試みをしている人間がいますよ。まあ身体に毒を入れるのが好きなだけで、免疫なんてどうでもいいんですが。結果、毒で事故死に見せようなんてやり方が通じない身体になったわけですが」

言いながら柿崎はじっと室長を見つめる。が、室長はいつもと変わらぬ様子で「それは、単純に君のミスでは」と言った。

「……じゃあ順番に説明していきましょうか。これなんですが」

柿崎は一枚のレシートを出してきた。

「秋葉原の電子パーツ店のものです。さっき行って話を聞いてきました。UHF型発信機を作っていたんじゃないかと、店員は教えてくれましたよ。UHF型発信機っていうのは盗聴なんかによく使われるそうです。あっ、言い忘れましたけど、この買い物をしたのは伊野部巡査ですよ。奴は盗聴マニアだ。まだ意識が戻っていないそうですが、時間の問題です。いずれ意識が戻るでしょう。そうなったら何を盗聴していたか教えてもらえると思います」

「それが伊野部君の襲われた理由ということですか?」

「さあ、どうでしょうね。それは室長の方がよくご存じなのでは」

「ほう、何か私を疑っているわけですか。一体何を」

「俺にはわかりませんよ。だが盗聴した録音ファイルが入っていると思われるノートパソコンを公安が、公安調査庁調査第一課が持って行ったそうです」

「まさか君が勘違いしているとは思いませんが、念のために言っておくと公安調査庁は法務省の管轄。で、私が所属していたのは警視庁公安部公安四課。まったく別の組織なんですよ」

「さすがにそれは知っていますよ。ただこれはあくまで噂ですが、公安調査庁と公安警察が共通の目的のために連携した、非常に特別なプロジェクトがあったとか。どうなんですか」

瀬馬室長は声を上げて笑った。

「馬鹿馬鹿しい。安っぽいスパイ小説みたいなことを」

「公安は〈サクラ〉や〈チヨダ〉みたいな安っぽい名前の特別な部署を作った前歴がありますからね」

「どうせなら名前を広告代理店に頼んで決めれば良かったのにね」

そう言って室長は柿崎を見た。

「あれ？　冗談なんですが、受けなかったな」

「最近頻繁に県警本部に呼ばれていますよね。本部長と会っているのかと思ってたんですが、どうやらそうじゃない。これもあくまで噂だが本庁の公安部と会っているそうじゃないですか」

「良く知っているなあ」

柿崎は驚いた。室長があっさりと認めたからだ。

「やっぱり公安と会っていたんですか。なるほど……それで伊野部なんですが、おそらく俺と同じ疑問を持ったんでしょう。なんでこうも大事件にぶつかるんだって。俺は真っ先に室長を疑いましたよ。実態のないセクハラ事件で地方警察のこんなところに回されてきた不運な元エリートというのをどこまで信じたらいいのかってね」

笑顔のまま、目は室長を睨んでいる。

「伊野部が襲われる二日前、あいつ県警本部に行ってるんですよ。何をしたのか知らないけど、中をうろちょろしているのを俺の知り合いに目撃されています」

「どこでそんな情報を。君は公安顔負けだなあ」

室長の軽口など聞こえなかったように、柿崎は話を続けた。

「どうやったかはわからないが、伊野部が盗聴器を仕掛けたのは県警の本部長室だと思ってるんですよ。そして仕掛けるのには成功した。が、最終的には発見されたのでしょう。だから伊野部はあんなことになった。何を盗聴したのか。伊野部がどんな情報を摑んだのか。……俺はそれを知ってます」

室長は部下の愚痴を聞くような顔で柿崎を見ているだけだ。

「伊野部がデータを残していたんですよ。俺はそれを手に入れている」

瀬馬は肩をすくめた。

「秘密なんだから公表出来ないのは当然でしょうが、なんで俺たちにまで秘密なんですかね」

「裏切る可能性があるからですよ」

「我々の中の誰かが、ですか」

「そう」

しらっと室長はそう言った。

「だから情報の共有には限界があります。私だって上から知らされていないことがあるはずですからね。伊野部君のやっていることだって背信であることには違いない。そうそう、一つだけ忘れないでいてほしいことがあります」

瀬馬室長の表情に大きな変化があったわけではない。なのに突然その声に凄みが増した。

「今更ですが、情報管理室の仕事は極秘に進められています。君にも知らされていないことだってある。親切から言うんですが、それを知ったら、終わりだということです。もう後戻りは出来ない。捜査中の事故で死ぬ可能性も高い。伊野部君はおそらく二度と捜査に加わることは出来ないでしょうね。そうなったら新しいメンバーを入れることになるでしょう。我々は使い捨てなんですよ。だからこそ能力はあるが警察組織には向かない、それゆえに孤立した人間が選ばれ配属されている。使えなければそれで終わりなんですよ」

「我々と言っているが、室長は替えが利かないだろう」

室長は笑う。

「情報管理室のメンバー候補は日本中の警官が対象になっています。人材は揃っている。条件に叶う者だって数限りなく存在する。私などいくらでも替えはありますよ。さて、君が何を知ったのか知りませんが、これからどうするつもりです。辞職でもしますか」

「もちろんこれまで通り協力しますよ」

室長は首を傾げた。

「どうしたんですか、柿崎警部補。ここにきてから嫌に仕事熱心じゃないですか。現場を離れ静かに生きていくというのが君の信条だと思っていたんだけど」

柿崎はじっと室長の顔を見た。そして「ですよね」と呟くと、照れたように笑った。

「俺の兄は鬱病で妻子を巻き添えにして無理心中しました。後悔は山のようにありますが、多分あの時俺が何をしても救えなかった。自分でもそう思うし、皆もそう言って慰めてくれる。でもね室長」

柿崎は一歩、室長に近づいた。痛みを堪えるように、拳を固く握りしめていた。

「本当に兄は救えなかったのでしょうか」

神にのみ答えられる質問に、室長は沈黙を続けた。

「その疑問は灰の中の熾火《おきび》のようにどうしても消えなかった。でね、ふと気づいたんですよ。俺は兄を亡くしてからずっと、兄の死は仕方がなかったと思い込むためだけに生きてきたんじゃないかって。糞みたいな人生ですよね。でもね、こちらに異動してあの狂った教団の連中やおかしくなった少年を見ているうちに、無性に腹が立ってきたんですよ」

「いまさら、凶悪犯に腹が立った？」

「違いますよ」

柿崎は笑った。いつにもまして空虚な笑いだった。作り物めいた美しい顔が、その美しさゆえによけい怪物じみて見えた。

「兄に腹が立ったんですよ。兄もあの狂った奴らと同じだって。自身を含めて、人の命をドブに捨てる糞野郎だって。だから今俺のやろうとしていることは――」

柿崎は室長を睨み、吐き捨てるように言った。

「復讐《ふくしゅう》ですよ。兄を殺し家族を殺した、兄の中の何かに。それにとり憑《つ》かれたらもう終わりだ。被害が広がる前に駆除しなければならない」

柿崎は笑った。気の利いたジョークでも聞いたかのように楽しそうに。そして言った。

「人の命を粗末に扱うやつの命は、いくら粗末に扱ってもかまわない。それが俺の、いたって単純な結論です」

それは溢れだした愛情と憎悪を鍋で煮詰めたような狂った理屈だった。おそらく共感出来るものは誰もいないだろう。ところが室長は、狂ったその視線をものともせず、睨み返して言った。

「それは私に言っているのかい。こんなことをしたのならそれなりに覚悟しておけ、と」

柿崎は頷いた。

「君は……勘違いしている」

「勘違いなら良いんですがね」

柿崎はいつもと変わらぬ底が見えない笑みを浮かべてそう言った。

6.

署に戻ったあたりから雲行きが怪しかったが、外に出るとしょぼしょぼと景気の悪い雨が降っていた。桜庭と柿崎は傘を差し、並んで歩いていた。柿崎の顔色があまりにも悪いので、一人で行くと言ったのだが、柿崎はそれを許さなかった。蒼褪めた柿崎はポール・デルヴォーの夢の中の女のように虚《うつ》ろだが気高い。だから最初、そんな柿崎にドキドキしているのかと思っていた。胸がときめいているのかと。だがすぐにわかった。不安なのだ。なぜか急に不安になってきたのだ。これは、いつものパニックに襲われる予感だった。桜庭は心を鎮めるため、頭の中で数を数え始めた。数を数えることに集中した。会話のないまま歩くことに、気まずさを感じる前に目的地に着いた。

「ここですね」

桜庭は古ぼけた雑居ビルの看板を見上げた。オートロックどころか扉も何もない。傘をたたみ、ビルに入る。湿気と共に生ごみのような臭いがするエントランスには、入居者を示す汚れたパネルがあった。GGサーカスの事務所は六階だ。

二人揃ってビルの六階に。上昇するエレベーターの中でも、桜庭はぶつぶつと口の中で数を数え続けていた。不安は一向に消えなかった。

落ち着け落ち着け。

大丈夫、上手くいく上手くいく。

エレベーターが止まり扉が開いた。どうやらこのフロアはすべてGGサーカスが占めているようだ。目の前にGGサーカスと書かれた扉があった。

「入るぞ」

柿崎が言う。百ちょうどで入りたかったのだが時間がない。「はい」と返事してものすごい速さで残りの数を数え終えた。

柿崎はノックなしでいきなり扉を開いた。

見たところ普通の事務所だった。怪しげなところは何もない。入ってすぐのところに、中が見えないようにパーティションが立ててあった。

そこから若い男が顔を出した。男が何か言う前に、柿崎は警察手帳を開いて「棟石署のものです」と言った。

男はあからさまに慌てふためき、後ろに向かって警察ですと怒鳴った。

「何だ」と最初の男よりは多少年配の、背広姿の男が現れた。

パーティションの前に立ち塞がる。

「あっ、マツモトさん。ええと」

何か言いかける若い男を遮って、柿崎は言った。

「棟石署のものだ」

「警察が何の御用でしょうかね」

「三か月ほど前、安全リクルートというダークウェブの求人サイトに身寄りのない人の募集を掛けたな」

マツモトは真意を探るようにじっと柿崎を睨んだ。

「安全リクルートの安西からはもう裏を取ってるんだ。面倒な嘘はつかずに答えてくれ」

「……募集しましたけど、それが何か」

「なんのために身寄りのない人間を募集した」

「なんのためっていうか、なんていうか……」

柿崎はマツモトを脇へ押しのけた。

「おい、なにすんだ」

制止する間もなくパーティションの向こうに押し入る。後を追う二人の後ろから桜庭もついていく。

パソコンの置かれたスチールの事務机が一つ。書籍やファイルなどが乱雑に置かれてある。その近くにはファイルの入った書棚が。そして事務所の大部分を占領しているのが大きな作業台だった。ＤＩＹの道具一式がそろっているようだ。部屋の隅には大きなオーブンが置かれてあった。何か薬品の入っているアルミ缶が床には置かれている。汚れたポリバケツも重ねて置いてあった。

「一体ここで何をしている」

「映画だよ、映画。映画の撮影だ」

マツモトはやけになったように映画を連呼した。

「映画……」

呟き、柿崎は奥へと進む。いつもと迫力が違った。部屋の奥にも扉があった。

「おい、勝手に入らないでくれ」

言われた時には扉を開いていた。防音材が挟まれた分厚い扉だ。中に入る。かなり広い部屋だが、窓はない。床にも壁にも白いビニールタイルが張られてあった。ぬらぬらと濡れたように光っている。そして部屋の中央には歯科医で使うような治療用チェアがあった。周囲にはドリルのついたアームや無影灯が取り付けられていた。

柿崎は床を見ている。

そこにある赤黒いシミを、桜庭も見た。

柿崎はマツモトを見た。目が合ったときにはマツモトの顔を正面から片手で掴んでいた。そのまま壁へと押しやる。

マツモトの後頭部が壁に当たり鈍い音をたてた。顔を掴む手を引き剝がそうと柿崎の腕を掻《か》き毟《むし》る。

柿崎は空いている方の手で首を押さえてから、顔を掴んでいる手を離した。

「ここで何をしている」

「だから、撮影だよ」

柿崎は喉を掴む腕に力を込めた。たちまち男の顔が紅潮していく。喉を押さえた手を両手でパンパンと叩いた。

声が出ないと言いたいのだろう。

柿崎は力を緩める。

「ここで拷問をして、それを見世物にしていた。そうだろ」

「違う！　違う！」

「何が違う」

「芝居だよ、芝居。ここでやってるのは芝居なんだ。おい、コースケ」

部屋の入り口で、泣きそうな顔で立ちすくんでいる若い男に言った。

「あれ、持ってこい。お客さんに見せてやれ」

はい、と子供のような返事をして前室に消え、すぐにナイフを持って戻ってきた。

桜庭が即座にその腕を摑み、ナイフをもぎ取った。

「痛い痛い痛い」

腕を締め上げる桜庭にマツモトが言った。

「離してやってくれ。そのナイフは小道具だよ。それで俺の喉を切ってみろ」

桜庭はナイフを持ち柿崎を見た。柿崎がうんと頷く。

桜庭はコースケから手を離し、壁に押さえつけられたままのマツモトのそばに来た。

「大丈夫。俺の顔をそれで切れ」

桜庭はナイフの刃でマツモトの頰を撫でた。赤く血の跡が付き、たらたらと流れ落ちる。

さすがに驚きナイフを引っ込めた。見た感じも手触りも普通のナイフと変わらない。

マツモトは自分の指で血の跡をこすった。血が拭われると傷も何も残っていない。

「刃の部分から血が流れているだけだ。そんなものを使ってここで残酷ショーを見せている。客には本物だとも偽物だとも言っていないが、それらしい演出をしているから勝手に信じ込むんだ。まずばれることがない。ワンステージ十五分。それで高級ホテルのディナーショー程度の金をとる。ファンタジーだよ、ファンタジー」

柿崎はポケットから携帯端末を取りだした。画面を操作すると、例の拷問らしき音声が聞こえてきた。

歯を削る音。客の笑い声。くぐもった悲鳴。

「あっ、くそ。誰か盗聴しやがったな。どこで手に入れたのか教えてくれないか」

「これはお前のところで作ったものか」

「多分そうだと思う」

「なんで身寄りのない人間を雇った」

「役者ですよ。拷問される人間は素人を使った方が本物らしくなるんですよ」

「身寄りが何の関係がある」

「ここであったことは秘密にしてもらわないといけないでしょ。天涯孤独な人間ならぽろりと秘密を漏らしたりしないんじゃないかと」

「嘘だ」

溜息と共にそう言うと、柿崎は再びマツモトの顔を摑んだ。中指と親指が左右のこめかみに食い込む。そのまま何の躊躇もなく後頭部を壁に叩きつけた。

「やめてくれ」

マツモトが悲鳴混じりの情けない声を上げた。

襟首を摑んで顔から手を離すと、ぐいと持ち上げた。そして拳を固めると顔を殴った。鈍く湿った音がした。重いパンチだった。

扉が閉まった。コースケが逃げ出そうとしたので桜庭が閉めたのだ。

「途中で観客にドリルか何かを持たせている。歯を削る作業を観客にやらせて、ばれないはずがないだろう」

「それは、その、入れ歯を入れて――」

再び顔を殴る。

ピッと鮮血が壁に飛んだ。

血まみれの歯が床に落ちていた。

柿崎さん、と桜庭は声を掛けたが振り返りもしない。

「あんた、本当に刑事か」

マツモトの声が震えている。それには答えず質問を重ねた。

「これは本物の拷問の音声だ」

「……かもな」

「盗聴音源には三人の人物が出ている。誰だ」

「知らんよ。俺は本当にここで偽物の拷問ショーをやっているんだ」

柿崎が拳を固めるのを見て、マツモトは叫んだ。

「やめてくれ、本当だって。本当なんだ」

柿崎は殴った。二度殴った。二度目に濡れ雑巾を壁にぶつけたような音に変わった。

「柿崎さん、止めて下さい。そんなことをしたら」

「死ぬかもな」

それは人ではない物の声だった。

桜庭からは柿崎の顔が見えない。もし見たら恐ろしさのあまりおかしくなるのではないかと思った。

口から血の塊を吐き出し、マツモトは言った。

「俺たちがインチキ拷問ショーをやっているのは本当だ。それもカモフラージュだ。あの音声の声はどれも知らない。俺たちは役者しか使わない。GGサーカスの名で人を募集したのはあいつらだ」

「あいつら」

「俺が知ってるのはたった一人、若い女だ。水晶と名乗っていた」

水晶、と桜庭が繰り返す。

「男は」

「会っていない。何度か電話で喋った男はいたが挨拶程度だ」

柿崎が拳を固めるのを見て、慌てて付け加えた。

「名前は知らないんだ。本当だ。本当に名前は知らないんだって」

マツモトがしくしく泣きだした。

「水晶にはどうやって連絡をつける」

「向こうからくる連絡をここで受けるだけだよ。そうだよ。さっきまでここにいたよ」

「ここに？」

声を上げたのは桜庭だ。

桜庭はつかつかとマツモトに近づき言った。

「柿崎さん、手を離してこの男の背中を見せて下さい」

柿崎は枕でも裏返すようにくるりとマツモトを回転させた。

桜庭には見えていた。柿崎の勢いに驚いてすっかり忘れていたが、入ってきたときから濁った緑色の糸がマツモトの背中から伸びていたのだ。それは桜庭から見たら右下の床へと消えていた。

「あっちはビルの入り口の方向ですか」

糸の消えた先を指差すと、マツモトは頷いた。

「柿崎さん！」

桜庭は叫んだ。

「水晶はすぐそこにいます」

言ったときには駆け出していた。

床に崩れ落ちるマツモトをそのままに、柿崎も走る。

エレベーターを待てなかった。桜庭は非常階段へと向かう。その後ろを柿崎が追う。

柿崎が階段を二、三歩下りた、その時だった。

どん、と腹に響く怖ろしい音とともに床が激しく揺れた。

揺れる階段に弾かれ、桜庭は宙に投げ飛ばされた。

刹那、何かが、いや誰かが桜庭をかばい抱きかかえた。そのまま投げられた骰子《さいころ》のように階下へと転げ落ちる。

一瞬の間を置いて、階上からもくもくと塵埃《じんあい》が吹き込んできた。あっという間に視界が真っ白になる。

電灯が消え、非常灯が点いた。

地震か。地震なのか。混乱した桜庭にはそれ以外のことが思いつかない。

近くのフロアから悲鳴や怒声が聞こえる。

異臭がした。

焦げ臭い。

建材の焦げる臭いだ。

それがどんどん濃くなる。

遠くで悲鳴が聞こえた。

急に怖ろしくなった。一度生まれた恐怖は、悪疫のように身体中へと広がっていく。

逃げたいのだが身体が強ばって動かない。

桜庭は頭を抱え蹲《うずくま》った。

固く目を閉じる。

身体が小刻みに震えていた。

数を数える時間も余裕もなかった。

心的外傷後ストレス障害《PTSD》のフラッシュバックが始まったのだ。

助けて。助けて。

うわごとのように桜庭はそう繰り返した。

瞼を閉じた闇の向こうから、近づく何かの気配を感じた。悲鳴が聞こえる。耳を押さえても必死で助けを呼ぶ声が聞こえる。

掃除用具入れの隙間から見えた教室の惨状がまざまざと目に浮かぶ。しっかり瞼を閉じてもそれは見える。男が倒れた少女にナイフを叩きつけている。彼女はサキティだ。一番仲の良かった親友のサキティだ。真っ赤な鮮血。ナイフを握った男の背中で揺れている薄汚い緑色のゴム紐。いや、ちがう。それはゴム紐なんかじゃ。でもああ、やつがくる。ほうちょうもって、やつがくるんだ。

いつの間にか掃除用具入れの中で震える十二歳の少女に戻っていた。

ええと、かずかずかずかぞえないと。

ダダダダと誰かがすぐ横を駆け下りていった。

ああ、そうだ。わたしは階段に倒れているんだ。

ようやく意識が戻ってきた。

危ない危ない。蹴られるぞ。突き飛ばされるぞ。

そう思うのだけれど足に力が入らない。腰から下がぐにゃぐにゃだ。なのに上半身は強ばり身体ががくがく震える。

かずをかぞえろ。かずをかぞえて待つんだ。きっと誰かが助けに来る。

「さくらば」

声がする。

「さくらば」

聞こえた。

声だ。

誰の。

その時大きな力強い何かが桜庭を支えていることにようやく気が付いた。

「さくらば、ぶじか」

……かきざき、さん。

そうだ、柿崎だ。

柿崎は桜庭を抱きかかえていた。

同じように吹き飛ばされながら、柿崎は咄嗟に全身で桜庭をかばったのだ。

また誰かが横を駆け下りていく。

逃げている。

みんなが逃げていく。

焦げ臭い。

炎も迫っている。

埃が収まってきた。ぼんやりと柿崎の顔が見えた。人間離れした美貌が、苦痛に歪んでいる。

「柿崎さん……」

「桜庭、無事だったか。良かった」

声が出た。

柿崎が身体を起こそうとした。

だがどうやら立ち上がれないようだった。桜庭を抱えて踊り場まで転げ落ちたのだ。どこか骨折しているかもしれない。

その姿を見て、それでようやく今自分がどこでどうしているのかがわかってきた。

GGサーカスのあるビルで何かが爆発した。そして柿崎に助けられたのだ。

「ありがとうございます」

声を掛けて桜庭は立ち上がった。そして柿崎の身体を支え、立たせようとした。桜庭よりもずっと体格の良い男性だ。その重みがずっしりと肩に掛かる。支えるだけで精一杯だった。このまま階段を下りるのは無理だ。一瞬そう思った。

だが……。

桜庭は首を振る。

柿崎さんと同様私も警官なのだ。逃げている場合じゃない。

逃げたらまた一生の後悔を抱えることになる。もうそんなことはしたくない。

二度と、決して、したくない。

助けなきゃ。前に進まなきゃ。

大丈夫大丈夫。

数を数える暇はないぞ。

足が動くことを確認する。

階段を一段下りた。

立てる。

歩ける。

「柿崎さん」

さっきよりも大きな声が出た。

「下りますよ。火事です」

何とか柿崎を立ち上がらせる。

柿崎はぐううと呻いた。

顔に脂汗が滲む。それがなお柿崎の美しさを壮絶なものに見せていた。

「ちょっと辛抱して下さい」

柿崎に肩を貸し、一歩ずつ階段を下りていく。その間にも避難する住民たちがどんどん駆け下りていく。突き飛ばされないように端の方へとよりながら、一歩ずつ慎重に、しかし確実に下へと下りていった。一階にまで辿り着いたときには、桜庭は汗びっしょりだった。二人そろって歩道脇の縁石に腰を下ろした。休憩する間もなく救急車と消防車がやってきた。

たちまち野次馬たちが集まってくる。

水晶を追え。そう言う柿崎を救急車に乗せ、桜庭は周囲を見回す。

ガラスの破片や焦げた資材が散乱していた。

見上げれば六階の窓という窓が割れている。そして立ち上る黒煙が、曇天の空へと吸い込まれていく。しょぼつく雨は降り続けていた。じっとりと身体が濡れていく。

地震ではない。

桜庭は思った。被害があったのはこのビルの、しかも六階だけだ。

おそらく爆破されたのだ。

部屋から水晶へと伸びていただろう糸はもうない。関係が断たれたからだ。あれだけの爆破があったのだ。おそらくマツモトは死んだ。あの時すぐに部屋を飛び出さなかったら桜庭たちもこの程度の怪我では済まなかっただろう。いや、柿崎にかばってもらわなかったら間違いなく重傷を負っていたはずだ。

そう思うとまた足が震えてきた。

だがそれでも、桜庭は思う。

もう決して逃げ出さないと。

7.

ニュースの一報が「ガス爆発か」だった。その後すぐに県警の発表が行われ、ガス漏れによる事故であると報じられた。救急搬送された十数名は軽傷であり、どのメディアにも死者の報道はなかった。あの爆発でマツモトとコースケが助かっているとは思えなかった。たとえ死んでなくとも重傷者の発表があって当然だ。

だが、そんなものは何もなかった。もちろんその場に柿崎と桜庭がいたことなどまったく知らされていない。桜庭は長々と捜査一課で事情聴取を受けたのに、だ。もちろん入院中の柿崎も同じように聴取を受けただろう。しかし、それは何一つ反映されていない報道だった。

「暇そうですね」

室長が入ってきたのだ。

「確かにこの間包帯が取れたばかりだから、しばらく休憩してもらってもいいんですが」

「室長がしばらく捜査は中断だって決めたんじゃないですか」

「そう言えばそうでした」

ペロッと舌でも出しそうなふざけた言い方だった。

「しかし君は私が何を言おうと勝手にやる人間だと思ってましたが」

「……まあ、確かに勝手にやってるんですけど……ちょっと気になることがあって、そのことを考えてました」

「ほう、それは何ですか」

「フラッシュバックって、ご存じですか」

室長は黙って頷く。

「私はちょっとしたトラウマがあって、突然小学校の時の記憶が甦るんですよ」

桜庭の頭に今もその記憶が浮かぶ。ちょっとした恐怖の感覚とともに。

「十五年前にあった西久益《にしくえき》市立小学校の無差別大量殺人事件、覚えてますか」

「もちろんだよ。酷い事件だった。犠牲者は三十人以上いたんじゃないか」

「三十人ちょうどです。死者は教員と生徒を合わせて七人いました。あの事件、私も巻き込まれていたんですよ」

「小学五年生か六年生」

「六年生でした」

「それはちょっと……厳しいですね」

「残念ながらこれがその時の傷でって見せるようなものは何もありませんけどね……それでですね。その時の犯人の姿を、私少しだけ見ているんです。顔は見えなかったんですが、なんでかその背中から緑色のゴム紐が生えていたのを記憶しているんですよ」

「ゴム紐？」

「その状況をこの間、爆破事件の時、鮮明に思い出しました。で、あの時はそれどころじゃなかったんですけど、後でよくよく考えてみたらあれって〈糸〉じゃないかって」

「例の君にしか見えない、あれですか」

「そうです。その頃にも糸は見えていたんですが、その男の糸はあまりにも異質だったので、緑の汚いゴム紐と思い込んでいたんですよ。で、何を言いたいかと言うと、その糸が水晶っていう〈園芸家《ザハラニーク》〉のメンバーから伸びている糸にそっくりなんです」

「君が一番の黒幕だと思っている女ですね」

　水晶はシリアルキラーの少年を保護司の老人と組み合わせ、犯罪者へと導いた。警察を憎んでいる男を唆して伊野部を襲わせた。そしておそらく拷問ショーを企画し見せているGGサーカスにも深くかかわっている。どう考えても水晶は〈園芸家〉の中心人物だ。桜庭はそう思っていた。

「その女は桜庭君と同い年ぐらいなんですよね。そうするとその事件当時は十一、二歳ということになりますが」

「あると思います。生まれつき遊び感覚でそういうことが出来る人間、いるんですよ。あの蕪木って子もそんな感じでしょ」

「なるほど、柿崎君の言うところの毒虫の仲間というわけですね」

　室長が話に食いついてきたのに気を良くして、さらに推理を続ける。

「その水晶なんですけど、あのカルト集団〈カペナウムの會堂〉の教祖の孫娘のことは、報告してますよね」

「行方不明になっているとか」

「凶悪なカルト集団の教祖。実質すべてを支配していただろう人間の孫が、行方不明なんですよ。何よりおかしいのは、警察が探している様子がないことです。教祖に一番近しかった彼女を、取り逃しているんですから。それって単に警察の不手際だと思いますか」

「なるほど」頷きが大きくなってきた。

「孫娘の名は大倉玻璃子。それでですね、玻璃というのは仏教の教典に出てくる七種の宝──七宝の一つなんだと自分で言ってたんですよ。で私もちょっと調べてみたら、玻璃って水晶のことなんですよね」

「つまり玻璃子が水晶だと」

「そうです」

「彼女の写真はあるんですか」

「あります。私の携帯に入ってます」

「蕪木も韮沢も水晶に会ってるわけですよね。つまり照合したらすぐにわかるはずだ」

なぜしない、という顔で見られ、思わず顔を伏せる。

「確かにそうなんですが」

今までしなかったのは、なんとなく玻璃子を裏切るような気がしていたからだった。どこかで友達だと思っていたのかもしれない。しかしもうそんなことを言っている場合ではなかった。伊野部を襲った暴漢や蕪木拓海なら収監中だ。面会も可能だろう。

「それは後で確認をとってみます」

「GGサーカスの方は進展ゼロですか」

桜庭は深く頷いた。

「爆破事件にしても、私や柿崎さんの言うことを裏付けるものは何も出てきていません。あっ、GGサーカスのネタを持ち込んできた進藤なんですが、もう一度話を聞こうとアパートを訪ねたら、もぬけの殻でした」

「警官が巡回していたんだよね」

「二日前に引っ越したそうです。我々になんの連絡もなく。刑事課は巡邏《じゅんら》していた警察官から報告を受けているはずですが、引っ越し先は訊いていないそうです。この件は室長からも何かないか聞き出してもらえませんか」

「努力はしてみるが、期待しないでほしい。進藤に音源を渡した男女も行方をくらましているんだって?」

「そうです。柿崎さんが入院している間に何か見つけようと頑張ったんですが、結局何も摑めませんでした」

「じゃあ手掛かりはたった一つ、その水晶という女だけか」

「水晶は間違いなくあの大倉玻璃子でしょう。そうであるなら、その足跡を追うことは不可能ではないと思います」

その時室長に電話が掛かってきた。警察病院からだった。通話を切って室長は言った。

「伊野部巡査が目覚めた」

桜庭は喜色を浮かべた。

「特殊情報管理室の人間に伝えたいことがあると言っているらしいんで、すぐに行ってくれますか」

「はい、もちろん」

部屋を出る桜庭に、後ろから室長が「書類を片付けてからちょっと顔を出す」と声を掛けた。

「了解です。じゃあ、お先に」

そう言って桜庭は慌てて署を出、警察病院へと向かった。柿崎は伊野部と同じ病院に入院中だ。腓骨《ひこつ》の不全骨折で、退院には一週間ほど掛かり、その後二か月はリハビリに通うことになると言われていた。

伊野部の話を聞いてから、報告もかねて柿崎を見舞いに行こう。そんなことを考えながら病院に到着した。

病室は外科病棟の四階だった。集中治療室《ICU》を出て四人部屋に移ってきているはずだ。車椅子に乗った老人を押した看護師と一緒にエレベーターで四階へ。廊下に出たところで、目の前をどこかで見たような女性が前を横切った。

大倉玻璃子だ！

向こうは気づいていないようだった。桜庭は声を掛けようとしてためらった。彼女はこの病院に何のためにきたのだろうか。伊野部の、そして柿崎がいるこの病棟に。

気がつけばそっと玻璃子の後ろを尾《つ》けていた。彼女の足が速まった。前を看護師が歩いている。すぐに追いついて横に並んだ。

コッ、と音がした。いわゆる舌鼓を打ったような音だ。英語ではクリッカー音ともいい、犬の訓練などに使ったりもする。

二人の足が止まった。

玻璃子は看護師の正面に回った。そして自らの右目を人差し指で指す。それから耳元に口を寄せ何か囁いた。

少し離れてそれを見ていた桜庭は、思わず声を出しそうになった。玻璃子の胸から汚れた緑色の糸が、ミミズか何かのようにゆらゆらと出てきた。それはうねうねとくねらせながら、看護師の背後に回って背中の中央に繋がった。桜庭は初めて、人が人と関わりを持つ瞬間を目撃したのだ。何をどうしたのかわからないが、玻璃子は看護師に対し大きな影響力を持った。今、この瞬間にだ。

「玻璃子さん」

桜庭は声を掛けた。

玻璃子は桜庭の方を振り向くとにっこりと笑った。

「あっ、桜庭さん。お久しぶりです」

「あの……あの、玻璃子さん、どうしてここに、っていうか、今何をしてたんですか」

「何？　どういうことかな」

「今その看護師さんに何かしたでしょ」

桜庭は覚悟を決めて言った。

「えっ、何を」

玻璃子は首を傾げる。

「今、何かをした。いや、何かをさせようとしている」

「何のことだろう」

言って玻璃子は、カッ、とクリック音を鳴らす。

桜庭の注意が玻璃子の顔に向く。

その時だ。

玻璃子の胸から薄汚れた緑の糸がするすると伸びてくるのが見えた。

玻璃子が自らの眼を指差す。人差し指で押さえた下瞼を指でぎゅっと下げた。

あかんべをしたのだ。

普通なら間違いなくその目を見るだろう。が、桜庭はそれを見ていない。伸びてくる糸に集中していたからだ。近づく糸から逃れ、玻璃子から離れる。糸はしばらく桜庭を追ったが、途中で萎え、床にだらりと下がる。

「どういうこと」

玻璃子が怪訝《けげん》な顔をする。

「それはこっちの聞きたいことです。それは何ですか。何をしているんですか」

コッ、と再び玻璃子はクリック音を鳴らす。床に垂れていた糸が鎌首をもたげた。

「見て」

そう言って玻璃子はまた自分の右目を指差した。桜庭は直観的に顔を伏せた。理由はわからないが、それを見てはならないのだ。

チッ、とこれはクリック音ではなく舌打ちだ。

「邪魔は邪魔だけど、今は黙って見ていてくれるかな。私のお仕事だからね。そこで見学していてね」

ぼんやりと佇《たたず》んでいた看護師に近づく。

「はいこれ」

看護師の耳元でぼそぼそと呟くと、その手に何かを渡した。どうやら小さな注射器だ。中には薬液が入っている。

「何をする気なの」

玻璃子は答えない。看護師は何事もなかったように歩き出した。その先にあるのは伊野部の病室だ。

何も言わず、桜庭はその後を追おうとした。

玻璃子がその手を摑んだ。

振りほどこうとしたが、指先が手首に食い込んでいる。

「だから邪魔をしないでっていったでしょ」

桜庭は玻璃子の顔を見ていなかったが、彼女が笑ったのは気配で分かった。

桜庭は摑まれた腕をくの字に曲げ、曲げた肘を摑んでいる相手の肘にぐいと押し当てる。

あっさりと手首から手が離れた。警官なら誰もが学ぶ逮捕術の一つだ。

えっ、という顔をしている玻璃子を置いて桜庭は看護師を追う。

伊野部のいる四人部屋に看護師が入った。その手に小さな注射器を構えていた。伊野部のベッドにどんどん近づいていく。

「何をしてるの！」

怒鳴りながら看護師の腕を摑んだ。

「離して下さい。注射しなきゃならないんです」

看護師は急に大声を出した。

「それは知らないんですが……でも注射しないと。離せ！」

「何の注射です」

怒鳴り、桜庭の手から逃れようと暴れ出した。腕を振り回し、蹴り上げ飛び上がり床に転がる。狂ったような暴れように手がつけられず、桜庭はいったん看護師から離れた。

その途端、看護師はバネ仕掛けのようにぴょんと跳んで立ち上がり、再び伊野部のベッドに近づいた。注射器を逆手に持っている。薄く開いた伊野部の眼は虚ろだ。じっとして動かない。まだ動くことは出来ないのだ。

一気に片付けないとまた暴れられて終わる。数を数える暇などない。桜庭は背後から飛び掛かり、手首を摑んだ。

関節を極《き》め、背後にねじ上げる。

痛みに耐えきれず手が開く。

床にポトリと注射器が落ちた。すかさずそれを部屋の隅に蹴りやった。

また暴れ出すかと看護師の身体を床に押さえ込もうとしたら、身体の軸に刺さった杭《くい》を抜かれでもしたように、ぐにゃりと力が抜けた。その場に腰が抜けたように尻から座り込む。顔を見ても心ここにあらずという表情だ。

同室の誰かが連絡したのか叫び声が聞こえたのか、すぐに警備員と一緒に看護師がやってきた。

慌てて集まった人間に警察手帳を開いてみせた。

「警察です。彼女がその患者に暴行しようとしていました」

言いながら蹴り飛ばした注射器を、ハンカチで包みながら拾い上げた。

「これを注射しようとしていました。鑑識に回しますが、おそらく毒物だと思われます」

ただの勘だが、疑問を持たれないように言い切る。何も言わない看護師を見ると、キョトンとした顔で座り込んだままだ。

そして気づいた。彼女の背中から伸びていたはずの糸が消えている。

「この中身は何です。何故彼にこれを注射しようとしたんですか」

聞いてはみたが、返事どころか桜庭の言葉がまったく理解出来ないような顔で黙っている。

桜庭は警備員に注射器を渡した。

「警察が来るまでこの人を逃げないように見ていて下さい」

戸惑う警備員を置いて、桜庭は走った。走りながら柿崎に電話した。すぐに柿崎が出る。

「桜庭です。水晶が病院にいます。今伊野部巡査を襲おうとしたのを阻止しました。水晶は逃げましたが、そちらに向かっている可能性があります。ジーンズに白のシャツブラウス。髪は黒。セミロングです。催眠術のような力を持っているようです。すぐ駆け付けますが、注意して下さい」

一方的に喋り、わかった、の声を聞いて電話を切る。

柿崎の病室はこの一つ下の階にある。桜庭は階段をほとんど飛ぶように駆け下りた。柿崎も四人部屋に入っていた。病室に入り、ベッドへ。柿崎は背を起こして待っていた。

「誰も来なかったぞ」

桜庭はようやくほっと息をついた。

「ちょっと、こっちへ」

柿崎が手招きする。

「あっ、カーテンは閉めてくれ」

「何でしょうか」

柿崎は人差し指を唇の前に立てた。

「なんでしょうか」

囁くように言うと、さらに柿崎へと近づいた。

「実は水晶の件なのだが」

小声で言う柿崎に顔を寄せた時、桜庭は彼の背中から下へと延びる緑の糸に気がついた。遅かった。柿崎の腕が桜庭の首に伸びた。

一瞬何がどうなったのかわからなかった。

柿崎に首を絞められている。

そのことが判ったとき、すでに呼吸は出来なくなっていた。

喉を押し潰す力でぐいぐいと首が絞まる。熟したように紅潮した顔は、今にも首からぽとりと床に落ちそうだ。

死ぬのか。

そう思ったとき胸の内に湧いて出たのは恐怖ではなかった。諦念でもなかった。

怒りだった。

失せゆく意識の核で、怒りが溶岩のように燃えている。怒りの矛先は柿崎ではない。理不尽な死だ。そして理不尽な死を与えようとする何かだ。

桜庭はベッドの端を摑みジャンプすると、両足でベッドを蹴る。同時に身体を反らせた。

首を摑んだ柿崎を引きずるようにして、桜庭は床に落下した。ベッドサイドのテーブルが倒れ、隣の入院患者が悲鳴を上げた。

さすがに柿崎の指先から力が抜ける。

ひゅうと音をたてて息を吸った。暗く閉ざそうとしていた視界が開く。天井の純白の光が見えた。

相手の指を折るつもりで摑み、首から引き剝がす。そして柿崎から逃れようと這った。鰐《わに》のように身体を揺すって必死で這う。

その腰に柿崎がしがみついてきた。

「柿崎警部補、しっかりして下さい。柿崎さん、柿崎さん」

その声は半ば悲鳴だ。相手は足が不自由だ。立ち上がって走って逃げればなんとかなるだろう。が、それが思いつかない。柿崎を引きずりながらひたすら両腕で這っている。

その手の先に黒い革靴があった。足元からちょっとくたびれた、しかし高級であろうスーツを上へと見ていくと、その中年男は子供の持つようなタオルハンカチでひっきりなしに汗を拭っていた。

「室長……」

その名を呟いた。

室長は跪き、桜庭から柿崎を引き剝がした。

「柿崎！」

パンッ、と小気味よい音が聞こえた。室長が柿崎を平手打ちしたのだ。一回だけではない。二度、三度と繰り返し、四度目に柿崎は「もう大丈夫」と口にした。唇が切れて血が流れていた。容赦がなかったようだ。

「遅れて悪かったね」

室長はそう言うと、抱き上げるようにして柿崎をベッドに寝かせた。

桜庭はその背中を見ていた。もう緑の糸は垂れていなかった。

*

この病院を管轄とする警官の到着を待ち、桜庭たちは何が起こったのか刑事たちに説明した。騒動を嗅ぎつけたのか患者や看護師が病室に集まってきた。その関心はもっぱら柿崎に集中しているようだった。ここでも彼は耳目を集めていたのだ。後で話を聞くと、普段はこの病室に〈見物客〉が集まらないように注意されていたらしい。あの美貌は捜査の邪魔でしかないようだ。

それからようやく伊野部に面会が許された。まだ長時間話をするのは無理です、と釘《くぎ》を刺されて桜庭と室長は病室に入った。

今時の若者らしい小顔が、バスケットのボールほどにぱんぱんに腫れ上がっていた。瞼もほとんど開かないようだ。全身にバイタルサイン測定や点滴のための管と電線が繋がっている。

「伊野部くん」

桜庭が呼び掛けると、うっすらと目が開いた。桜庭の名を呼んだようだが、はっきりとは聞き取れなかった。

「よっ」

室長が手を振ったが、認識しているかどうかはわからない。あれだけの騒動もわかっていたようには見えなかった。

桜庭はベッドサイドテーブルに小さな紙袋を置いた。

「やっぱり花の方が良かったかなあ」

言うと、わずかに首を横に振った。

ついでに笑おうとしているのだろうが、唇が歪んだだけだった。

「それで、何か伝えたいと聞いたけど」

かすかに頷き、ゆっくりと口を開いた。何か言う。桜庭は顔を近づけた。

「ぱすわ、ど」

かすれた声で切れ切れに言う。

「パスワード？」

頷く。

そして必死になって腕をもたげ、人差し指を伸ばす。震える指先は桜庭を指していた。

「私？」

頷く。そして囁くように言った。

「ゆえすび、みて」

「ＵＳＢメモリだよね。わかった」

「みんな、わ」

「いろいろあるけど、何とかなっているよ」

桜庭の後ろで室長が手を振った。

「けえたい、しなんしゃ」

「携帯？　伊野部くんの？　しなんしゃって」

「あぷり」

それだけ言うと目も口も閉ざした。疲れたのだろう。

「伊野部君、後は私たちに任せて、今は身体を治すことに専念して。情報管理室の方は心配しないで。どうせ最初からあてにされていない部署なんだから」

「……だめ」

腫れ上がった目を精一杯開いて、伊野部は桜庭を見詰めた。

「おもいしらせてやろう」

伊野部は人差し指で上を指した。

「あっちに」

一気にそこまで言うと、それだけで息が切れた。堅く目を閉じ、息をつく。

「わかった。私も同じ気持ちだよ」

泣きそうになったのを歯を食いしばって堪えて、桜庭はニッと笑った。

「そろそろ行くね。またすぐ来るよ。事件は解決しましたって報告にね。じゃあ」

手を振って桜庭は室長とともに病室を出た。

8.

病室に落ちていた注射器に入っていたのが、致死量の硫酸タリウムであることがわかったのは翌日のことだった。伊野部は個室に移され、一日中交代で警護がつくようになった。そして完治までには二か月掛かると言われていたにもかかわらず、柿崎はあれから三日後に退院した。

爆薬はあの白い部屋のさらに奥。隠し扉の向こうにある隠し倉庫に仕掛けられていたようだ。事務所が思ったよりも狭かったのは、あの奥に倉庫があったからだ。おそらくそこに、本物の拷問を見せるGGサーカスに関する資料などが収まっていたのだろう。その何もかもが灰になった。火災調査員の報告がもう上がっている。あの部屋は窓一つない上に、耐火仕様の強固な壁で囲まれている。そして出入り口は一つ。そこに爆薬とガソリンのタンクが仕掛けられていた。爆風が入り口から噴き出すと、すぐに大量の大気が中へと吸い込まれる。部屋はまるで焼却炉のように機能し、一時は千二百から二千度近くまで温度は上昇し、そこにあったすべてのものを灰に変えた。単に爆弾を仕掛けただけではこうはならない。部屋が作られた時から証拠隠滅のためにこうなるように仕掛けられていたわけだ。働いている人間はそんなことを知らなかっただろう。彼らも焼却される証拠の一部だったわけだ。そしてあれだけの事件なのに、警察は何も手を下さない。このままではGGサーカスの存在自体がなかったことにされてしまうだろう。

が、特殊情報管理室からは二名の入院患者が出たのだ。下手をしたら二人とも死んでいたところだ。二人だけではない。桜庭もあの部屋で爆死していたかもしれない。これでなかったことには出来ない。したくない。それが桜庭の本心だ。

少しずつ見えてきたこともある。謎の女、水晶のことだ。水晶は玻璃子の別名だ。桜庭はそう確信していた。そこで室長に頼み込み、蕪木と面会した。玻璃子の写真を見てもらうためだ。蕪木は間違いなく玻璃子が水晶だと証言した。

玻璃子は催眠術のような力で、自在に人を操れるように見えた。桜庭は催眠術のことを調べた。わかったのは、そんなことは既存の催眠術では困難だということだった。催眠を成功させる大きな要素は二つ。一つは臨床心理学でいわれるラポール。施術者と被験者の間での信頼関係だ。信頼を得るための様々なテクニックは確かに存在するが、どういう方法を使おうと、事前に被験者と何らかの信頼関係を結ばねばならない。それからもう一つは威光暗示だ。威光暗示は、簡単に言うなら施術者がいかにも「特別な力を持っている」と見せることで、最初から相手に与えることが出来る暗示だ。例えばマジシャン風の身なりとか、鋭い眼光やよく響く低い声、さらには高名な催眠術師であるとか、長年催眠術を研究している大学教授であるというような肩書も威光暗示を与える。いずれにしても、催眠に至る前段階が必要だということだ。初対面の普通の女性がいきなり「言う通り動け」と言って掛けられるようなものではない。

熟練した催眠術師は、舞台上でまるで魔法のように被験者を操っているように見える。が、ほとんどの催眠術師は事前に予備催眠のようなものを掛け、様子を見てから舞台に出る。玻璃子のように初対面の看護師に毒入りの注射をうたせるような真似は不可能に近い。やはりこれは彼女特有の何らかの〈力〉によるものではないか。桜庭が関係性を糸で見ることが出来るような。

だが玻璃子は、眼を見つめさせたり、舌でクリック音を鳴らして注意を引いたりというような、催眠術で使うようなテクニックを使う。玻璃子の〈力〉も、あくまでその延長線上にあるのではないか。桜庭はそう考えた。そうであるなら玻璃子の〈力〉も万能ではない。普通の催眠術のように、何らかの条件下でなければ掛からないはずだ。つまり何らかの対抗策があるはず。

玻璃子は水晶という名でこの力を使い、シリアルキラーの少年をそそのかし、保護司を猟奇殺人者に育てた。祖父の作った宗教団体を暴力的で反社会的なメンバーに入れ替え、猟奇的なカルト教団に変えるのにも一役買っている。そして無関係な男に伊野部を襲わせ重傷を負わせ、GGサーカスの運営にも間違いなく何らかの関わりを持っている。〈園芸家〉《ザハラニーク》という犯罪者を作り育てる組織が存在するなら、まさにその中心に水晶＝玻璃子がいるわけだ。

さて、それではどうすればいいのか。

ここまで考えて、行き詰まる。

気は逸《はや》るが、そこから一向に進まない。

椅子から立ち上がり、桜庭は大きく伸びをした。山積みになった資料の中からマグカップを取り出しブースから出た。常設されているウォーターサーバーから小さな電気ケトルに水をくむ。

元から情報管理室に生活感などないが、たった一人でいると廃屋で暮らしているような気分になる。

電気錠が開き扉があいた。部屋の中の空気が一気に華やぐ。

「よう、早いな」

柿崎だ。アルミ製の杖《つえ》をついている。左足は膝から足首までを固定する装具を付けている。まるでロボットのような姿だが、それが風変わりな装飾品のように見える。

「室長は」

「まだですね」

管理室に来てくれ、と室長からの短いメッセージが入っていたのだ。

それからすぐに室長が入ってきた。

「待たせて悪かったですね」

連れてきたブンタをケージの中に入れる。

そして自らのデスクについた。桜庭たちもブースに入る。室長は銀のシガレットケースを出して紙巻きたばこを一本、取り出した。それを鼻先に持って、深呼吸するかのように匂いを嗅ぐ。

「柿崎くん、安心して下さい。ここが禁煙であることは充分承知していますよ」

「禁煙してましたよね」

桜庭が言うと、室長は煙草を指で弄びながら言った。

「悪癖は治らないみたいですね。煙草は悪魔が人を誘惑するために持ってきたというのも頷ける。さて、GGサーカスの件ですが、いろいろあってもう我々の手から離れました」

いきなりの台詞に桜庭は驚いた。

「ちょっと待って下さい」

顔をぐいと室長の正面にまで突き出した。

「手が離れたって、つまり刑事課にすべて移ったってことですか」

「そうですよ」と室長は平然と答える。

「おかしいな」と首を傾げるのは柿崎だ。

「捜一にその件、まだ伝わってないんだが」

「なんでそんなことを知っているんだい」

室長は柿崎を睨んだ。

「顔が広いんでね。聞いたところによれば捜一もまだ何の情報も摑んでいないし、動いてもいないはずです。なのにどこからそんな話が」

柿崎の問いには答えず、室長は桜庭に言った。

「何か報告することはあるかな」

「えっ、私ですか」

室長は頷く。

「あの、報告ですよね。ありますよ。ありますとも。水晶こと大倉玻璃子は、この部署が出来てから起こった大きな事件すべてにかかわっています。玻璃子はあの人食い教団の教祖の孫です。教団運営にも深くかかわっていたはず。なのに捜査の網からきれいに外れています。そこからすでにおかしい。どれほどあの時現場がドタバタしていても、彼女がどこに行ったのかわからなくなるなんてありえない。警察が彼女に協力でもしていない限りは」

桜庭は室長の顔をじっと見るが、反応は皆無だ。仕方なく桜庭は話を続ける。

「今回のGGサーカスに関しては特に奇妙ですよ。確かに今までも捜査一課が手柄を独り占めしていたかもしれません。ですが今回はまるきりそんな事件はなかったものとされている。あの爆破事故がガス爆発だと報道されていますが、そんなはずがない。それは室長が一番ご存じなはず。事件をうやむやなまま終わらせようとしている者がいるんです。ここにも水晶はかかわっている。彼女が〈園芸家《ザハラニーク》〉の中心人物であることは間違いない。室長、その〈園芸家〉という組織は警察内部にも協力者がいるような強大な組織なのでしょうか。あれほどの事件をもみ消すことの出来るぐらい」

「室長、彼女も馬鹿じゃない。俺もね」

口をはさんだのは柿崎だ。柿崎はじっと瀬馬室長を睨みつけたままだ。

「これ以上隠し事を続けても意味がない。何もかも我々に教えてほしい。じゃなきゃ、勝手にやっちまいますよ」

「桜庭君は何とか無事だったが、柿崎君は負傷している。伊野部君に関しては再起の見込みはない。私もここに来る前にいろいろあってね」

室長は大きな溜息をついた。

「単独で〈園芸家〉とやりあおうとしたときなんだが……奴らは私を脅してきた。だから家族を匿《かくま》ってもらい、私は失脚したことにして所轄へと転属された。だがそれでも奴らは追ってきた。偽装離婚してまで守ろうとした家族を、私は失った。それも考えらないほど残酷な手段で」

「えっ、それってお亡くなりになったということですか」

「妻と当時四歳だった娘は、ひどい状態で発見された。死体検案調書を読んだとき、私は人が本当に血の涙を流すことを知ったよ……。〈園芸家《ザハラニーク》〉の相手をするということはそういうことだ」

室長は桜庭の顔を見つめた。

「その後私は各地の先鋭と連絡を取り、確実に〈園芸家〉を追い詰めた。犠牲も出したが、もうそれぞれの犯罪の後始末をつければ良いだけだと、私は判断した。そして棟石署に情報管理室を立ち上げた。だが私の判断は甘かったようだ。情報管理室は近々解散するだろう。君がこれ以上何も知ろうとしなければ、何も見なかった何も聞かなかったで終わらせることも出来る。守るべき大切なものがあるなら、そうするのが賢明だ。君の命も、君が大切に思う人の命も、ゴミのように扱う人間がこの世にはいるんだからね」

室長は心の奥を見通すような目で、桜庭を見つめた。

目を逸らすことなく、桜庭は考えた。自分が何のために警官になったのか。それは人を救うためだったはずだ。

傷つき死んでいく級友たちの一人も救えなかったあの日。私はただただ震えて身を縮めていた。それで自分だけが助かった。もう逃げてはならない。あの時自分が生かされたのは、いずれより多くの人を救うため。それでなければ助かった意味がない。一人の人間も救えないぐらいなら死んだ方がましだ。

意を決し、桜庭は大きく息を吸った。

堅く握っていた手を、勢いよく開く。

掌に溜まった汗が指先からぽたりと落ちた。

そして言った。

「教えて下さい。そしてみんなでヒトデナシどもを捕まえましょう。この特殊情報管理室の力を見せつけてやりましょう」

「桜庭くん、これは一時の勢いで決めて良いようなことじゃない。ご両親もご存命なんだろ」

「父親は亡くなってます」

「お母さんは健在なんだろう。それを知ったら家族に難が及ぶかもしれない。私のようにね。それを単純な正義感で決めて良いものかどうか――」

「母は……母は私が正しいと思うように行動することを望む。そう信じています。……すみません。私は単純な人間です。単純な結論しか出せません」

口にすることで腹が据わった。

それで良いんです。

桜庭は繰り返した。

室長が柿崎に視線を移す。柿崎はゆっくりと頷いた。

「わかった。それじゃあ覚悟して聞いて欲しい。私は公安にいたころ、あるプロジェクトに参加していた。公安調査庁と警視庁の公安部が政府主導で共同して行った〈犯罪抑制調整プロジェクト〉だ。そして我々の敵〈園芸家《ザハラニーク》〉はそのプロジェクトから生まれた」

「えっ、それじゃあ〈園芸家〉は政府が作った組織だということですか」

「その通り。プロジェクトに私が参加したのは十年前だが、その歴史は古く、第一次田中角栄内閣の頃にはその雛形《ひながた》が作られていたらしい。ただしその頃には〈園芸家〉と呼ばれてはいなかったが」

「そんな組織を何のために」

桜庭が言った。

「世間を騒がせそうな犯罪をストックしておくためだよ」

「犯罪をストック……」

桜庭は首をひねる。

「マスコミを賑わせ、世間が大騒ぎし、国民の耳目がそこに集中するような事件を、表に出さないように保存しておくんだ」

「まったく意味がわかりません」

桜庭の頭の中は疑問符で一杯だ。柿崎を見ると黙って頷いている。どうやら最初から知っていたようだ。

室長は話を続けた。

「たとえば政治家のスキャンダル、政策の失敗、国政を揺るがすような贈収賄。現体制の維持に関わるような何かがあったとき、世間の関心を分散させるために、ストックしていた犯罪を表に出すわけだ」

「まさかそんなこと」

桜庭は鼻で笑った。二人して自分を騙そうとしているのだと思った。

「三年前の法務大臣のスキャンダルを覚えているか」と柿崎が言った。

「ええ、もちろんですよ」

法務大臣と指定暴力団との癒着報道に端を発し、反社会的勢力から保守政党への贈収賄疑惑がすっぱ抜かれた事件だ。

「あれは検事総長の自殺と検察庁の組織改革で片が付いた。事件から半年も経っていないうちにね。おかしいと思わないか」

「……ちょっと解決が早い、ですか」

「ちょっとどころじゃない。内閣総理大臣を含む多数の閣僚が反社会的勢力と癒着しているかもしれないという話が、誰が逮捕されるわけでも裁判が行われるわけでもなく、半年も経たないうちに終焉《しゅうえん》を迎えているのはなんでだと思う」

「検事総長がSM風俗店での接待を受けていたという報道が流れて大騒ぎになったから、ですか」

「あの風俗店の顧客の名簿が週刊誌にリークされ、芸能人が数名実話報道された。検事総長の自死も不名誉な死扱いだった。で、その直後三歳の時に誘拐され十七歳まで監禁されていた少女が見つかった。犯人が日本医師会役員の孫だったことで、それまでのニュースは完全に掻き消えた。野党は騒いでいるが、まだそんなことを言っているのかという扱いだった。あれは不正政治家たちの運が良かったからだと思うか」

「そうだと思ってましたけど」

「あのSM風俗店は〈園芸家《ザハラニーク》〉が民間人を使って作り上げた店だ。客に有名人が多いのはそう言った層へと向けて口コミを使い告知を広げていったからだ。それから少女監禁事件は数年前に〈園芸家〉が見つけ、外部に漏れないように手を打ってきた。〈園芸家〉という名前は、そうやって犯罪者や犯罪組織を植物を育てるように世話をして維持していくことからつけられた」

「それが政府の機関なんですか」

「私も参加していたが、さすがに正式の機関ではない。あくまで民間の組織だ。形式上は〈犯罪抑制調整プロジェクト〉のアドバイザーとして外部委託されていた。働く者たちも公務員ではない」

「室長、私はこの話を」

両手を握りしめ顔を真っ赤にして言いかけた桜庭の台詞を柿崎が繋いだ。

「マスコミにリークします、か。まあおまえは馬鹿がつく正直者かもしれないが、それをここで宣言するといろいろと迷惑だ。せめてこの場では黙ってろ。とにかくだ、まだ室長の話は半ばだ。続きを聞け」

頷き、室長は話を続けた。

「〈園芸家〉となって三年後、急激に大きく成長した。やがて警察組織では抑えきれぬほどになった。〈園芸家〉は逆に現政府を脅かすような存在になってしまった。それが五十年近く掛けて育ててきた組織をどうして今潰すことになったかという理由の一つだ。そしてもう一つの理由は、現政府がマスコミを味方につけ、ネットと合わせて世論を誘導することに一定の成功を収めたからだ。ここ二年ほどの間に、世論の潮目は全く変わった。〈政治の悪〉というものに慣れ、諦め、いちいち国家に文句をつける方にこそ問題がある、という風潮が生まれた。だからいまさら危険を冒してまでそんな小細工をする必要はまったくなくなったわけだ。つまり〈園芸家《ザハラニーク》〉は、国民が倫理観を失うことで存在理由を失ったんだよ」

「しかし、それならどうしてこんな余計な手間暇掛けてるんですか。国を挙げれば一瞬で潰せるんじゃないですか？〈園芸家〉なんて組織が国を相手の喧嘩に勝てるわけがないんですから」

「慎重に計画を立て、全国の地方警察本部に三年前の法務大臣のスキャンダルが収束するのを待って一斉に〈園芸家〉を潰しに掛かった。大成功だった。一年とたたず〈園芸家〉を根絶やしに出来た。ただ一つ、J県警管区内を本拠地とした〈園芸家〉の残党を残してね。それが我々の相手をしている水晶たちだ。ここまで追い詰めたんだ。そして我々特殊情報管理室がこれを潰せば何もかも終わる。あくまで秘密裏に。そのはずだった」

室長は一息つき、ペットボトルのミネラルウォーターを旨《うま》そうに飲んだ。

「さて、〈園芸家〉は警察にとっても暗部です。欠片も表に出せない。情報の共有は最小限にとどめなければならない。だから知った者は、もう元の警察には戻れない。そんな部署に将来が有望な人間を送れない。だが、かといって〈園芸家〉は侮れる相手ではない。というわけで、優秀だが警察という組織には向いていない、という人間が選ばれることになっています。私も含めて今の情報管理室がそれだ」

　室長は手をポンと鳴らした。

「さて、ここまで話したからには、君たちももう抜けられませんよ」

「だから覚悟してますってば」

　桜庭が言った。

「それなら早速GGサーカスの話を始めましょうか。この件で初めて、急に上からGGサーカスには手を出すなと命じられました。その直後に伊野部君が襲われ、それから柿崎君も狙われた」

「えっ、そうなんですか」

　驚く桜庭に、室長が話を続ける。

「これは偶然じゃない。私はそうは思わない。まるで上の意向で〈園芸家〉が動き二人は襲われたように見える。〈園芸家〉の目的は今でも世間を大騒ぎさせることです。だから生首事件でも人食い団地事件でも、奴らは直接証拠隠滅を図ろうとはしなかった」

　確かに、と桜庭は呟く。

「ところが今回に限って水晶は証拠を隠そうとしている」

「俺もそれが不思議だった」

　柿崎が言った。

「桜庭が疑っている水晶であろう大倉玻璃子を取り逃がした件にしても、内部に〈園芸家〉の協力者がいないと成り立たない。それもかなり上の人間だ。いるんですよね、室長。内通者が」

柿崎が迫るとあっさりと室長は認めた。

「GGサーカスの件ではっきりした。この件が世間に知れるとまずいことになる人間が内部にいる。その人間は〈園芸家《ザハラニーク》〉との繋がりを持ち、奴らを使って捜査妨害をした」

「そのために、交換条件として〈園芸家〉の存続を約束したんじゃないんですか」

「そこまではわからないが、してもおかしくないだろうね」

「誰なんです、その内部の人間っていうのは」

訊いたのは桜庭だ。

「ちょっと探ってみましたが、どうやら私たちに圧力を掛けてきたのは国家公安委員会のメンバーの誰からしいです」

室長はそう言った。

警視庁を頂点とする都道府県警察を統括する組織が、国家の警察機関である警察庁であり国家公安委員会だ。主に国家の安全を国自らの判断で取り締まり、国内広域にわたる事件の調整を行ったりする、総理直轄の組織だ。県警の一部署からは雲の上過ぎて、普段はまずかかわりあうことがない。

「そこから圧力が掛かってきたのなら、それはもう一警察官にどうこう出来るものではないでしょうね」

　室長はいつもの笑顔でそう言った。

「じゃあ、解散して何もなかったことにするんですか」

　桜庭が言うと、室長は声をあげて笑った。

「それなら何のためにここで君たちに話をしているんですか」

　室長は立ち上がり、汗を拭うと桜庭にぐいと顔を近づけた。

「君たちが二人とも抜けても、私一人で最後まで捜査を続けるつもりです。最後の一人を潰すまでね」

　ああ、本気だ。桜庭は室長の眼を見てそう思った。真剣なまなざしなどというものではない。狂おしい何かをその向こうに飼っている目だ。

「どこまで出来るかわかりませんが、とにかく邪魔だけはしないように話し合ってみますよ。交渉となると私の仕事ですからね。なんとかしますよ」

「これが、役に立つんじゃないかな」

　柿崎は小さなＵＳＢメモリを取り出した。

「これは伊野部を襲った犯人が落としていったものだ。偶然俺が拾った。おそらくここに入っているのが、上の人間が消してしまいたいと思っている何かだ。だからこれを使えばその上の人間ってやつを黙らせることも出来るんじゃないか。ただ問題は、そのデータを取り出すには暗号キーが必要だということだ。伊野部は一度意識を取り戻してから、まともに会話が出来ていない。いずれは話してもらえるかもしれないが、いつになるかわからない。物がものだけにサイバー課に持ち込んで解析してもらうわけにもいかんしな」

「それ、もしかしたら私わかるかもしれません」

は？　という顔で柿崎は桜庭を見た。

「いや、あの伊野部巡査が意識を取り戻したとき、話が出来たんですよ。その時に」

「ああ、そういえば何か言ってたな。パスワードがどうこうって」室長が言った。

「そうです。私を指差してパスワードって言ったんですよ。だから、ええと」

言っている間に柿崎は自分のブースに戻っていた。

「起《た》ち上《あ》げたぞ。暗号キーはなんだ」

室長と一緒に桜庭も柿崎のブースに入る。桜庭は柿崎と入れ替わり、起ち上げたパソコンの前に座った。キーボードを操作する。最初は自分の誕生日。それから電話番号。そして自分の名前。いくつか試みて、十分もたたないうちにヒットした。

「まんまかよ」

柿崎が言った。暗号キーはそのまま sakurabaaria だった。フォルダが現れた。ＧＧと書かれたそのフォルダを開いた。中にあったのは名簿だった。

「どうやらこれはＧＧサーカスの顧客名簿ですね」

「ちょっと見せてもらえるか」と今度は室長がデスクの前に座った。名簿をスクロールする。

「こりゃ、すごい」

室長が思わず声を上げた。

「国家公安委員会、現委員長の名前がある。それ以外にも――保守系の大物議員の名前がちらほら」

「政治家ってみんな頭おかしくなっちゃってるんですか」

桜庭が言うと、柿崎が「辛辣だね」と言った
「ただの感想ですよ。誰だってそう思いますって。でもこれで内部の敵ははっきりしたし、ついでにこっちも武器を手に入れたわけですよね」

上を指差し「思い知らせてやろう」と言っていた伊野部の姿が脳裏に浮かんだ。

「早速ちょっとばかり本庁の人間を脅してくるか。我々で、あいつらに一泡吹かせてやろうじゃないか」

そう言うと室長は悪童のような笑顔を見せた。

そしてその翌日、室長は消息を絶った。

9.

通常どおりなら午前九時から十一時の間に室長は特殊情報管理室にやってくる。ブンタを連れて、だ。そうでないときは必ず柿崎か桜庭に連絡がある。一日一回のブンタの散歩は欠かさない。自分で出来ないときは、誰かに頼む。

昼過ぎまで連絡もなく署に姿を現さないのを不審に思った桜庭が連絡を取ろうとしたが、出てこない。昨日の今日だ。何かがあったかもしれない。桜庭は柿崎と室長の家を訪れた。かつて家族三人で住んでいた家は売り払い、ペット可のワンルームマンションに一人住まいだった。事情を話し管理人に鍵を借り、中に入った。誰もいなかった。ブンタもだ。

近所の聞き込みをする。いつもと同じ時間にブンタを連れてマンションを出たことがわかった。だが駐車場に室長のワンボックスカーは停まったままだった。さらに聞き込みを続けると、若い女性と一緒に、ブンタを連れて歩いているところを見られていた。いかにも噂好きそうなその中年の女性は、いったい誰なんでしょうねえ。と楽しそうに言った。

水晶だ。

彼女の力をもってすれば誘拐など容易《たやす》いことだ。二人はいったん情報管理室に戻った。固定電話に連絡が入っているかもしれないと考えてのことだ。が、そんなものはなかった。

「万策尽きたか」

呟く柿崎を桜庭は睨んだ。

「尽きません。まだ何かすることが残っているはずです。例えば……例えば……」

思いつかない。

「GGサーカスがらみなら、伊野部の意見を聞きたいところだがな」

柿崎が言った。

「そこを最初に潰してきたのは、やはり伊野部君が脅威になると思ったからかもしれませんね」

そう言って、桜庭は考え込んだ。彼と最後に喋ったとき、もう一つ聞いていたことがある。あの後あまりにもたくさんのことが起こりすぎてすっかり忘れていた。それを頭の中から引き出す。

それは唐突に頭の中に浮かんだ。

「フィナンシェ！」

「なんだ、腹が減ったのか」

「いや、違います。なんかちょっと違う。ええと、しなんしぇ、じゃなくて、しなんしゃ。そうです。しなんしゃです」

「なんの話だ」

「伊野部巡査からパスワードと一緒に聞いた言葉です。確か『しなんしゃ』」

話しながら検索してみる。

「……ええと指南車。車に木像の仙人を立て、その手が常に南を指すようにした装置。どうやら昔のコンパスみたいなものみたいですね」

「それがどうした」

「ええと、確かケータイのアプリって言ってました」

今度はアプリ＋指南車で検索してみる。医療関係の法人が出てきたがそれまでだ。少なくともそんな名前のアプリはなさそうだった。が……。

「伊野部巡査ってGPSを利用した追跡システムを作ってるって言ってませんでしたか。それって完成したのかな。ほら、指南車って現代でいうなら位置情報アプリみたいなものでしょ」

「そういえばリアルタイムで行動管理が出来るGPSアプリを警視庁あたりで使わないかって相談されたことがある。だがもしそうだとして、なんでそんなものをあんなときに桜庭に伝えなきゃならなかったんだ。USBメモリのパスワードならまだしも」

「あっ！」

　桜庭が大声を上げた。

「ブンタだ。ブンタですよ」

「なんのことだ」

「ブンタって時々勝手に走り出してくでしょ。何度か行方をくらましていたことがあって室長が言ったら、ブンタがいる場所が分かるようにしましょうかって、室長の携帯端末をいじっていたの思い出しました。あれが〈指南車〉だったのかも」

「それが使えたらブンタの居場所がわかる」

「そうです。でも……室長の端末、家にはなかったですよね」

　見える範囲で手掛かりを探したのだが、携帯端末は見つからなかった。

「伊野部だ！」

　柿崎が珍しく大きな声を上げた。

「伊野部の端末はここで証拠品と一緒に保管されているはずだ」

　とってきます、と言いながら桜庭は情報管理室から走り出る。たいして待たせず桜庭は戻ってきた。はあはあと荒く息をつきながら、携帯端末を柿崎に差し出した。

「ありました」

「俺に渡されてもどうしようもないぞ」

人間離れした美しさを見ていると、能力も人間離れしているような気になるが、そういうところは普通にデジタル音痴のようだ。

端末を渡され、まずロックを解除するためにパスワードを打ち込む。桜庭の誕生日であっさりと解除された。

「こういうことに詳しいはずなのに、やたらセキュリティが緩いですね」

「紺屋《こうや》の白袴《しろばかま》だな」

「なんですか、それ。あっ、アプリが一覧出来ますね。しなんしゃ、ですよね……ありました！」

起動させてアカウントの入力画面が出た。まさかと思ったが、アカウント名もsakurabaariaだった。画面にマップが表示される。棟石署の周辺だ。タグが二か所につけられていた。一つは棟石署そのものについている。タグの名前は「ＡＳ」

「これってもしかして、私の端末を示してないですか。いったいいつ私の端末に入れたんだろう。完全にストーカーの所業ですよ。元気になったら拳で殴ってやる」

「で、ブンタは。っていうか室長のタグはないのか」

少し地図を縮小する。すぐに新しいタグが見えてきた。ＢＵＮとついている。間違いなくブンタのことだろう。

「ブンタはありました。他のメンバーはないようです。ええと、ブンタの居場所は……

室長のマンションからそれほど離れていません」

　ブンタのタグの近くを拡大していく。

「何もない国道沿いにじっとしてます」

　アルミの杖をコンと床につくと、柿崎は立ち上がった。置かれていた黒く小さなリュックを背負う。

「行くぞ」

　そう言うともう扉へと歩きだしていた。左足の装具が、がちゃ、がちゃ、と機械的な音を立てた。

　ブンタはすぐに見つかった。国道沿いの歩道にじっと座っていた。不安だったのだろう。桜庭が行くと飛びついてきた。ブンタの鼻で探してもらおうと、しばらくブンタに引かれて近所をうろついたが、それはただブンタの散歩にしかならなかった。

「でもまあ、死に引き寄せられるブンタがしっかり室長の跡を追って走り出したらそれはそれで怖かったですから、安心出来ると言えば安心出来ますね」

「だが行方は不明なままだ」

　桜庭は携帯の端末を取り出して操作し始めた。

「何してる」

「メモを検索しているんですよ。聞いたこととか気になったことはメモにして残してるんです。伊野部君関連のメモ見つけました」

「なんて書いてある」

「株式会社東京電影会。なんだろうなあ。時期的に言うと人食い団地事件が終わって、署が大騒ぎになっている頃だから……検索してみますね。……工業大学の同窓会か。会社ではないですね。見つからないなあ……あっ、あっ、あっ」

「なんだ。どうした」

「確か伊野部君があの団地の持ち主を調べたときに出てきた名前だったような気がします」

「確かにあの時聞いた。法務局のデータバンクに侵入したとか言ってたんで覚えているよ。確か最終的に滝植にあの団地を売った会社の名前じゃなかったか」

「そうです！　間違いありません。でもそれじゃあ関係ないか」

携帯端末を鞄に入れる。上から柿崎が覗き込んでいた。

「鞄の中、汚いなあ。ちょっとは整理しろよ」

「失礼な。きちんと整理してますよ」

言いながら鞄の中を見た。確かにごちゃごちゃだ。手を突っ込んでちょっと整理しようかと思ってすぐに諦めた。名刺入れが開いて、鞄の中で名刺があちこちに散らばっていた。名刺をまとめて名刺入れに、入れかけて気が付いた。

「いや、待って下さい。もしかして」

一枚の名刺を取り出した。

「やった。これですよ、これ」

名刺をぐいと柿崎に向けて差し出した。

そこには株式会社東京電影会取締役社長安西昴と書かれてあった。

「安全リクルートの安西」

柿崎が呟く。

二人はミニバンへと急いだ。

狭い後部座席にブンタをむりやり乗せ、すぐに車を出す。

＊

「川一つで別天地だな」

きょろきょろと辺りを見回しながら柿崎が言った。絵にかいたような「閑静な住宅地」だ。実際富裕層のための住宅街なのだろう。歩いている人間も、普段着ですら高級そうだ。夜毎《よごと》喧嘩が始まる小便臭い署の周辺とは大違いだった。リュックを背負った柿崎はまるで観光客のようだが、見られているのは柿崎の方だった。集まってくることこそなかったが、美しい庭園を鑑賞しているような態度で、道行く人が柿崎を見ていく。署の近くを歩いていると間違いなく見知らぬ誰かに声を掛けられるのだから、この街の住人はこれでも節度を持って柿崎に接しているのだ。

「天気まで晴れてきましたよ」

眩しそうに空を見上げて桜庭が言った。

厚く空を覆っていた灰色の雲が風で流され、美しい青空が見えている。

「こんなところで暮らしていたら、善意に溢れた人間に育つだろうな。わかっちゃいるが、世の中は不公平なものだ」

「そうでもないかもしれませんよ」

「どういうことだ」

「前来た時には気づいていなかったんですけど、よく見ると糸が見えるんですよ」

「例の糸か」

「近づいたときによく見ると背中に汚れた緑色の糸くずみたいのが付いてます。細いし短いし、あまり大きなかかわりはなさそうですが、あれはおそらく玻璃子と繋がっている糸です」

「みんなにか？」

「いいえ。ついていない人もいます。糸がついているのは、例えばあのお爺さん」

桜庭の見る先にいるのは、杖を突いて散歩している老人だ。

「ちょっと近くに行って見てきます」

言ったときには小走りに老人へ向かって駆けていった。二言三言会話を交わして戻ってくる。

「道を訊くついでにしっかりと見てきました。間違いなく糸が背中にあります。色は緑。鮮やかではなく汚れた緑。緑は本来暖色のはずなのに暖かみがないんですよ。それに触れると痛いだろうと思わせるようなざらつきがある。それが玻璃子から伸びている支配の糸の特徴です。あっちにいる子供を散歩させているお母さん。それから向こうのベンチに腰を下ろしてサンドイッチを食べているおじさんに糸が見える。柿崎さん、もしかしたら私たちとんでもない罠《わな》に飛び込もうとしているのかもしれません」

途中から小声になっていく桜庭に頷き、柿崎は少し考えこんでから言った。

「ちょっと駅前にあったホームセンター行ってくるわ」

「えっ、何しに」

「武器調達」

はいこれ、と伊野部の携帯端末を手渡した。「安西の事務所で集合な」

そう言うと柿崎は、さっさと元来た道を戻っていった。次の瞬間、何を思ったのかいきなりブンタが走り出した。手からリードが離れる。しばらく追いかけたが早い早い。見る間に姿を消してしまった。

「一人になっちゃったよ」

桜庭は携帯端末の画面に映った地図を見る。矢印の示す方向へと歩く。一度来ているからはっきりと覚えている。ブンタはまっすぐ安西の事務所へと向かっていた。高い煉瓦塀で囲まれたモダンな建物が見えてきた。安西の事務所だ。地図の矢印は、ブンタがその中にいることを示していた。このソフトの位置情報がどれだけ正確かはわからないが、すぐそばにいるのは間違いないだろう。

とりあえず柿崎が戻るのを待つか、と立っている。時折人が通るが礼儀正しく無視していく。

晴天だ。

天気まで差別する。ここには二度目だが、どちらも気持ちの良い晴天だった。棟石署周辺とは大違いだ。

空を眺めながらそんなことを考えていると、塀の向こうで物音がした。入り口に背を向けじっとしていると、電気錠の音がした。門扉が開いたのだ。自分の肩越しに覗き見ると、若い背広姿の男が出てきた。来客だったのだろうか。

男が去っていく。扉がゆっくりと閉じる。

待てよこれは最大のチャンスではだってそうだろうもしここにブンタか室長がいるなら黙って中に入れてくれるわけがないよなそれならそれなら今のうちに駆け込んだ方がそうだそれが正解だ、とここまで一秒足らずで判断して桜庭は走った。ぎりぎりで閉まりかけた門をくぐる。

慌てて前庭に入ったのだが、考えてみれば玄関は閉じているわけで、早くも行き詰まった。〈指南車〉を見ると、ブンタはこの中にいるのは間違いない。動いていないところを見ると捕らえられているのか。それとも……。厭《いや》な想像を打ち消すために玄関扉の前に立った。ドアノブを摑んで引くと、開いた。

ちっとも行き詰まってはいなかったのだ。

扉を開き、中へと入る。

あの時と同じだ。女の靴がある。ごめんくださいと小声で言って、靴を脱ぎ中へと入った。奥まで長い廊下が続く。左右に六つの扉がある。調べていくには時間が掛かり過ぎか。あの時緑の糸は地下を指していた。部屋はのぞかず奥へと進もうと思ったら、右の部屋から安西が出てきた。少しも驚きの素振りもなく、安西は言った。

「あれ、お客さんがまた。さっきまで町内会の副会長さんが来ていて話していたんですよ」

「あの、表が開いていたので、その」

焦る桜庭に微笑みかける。

「あっ、どうぞ、こちらに。確か桜庭……有彩さんでしたね。興味深いお名前だ。ご両親がオペラ好きだとか、でしょうか」

「いえ、そのアリアではなくて」

「さあ、どうぞ、お入り下さい」

自ら出てきた部屋の扉を開いて言う。

ここは応接室のようだ。

「いや、ここで結構です」

「それじゃあ、何だろう。どういう意味があるんでしょうね」

言いながら、半ば強制的にどうぞどうぞと部屋の中へと通した。

「ギリシャ神話に出てくるアリアドネからとったらしいです」

桜庭は言った。

「なるほど、お姫様の名前ですね。確か古代ギリシャ語で清らかで純粋な少女を指す言葉ではなかったですか」

「名前負けしてますけどね、でも糸を使って恋人を救った賢明な女性だって知って、好きな名前になりました」

笑顔でそれを聞いていた安西が、椅子を勧めながら言った。

「で、今日は何を」

「報道で聞いているとは思いますが、教えていただいたGGサーカスの事務所で爆発が起こりまして」

「ええ、そうなんですか。いやあ、あまりテレビとか見ないもので」

「それで、あの、もう少し詳しくGGサーカスのことが訊けたらと思いまして」

「この間言ったことですべてですよ」

「でも、何か思い出すことありませんか」

「ないですね」と素っ気ない。

「そうですか。……ちょっとすみません。おトイレをお借り出来ますか」

「もちろんですよ。ここを出て廊下の突き当たりの手前にある右側の扉がトイレの扉です」

「じゃあ、ちょっと失礼します」

席を立ち廊下に出た。そこにトレイを持った事務服の女性が立っていた。トレイには小ぶりの湯飲みが湯気を立てている。

「トイレでしたらそこの右側の扉です」

女は言った。礼を言って歩き出す。ずっと背後から視線を感じている。とりあえずトイレに入った。そして考える。一人ではこれ以上何も出来そうにない。家の中を捜査させろと言っても、令状があるわけでもない。無理やりには出来ない。とにかく柿崎の到着を待って、それから説得しよう。

桜庭はトイレから出た。元の部屋に戻ると、テーブルの上にさっきの湯飲みが置かれてあった。ソファーの後ろには事務服の女。あの女もののパンプスは彼女のものだったのだろう。女の背中からは緑のくっきりした糸が伸びて、安西の胸につながっている。色にあの厭な濁りはない。支配力は大きいが普通の上司と部下の関係のようだ。最初にここを訪れたときに地下にいた誰かとは違うということだ。あれは友人か同僚を意味する糸で結ばれていた。

桜庭はソファーに戻る。お茶を飲むしかない。ちらりと腕時計を見て、桜庭は言った。

「実はですね、ここには犬を探しに来たんですよ。真っ黒な甲斐犬のミックスなんですけど、もしかしてご存じないですか」

その時遠くから小さな小さな音がした。小さいがすぐにわかった。犬の鳴き声だ。それはこの家の中で聞こえていた。

意を決して桜庭は立ち上がった。

「探してもよろしいでしょうか」

「探すって、この家をですか。あれは私の飼っている犬の鳴き声ですよ。警察はそんな因縁をつけるようなまねをするんですね」

「必要なら、します」

宣言して部屋を出ようとすると、事務服の女が扉の前に立ちふさがった。

「なぜ、この家にそんな犬がいると思ったんですか」

言いながら安西が立ち上がった。老人ではあるが背筋はピンと伸び、肩も胸も筋肉が衰えているようには見えない。

「ブンタに発信機を付けているんですよ。それがほら、この下を示している」

携帯端末を見せた。

「それ、壊れてるんじゃないかな。とりあえず席に戻ってもらえますか」

安西がやんわりと桜庭を押し戻す。

「刑事さんに合わせたい人がいるんですよ。もうちょっとしたらこっちに来てくれると思うんだが」

これ以上ここに人が集められても困る。

落ち着け。落ち着け桜庭。

考えろ、考えるんだ。

いつの間にか両掌が汗でびしょびしょだ。

今更だがさりげなく周囲をうかがう。

応接室の一面は広く大きな掃き出し窓だった。窓の外はこの家の中庭。中庭を囲んでいるのはきれいに剪定《せんてい》されているイヌマキの生垣だ。その向こうには煉瓦塀がある。高さは桜庭を越える。手を伸ばしてようやく指先が届くぐらいだから、一気に飛び越えるのは不可能だろう。だがその手前に大きな樫《かし》の木が植えられていた。幹も枝もしっかりとしている。頭の中でそれを登る自分の姿を思い描く。こうしてこうやって、と庭に出てからの行動をシミュレートしてみた。

よし、いける。

そう思った時から頭の中で数を数え始めていた。ごくりと喉を鳴らして唾を呑み込み、桜庭は言った。

「いやあ、きれいな庭ですね」

自分でも棒読みだと思った。

「月に一度剪定してもらっています」

言いながら安西が窓へと近づく。それと競うように桜庭は窓の前に向かった。サッシの窓だ。単純な錠が掛かっている。身体で塞ぐようにして錠をそっと開いた。

それから逡巡《しゅんじゅん》なく一気に窓を開いた。

裸足《はだし》で庭にとび出す。

「刑事さん！」

「待って！」

背後から制止する声が聞こえる。もちろん応える気はない。庭を横切り生垣へと駆ける。生垣間際の樫の木に飛びついた。枝に手を伸ばし瘤《こぶ》に足を掛け、頭に思い描いたシミュレーション通りに木を登る。たちまち煉瓦塀の高さを超える。煉瓦塀の上には鋭いスパイクのついた忍び返しがついている。ここまでほぼ無呼吸だ。

桜庭は太く張り出した枝に立ち、生垣の向こう側を見た。素潜りでもするように大きく息を吸う。そして思い切りよくジャンプした。

忍び返しが尻を掠める。

ぎりぎりで超えた。

前のめりに両手を伸ばし、張り付くように舗装道路へと着地した。

あまりにも手際よくいったので自分で感心してしまう。

が、立ち上がった途端、どっちが駅の方向なのか混乱した。

「あっ、あそこだ」

「刑事さん！」

「どこに行くんです」

玄関から出てきた安西と事務服の女性が口々に桜庭に呼びかけた。

立ち止まってはいられない。

桜庭は走り出した。とにかく二人から離れなければ。柿崎が来ることを考え、駅に続くと思える方向へと走る。走り続ける。途中で気が付いた。来るときに通った道とは違う。道に迷ったのか。桜庭は立ち止まった。それを見計らってでもいたように、町内放送が始まった。

──事務所を訪れたお客様が迷子になられたようです。ブルーグレイのパンツスーツの女性。年齢は二十代から三十代前半。黒髪のショートボブ。おそらく裸足です。見つけられた方はその場で待ってもらうか、安西の方までご連絡下さい。

安西が連絡でも入れたのだろう。指名手配されてしまった。繰り返すアナウンスに追われて走る。

道は東西と南北にきれいにこの街を区分している。桜庭はその道をジグザグに進んだ。追っ手を撒くつもりだが、上手くいっているのかどうかはわからない。とにかく休むことなく足を動かす。

警官を志したとき、真っ先にランニングで身体を鍛えたのは、テレビの刑事ものの影響だ。テレビの中の刑事はいつだって走っていた。交通課ではあまり役に立つ場面がなかったが、それが今ようやく役に立つ。

かなり距離を稼いだのではないか。

そう思い、桜庭は民家の壁に背をもたれ、息を整えた。

「あらま、裸足」

びくりとして声の方を見る。

買い物用カートを兼ねた歩行補助のキャリーを押している老婦人がいた。

「あ、あの怪しいものじゃないんですよ」

笑顔で近づこうとすると、老婦人は桜庭を指差し叫んだ。

「ここよ！　ここにいるわよ！」

老婦人の背中から、わずかではあるが汚れた緑の糸が見えた。

「えっ、違います違います」

言いながら桜庭はさらに逃げた。老婦人は追ってはこなかった。

昼の街中は、あまり人が多くはない。だが出会う人間の三分の二あまりは汚い緑の糸を背中にくっつけていた。その人たちが何らかの形で玻璃子の影響を受けているのは間違いない。おそらくさっきの町内放送は彼ら彼女らに玻璃子の命令を届けるものなのだろう。桜庭の姿を見たら、さっきの老婦人のように大声で知らせる。そしてさっきのアナウンスでは「その場で待ってもらう」と指示していた。つまり捕らえろということだろう。どこまでこの〈命令〉が実行力を持つのかわからないが、とにかく逃げ切ろう。

街の人間がみんな桜庭の顔を知っているわけではない。髪を左右でくくり、小さなツインテールにする。近眼でいつも持ち歩いている黒縁の眼鏡をかける。上着を脱いで手に持った。桜庭なりの変装を試みるが、しかしこれには致命的な問題がある。

未だに裸足だ。

早く靴を手に入れなければ。これ以上の目印はない。

とりあえず運動のためのランニングをしています、という風を装って、その実必死になって走っていたら、どうやら駅とは逆の方向に逃げてきてしまったようだ。目の前にあるのは街の中心にあった市民ホールだ。

己の駄目さ加減にため息をつく。市民ホールの一階のイベントホールでは常設展が行われていた。入場は自由に出来るようだ。ほとんど人はいない。桜庭はそっと受付の近くを通り抜けて階段を上った。二階は集会や会議を行う大小様々な部屋がある。一階には何の案内もなかったので、ここで何かしているわけではなさそうだ。扉を開けて、誰もいない部屋に入った。どこかで靴を手に入れられないかと思ったのだが、ここでは難しそうだ。

会議用に使う長いテーブルとパイプ椅子があった。椅子を出してとにかく腰を下ろす。すっかり息が上がっていた。

さあ、生き延びるために考えろ。

安西は時間を稼ごうとしていた。仲間を集めるためだと思ったが、桜庭一人を取り押さえるだけなら安西一人でも出来るだろう。あれは指示を待っていたのでは。彼に指示を与える人間——大倉玻璃子の指示を。

玻璃子の〈力〉は強い強制力を持っているわけではないと、桜庭はいったん考える。人食い団地も、教団の人間が暴力に躊躇がなかったのは、〈力〉によるものではない。〈力〉でそれが出来るのなら、わざわざ教徒を再編して、暴力的な人間を集める意味がないからだ。おそらく〈力〉は関係性を強化するが、性格を捻じ曲げることは出来ない、のではないか。

　だからこの街の住人みんなが暴力的にふるまうことは、今のところなさそうだ。だが、街の住人には街を守ろうという意思が基本的にはあるはず。住む街を、住む家を守ろうと考えるのはごく自然の感情だ。この自警の意識を使って、知らぬ人間を捕まえたり、カリスマ的指導者を仕立て上げることでさらに強固なものにする。それが今の街の状態だろう。街の人間の三分の二は桜庭を探し出し街から出さないように協力するだろう。だが個々の人間を完全に自由に操ることは出来ない。

　と、そこまで考えて桜庭は首を横に振る。

「違う……」

　思わず呟いていた。

　玻璃子は看護師を操って伊野部を殺そうとした。看護師にそんな気持ちなど全くなったはずだ。

　やはり〈力〉は人を自在に操ることが出来るのか。

　しかし、それならあの町内放送はもっと露骨に何としても捕まえろと煽っていたに違いない。だがそこまではやらない。というより、それは出来ないのではないだろうか。

　もしかしたら玻璃子は一度に複数の人間を使役することは出来ないのかもしれない。

考えてみれば、なぜあの時玻璃子は看護師にあの場で施術したのだろうか。目視しないとコントロール出来ないのなら、桜庭と看護師が争っている間も現場にいたはずだ。何なら加勢も可能だったはずだ。だがあそこに玻璃子はいなかった。そういえば伊野部の部屋を襲撃した男も玻璃子に操られていた可能性が高い。伊野部が襲われた時、二階の部屋が見える道路付近にいた怪しい女。それが玻璃子だろう。どちらもなぜ危険を冒して現場の近くにいたんだ。

暗示を与え、ある程度はコントロール可能でも、本人の意思と関係なく操ることが出来るのは一人が限界。しかもあまり相手から離れることも出来ない。

これらはどれも推測に過ぎない。

しかし相手のコントロールに、ある種の制約があるのは間違いないだろう。

勝てる。

桜庭は己に言い聞かせる。

街の人間全員が殺しにやってくるわけではないのだ。何とか出来るはず。ここまでのところ、早く柿崎に知らせたいのだが連絡方法がない。とりあえずいったん柿崎に連絡して、と自分の携帯端末を取り出したそのとき、目の前ににゅっと顔が突き出された。

「みぃつけた」

市民ホール職員の制服を着たその男は、嬉しそうにそう言った。

桜庭はパイプ椅子を倒して立ち上がった。

「ちょっと待って」

言いながら男は桜庭の腕を摑んだ。

桜庭は小さな悲鳴を上げた。狂ったように手を振り回す。携帯がどこかに吹き飛んだが、それもわからない。そして男は桜庭の二の腕をしっかりと摑んで離さない。痛いほどに。

なおも暴れていたら、いきなり拳で脇腹を殴られた。

うっ、と声が漏れる。

身体が固まり動かない。

桜庭は腹を押さえて、うずくまる。

しゃがみ込み、周囲を見回した。玻璃子の姿はどこにもない。

男が腕を後ろへ捩《ね》じ上げる。

耐えきれず膝をつき屈《かが》んだ桜庭の背中を、膝で押さえつけてきた。

五体投地するかのような姿勢で身動きが取れなくなった。

携帯の呼び出し音が鳴っている。

桜庭の目の前にそれがあった。さっき落とした彼女の携帯だ。

男がそれを手にした。

「はい……ええ、そうです。わかりました」

男は携帯を桜庭の耳に当てた。

——桜庭さん、お元気ですか。

玻璃子だった。

——スタジオの方、残念だったなあ。結構機材とか揃えてたのに。

「あのタイミングであそこを爆破したのは」

——もちろん私よ。あの時はあなたたちも一緒に始末しようと思ったんだけど、運命って面白いよね。あなたたちは無事だった。

「で、今度はどうするつもり」

——仲間にならないかなと思って。

「なるわけないじゃない」

——そうかなあ。私たち運命の出会いをしてるのに。

「何のこと」

——あれ、覚えてないの？　小学校が同じなのに。一年下だから覚えてない？　私は両親が死んで祖父に引き取られて、叔父夫婦の子供として育ったから姓も名前も変わっちゃったけど、あの頃は竹下裕子《たけしたひろこ》だった。ほら、家が近所だったから登校の時に同じチームにいた。

「裕子、ちゃん……」

——覚えてないんだ。私はよく覚えているよ。親の保護下でぬくぬく育ってる桜庭さんのこと。幸せそうな学校のみんな。そんな奴らは皆殺しだって思って、我慢出来なくなってあの日あの男に襲わせたの。すっとしたわ。

「小学校を、襲わせた……」

ロッカーから見える血まみれの生徒たち。そして襲った男の背中にあった汚い緑のゴム紐。まさか——。

「まさか、あなたがあの通り魔の男を」

——そうなんだよ。あそこまで支配出来るんだって、あの時初めて知った。でもあなたは生き残ったんでしょ。運命の子供じゃん。なら協力してくれてもいいんじゃないの。

言葉が出てこなかった。驚きが先でまだ怒りに至ってなかった。

——あの瀬馬っておじさんも、最初は随分抵抗したけど、最後は私のことを理解してくれたよ。

この女は、あの時からずっと私に関わる人間を傷つけ、殺してきた。

湧き上がる怒りに頭が沸騰しそうだった。桜庭は声を絞り出す。

「……室長はどこに」

——今はまだ無事よ。今はね。彼の命も私の手の中だよ。さあ、決断しましょうか。

こうしてあなたを信頼して話しているんだから、裏切りは許さない。神がカインに印をつけたように、私もあなたに印をつけた。だからあなたは死なない。そしてあなたに手を出そうとしたものは七倍の復讐を受ける。

「神にでもなったつもり？」

――まあ似たようなものじゃないかな。全知全能とは言わないけど、近いところまでいってるから。

ふふ、と笑い声が聞こえた。冗談のつもりなのだろう。

――というわけで、仲間になってよ。話が合うと思うんだけどな。

「嫌です」

――ああそう。じゃあ残念だけど、彼には七倍の復讐を受けてもらうね。

――彼？

男が携帯を床に置いた。桜庭から腕を離し立ち上がる。そして思い切り携帯を踏みつけた。バリバリと音を立て液晶が割れ部品が飛び散った。

「じゃあ、見てて下さい」

男はそういうと、ジャケットを跳ね上げベルトに挟んでいたそれを取り出した。大きな包丁だ。

「はい」

そう言うと包丁を逆手に持った。そのまま無造作に刃先を自らの喉に叩きつけた。なんの手加減も躊躇もなかった。包丁は右耳の下あたりを裂き、喉を貫いて喉ぼとけのあたりから刃先が飛び出した。

男は投げ捨てられたようにその場に頽《くずお》れ俯《ふ》した。床を舐めてでもいるように、顔を床にへばりつけている。そこから鮮血がじわじわと血溜まりを広げていった。

あまりのことに言葉が出ない。

桜庭は男を抱えた。芯が抜けたようにぐにゃぐにゃする身体は酷く重い。それでもなんとか仰向けた。口の前に手をかざすとわずかに息を感じた。

まだ生きているのだ。

「誰かぁあああ、誰か救急車を呼んで下さい！」

叫ぶが沈黙しか返ってこない。仕方なく男を横たえ部屋を飛び出した。一階に事務所があった。階段を駆け下り一階の廊下を走る。常設展を見に来た親子連れがいた。血塗れの桜庭を見て逃げ出そうとするのを呼び止める。

「待って。救急車を呼んで下さい。二階に怪我人がいます。すぐに警察と救急車を」

立ち止まった二人は、桜庭の姿を見て大声で言った。

「ここにいます！　皆さん集まって下さい」

言いながら子どもを抱きかかえた。

「ちょっと待って。二階に怪我人がいるんですよ。警察でもなんでも呼んで下さい。私はここにいますから。お願いします」

頭を下げている間に次々と人が集まってくる。みんな携帯で連絡を取り合っているようだ。集まった人間は桜庭を遠巻きに囲んで見ている。携帯でどこかに連絡している者も多いが、警察や消防を呼んでいるとは思いにくい。集まった人が全員ではないが、背中に玻璃子の糸が見える人間もいた。

「いい加減にして！」

怒鳴りつけ桜庭は取り囲む人の壁に向かってずかずかと歩く。進行方向の人垣が左右に割れた。立ちふさがるものもいたが、押しのければさして抵抗するでもなく道を譲る。人垣を抜け事務所へと向かった。大勢がその後をつけてきた。

事務室では、眼鏡を掛けた若い男が一人、コピーをとっていた。

「電話、お借りします」

返事を待たず固定電話の受話器を手にする。１１９を押してから、何の音もしていないことに気が付いた。

「そこまでですよ」

肩を摑まれた。

情けない悲鳴が上がった。振り返りざまに殴ろうとしたが、拳は届かなかった。

若い事務員は少し離れたところで、切断した電話線をぷらぷらさせた。

「あなたも……」

男は眼鏡を外し机に置いた。

「見てて下さいね」

男がその手に持っているのはボールペンだ。それをおもむろに自らの鼻の穴に差し入れた。

「止めろ！」

腕を摑んだが遅かった。男は掌底でボールペンを一気に鼻の奥へと叩き込んだ。ペンはすっぽり鼻の奥へと消えた。先端は脳に達しているだろう。

瞳がぐるりと瞼の奥へ消えた。

後頭部を押さえつけられたかのようにばたんと机に倒れこむ。

事務室の前に群れて眺めている人たちから、悲鳴が上がった。

「玻璃子ぉおおお！」

血を吐く声で桜庭は叫んだ。

「見てるんだろ。出てこいよ。私はここにいる。直接話が出来ないのか。卑怯者《ひきょうもの》」

怒鳴るうちにジワリと涙がにじむのを、折れるほどに歯を食いしばり耐えた。

事務所の前にいる人たちの中から、場違いの明るい着信音が聞こえた。はい、はい、と携帯を耳に当てて、中年の女性が前に出てきた。

「これ、あなたに」

携帯を渡される。耳に当てると、また玻璃子の声だ。

──さっき言ったこと、覚えてる？　瀬馬さんの命は私の手の中にあるって、言ったよね。私の言うことを聞かないと、一生後悔することになると思うな。

そう言って通話は途絶えた。

＊

町内放送が聞こえたのは、柿崎が安西の事務所の前に来た時だった。放送と同時に、街中に人が現れ、ぞろぞろと歩いていくのが見えた。

よほど慌てて出て行ったのか、事務所の玄関は開いたままだった。

失礼します、と声を掛けながら柿崎は中へと入っていった。誰もいないようだ。しんと静まっている。玄関先に女物の靴が置かれてあった。桜庭が履いていたものに似ている。柿崎は奥へと向かい、左右の扉を開きながら廊下を進んでいく。どこにも誰もいなかった。突き当たりから左右に階段がある。左が二階へ、右が地下への階段だ。柿崎は階段を下りていく。階段を下りたところに、また扉があった。ノブを摑み、重い扉を開いた。真正面には大きなモニターがある広い部屋だ。

室長は入り口に背を向け、奥の壁の方を見て立っていた。左手には携帯端末を持ち、耳に当てている。足元でブンタがじっと座っていた。

「はい、わかりました。本当に申し訳ないとおもっています」

言って右手を上げる。その手には拳銃が持たれていた。人差し指は引き金《トリガー》に掛かっている。S&Wの回転式拳銃《リボルバー》M360を日本警察がカスタマイズしたSAKURAというモデルだ。装弾数五発では銃撃戦には心許《こころもと》ないが、自殺には充分だ。

ブンタが吠えた。

杖を投げ捨て、柿崎は走った。

いや、片足で跳んだ。室長の身体に体当たりして、腕を掴む。室長は引き金を引いた。撃鉄《ハンマー》銃声が室内に響いた。38スペシャル弾は室長の側頭部をかすめて天井を撃ち抜いた。撃鉄《ハンマー》が起こされていなかったことが幸いしたのだ。引き金を引いて撃鉄を起こすわずかな時間、それが室長の命を救った。

そのまま二人はもつれて床に倒れこんだ。

柿崎は室長から拳銃をもぎ取って部屋の隅に投げ捨てた。室長は横になったまま、呆《ぼう》然《ぜん》としている。見開いた眼が何も見ていない。

その顔をブンタが何度も何度も舐めた。

「室長、しっかりして下さい」

言いながら柿崎は何とか片足で立ち上がった。背後に迫るもののことをまったく気づいていなかった。

後ろから首に腕が巻き付いた。

へし折る勢いでぐいぐいと絞めつけてくる。腕を見る。かなり太い。巻き付く腕の角度から、身長は柿崎より大きいか同じぐらい。慌ただしく考えを巡らせながら、何とか頭を横に向け気道を確保する。同時に身体を沈めた。背中から組み付いてきた男を前に投げ出すつもりだったが、よまれていた。

男は背後から覆いかぶさりながら柿崎を全身で押さえつける。片足で耐えられるものではない。男を背にして柿崎は床に押し付けられた。腕は首に巻き付いたままだ。かろうじて気道は確保出来ているが、片足が動かないだけでここまで心許なくなるとは思わなかった。思った半分も力が出ない。

柿崎はポケットに手を入れた。小さなアーミーナイフが入っていた。片手で刃を出すと、男の腕を刺した。背広の生地と分厚い筋肉に阻まれ、玩具のようなナイフは浅く突いただけで終わった。

それでも男の手が離れる。

すかさず柿崎は男の身体から逃れた。

間合いを広げ対峙する。

右腕の傷を押さえながら、男は柿崎をじっと見ていた。安西だ。瀬馬が自死したのを確認しに、途中で引き返してきたのだ。

体格的には同等。身のこなしに切れはあるが、こういったことに慣れているようには見えない。足さえ動けば楽勝だろう。だが今は……。余裕を与え力比べになると、安西が圧倒的に有利になるだろう。急襲し、考える間を与えず制圧する必要があった。

柿崎はナイフをたたんでポケットに入れた。賭けに出たのだ。

天使の微笑みを浮かべて手招きする。

片足が動かないのを見て甘く考えたのだろう。柿崎の挑発に安西は乗った。

舌打ち一つして飛び掛かってきた。襟首を摑もうと腕を伸ばしてくる。その腕を摑み、引き寄せながら反対の肘で安西の顎を打つ。

安西が天を仰ぐ。

口の中を切ったのだろう。血飛沫《ちしぶき》が真上に飛んだ。

その血が床に落ちる前に、安西は後ろに腕をひねり上げられ床に押さえつけられていた。

飛び掛かってから俯せに倒されるまで、一瞬だった。

両手は背後でクロスし、柿崎の膝でしっかり押さえつけられている。しかもいつの間にか両腕が結束バンドで締めつけられている。桜庭が糸を見て街中の人間が支配されていると言った。手錠一つでは心もとなく、川向こうのホームセンターまで戻ってこれを大量に購入してきたのだ。

「お前は〈園芸家《ザハラニーク》〉なのか」

柿崎が問う。

「お前と、あの水晶という女。この二人が残された最後の〈園芸家〉のメンバー。そうなんだな」

話しながら身体をずらし、両足首をまとめて結束バンドで止めた。

「お前、本当に刑事なのか」

「刑事じゃない。警官だよ」

柿崎が笑う。

「いきなり家に入ってきて、こんなことをする警官がいるもんか。いったい、何者なんだ。おい、やめろ。いい加減にしろ。こんなことをしてただで済むと——」

喋り続ける安西の足を引っ張ってずるずるとトイレに連れて行った。

何をするつもりだ、と言うのにも答えず、太い配管に結束バンドで両手を繋いだ。

「室長、大丈夫ですか」

室長は部屋の隅で頭を抱えていた。

「桜庭と一緒に来ています。ここを出て合流しましょう」

「私は……ここに残るよ」

何故、という顔の柿崎に室長は言った。

「さっきの男にちょっと聞きたいことがあるんだ」

水晶の影響が抜けないのか、感情が抜け落ちたようなその顔は人を不安にさせる。

「室長、本当に大丈夫ですか」

「ああ、いつも以上に明瞭だよ。桜庭君とはどこで合流するの？」

「まだ決めていません。今から桜庭を探します」

「じゃあ、見つかったら連絡を頼む。仕事が終わり次第追いかけるから」

言いながら室長は立ち上がり、部屋の隅に転がっていた拳銃を手にした。じっとそれを見ていた柿崎に、室長は言った。

「もう大丈夫だよ。私は死のうとはしない。死ぬ気はない。さあ、もう行け」

「じゃあ、行くぞ、ブンタ」

そう言うと柿崎はブンタのリードを持った。

ブンタが大きく一声吠えた。

＊

安西の事務所を出たところで、ブンタは座り込んで動かなくなった。

「なあ、ブンタ、頼むよ。桜庭を知ってるよな。おまえたち、仲良かっただろ。どこにいるか探してほしいんだ。頼むよ、ブンタ」

ブンタは真っ黒な瞳で柿崎を見ていた。

そして溜息でもつくようにふんっ、と鼻から息を吐くと、仕方ないなあという風情で歩き出した。

「えっ、本当に連れて行ってくれるのか」

歩き出したブンタを追いかけ、自分から頼んでおきながら、半信半疑でついていく。

地図で確認すると、この先にあるのは——。

「あれだな」

市民ホールだ。

ブンタはまっすぐ正面玄関へと向かっていく。玄関前には大勢の人間が集まっていた。

「さあ、行くぞ」

ブンタを先頭に群がる人に突っ込んだ。迷惑そうな顔を見せる者も、柿崎の顔を見たら驚きと共に自然と道を開けた。神の力で海が割れるかのようだった。その道を柿崎は何もなかったように直進した。正面玄関のガラス扉を開いて中へと入る。

ホール内部は静まり返っていた。

奥の方に大勢の人が集まっていた。案内板で確認する。奥にあるのはトイレと事務所。

ブンタがまっすぐ事務所へと向かう。事務所の出入り口は人の壁で見えない。

「ちょっと退いてもらえますか」

声を掛けると同時に掻き分けて前に出る。柿崎の脚の間をするりと抜けてブンタが先に中へと入った。

それに柿崎が続く。

人垣を掻き分けると、開いた扉の向こうに桜庭が立っていた。手も服も血塗れだ。すぐそばのテーブルには血溜まりが出来ていた。その血を流した当人が床に倒れていた。

後ろ手で扉を閉めて、錠を掛けた。

「地獄を見たような顔をしているな」

言いながら近寄ろうとすると、後退《あとずさ》りながら桜庭は「来るな」と言った。その声が震えている。

「ふざけているのか」

と言ってはみたが、どう見ても真剣な顔つきだ。

「わかるか、桜庭。俺だ。柿崎だ」

「わかってます。すみませんが、背中を見せて下さい」

「何を言ってるんだ」

「お願いします。背中を見せて下さい」

言われるままに背中を向けた。

「どうだ、糸、くっついてるか」

「大丈夫でした」

途端に桜庭の目が潤む。慌てて大目玉を開けて上を見上げた。

「逃げて下さい。奴は、誰でも自在に操れます。思ったよりも玻璃子の〈力〉は強かったです。本人の意思とは関係なく殺人や自殺を指示出来るんです。私には関係性の糸が見えます。だから彼女に操作されている人がわかるんです。でもそれが見えなければ、どこの誰が自分を攻撃してくるかわからない。彼女は今この近くにいるはずです」

ブンタがキョトンとした顔で桜庭を見上げていた。

「ありがとう、ブンタ。来てくれたんだね」

桜庭はしゃがみ込んでぐしゃぐしゃとブンタの頭を撫でた。

「ブンタがお前を探し出したんだ」

「それはたぶん私じゃない。私の周りで死んでいく人を感知したんですよ」

そこまで言って桜庭は立ち上がる。

「逃げて下さい。ここから離れて下さい。私の知人であれば人質に取られる可能性が高いです」

「待てよ。お前の言うとおりだとすると、ここから逃げても危ないことは危ないだろう。どっちにしても俺には糸ってのが見えないんだから。それならお前と一緒に水晶をここでとっ捕まえた方がいいんじゃないのか」

「でも奴らは私を仲間にしようとして、次々とこの街の人間を自殺させていってるんです。私がうんと言わない限りそれが続きます。知り合いだと余計効果的だと思って彼女は仕掛けてきますよ」

声が聞こえてきた。

町内放送のアナウンスだ。

——市民ホールに身元不明の方が迷い込んでいるようです。黒いスーツに白いシャツ。ノーネクタイの男性です。身長は一八〇センチあまり。年齢は三十代。目立って美しい顔の持ち主なので間違えはしないでしょう。裸足の迷子と一緒に、そこで足止めして下さい。繰り返します。

「目立って美しい顔だってさ」

桜庭がひぃひぃと痙攣《けいれん》するように笑った。

「大丈夫か、桜庭」

「す、すみません。ちょっと情緒おかしくなってますね。ええと、今、おそらく、玻璃子の影響を受けた町中の人間がここに集まってきている途中でしょうね。ただし玻璃子が相手の意思に関係なく自在に操れるのはその中の一人だけです。それが柿崎警部補だと動きが取れなくなります」

「誰であろうと動きは取れない。それなら最後まで俺が味方だったほうが心強くないか。

っつーか、とりあえずお前に必要なのは仲間は一応信頼しとけってことだ。みんなそれぞれがそれぞれに考えがあって動いている大人だ。自分の世話は自分でする。瀬馬室長にしろお前にしろ、なんでそれがわからんかな……まあいい。とにかく、ここを出よう」

桜庭は必死で考える。が結論は出なかった。出ないまま、桜庭は言った。

「わかりました。いや、わかったとは言えませんが、とりあえず一緒に、ここを出ましょう」

柿崎は携帯端末を手にした。室長に繋ぐ。相手が出たことを確認すると、桜庭と出会ったので安西の事務所前で合流して街をでましょう、とだけ伝えて切った。

そして扉の前に立ち、錠を開けた。

「行くぞ」

桜庭がはいと返事するのとブンタが一声吠えるのは同時だった。

柿崎が扉を開いた。

人間の壁がそこにあった。じっと二人を睨んではいるが、そこから押し入ろうとはしてこない。それだけに気味が悪かった。

「この人たちは玻璃子の影響下にあります。多分手を出しては来ないと思いますけど」

桜庭は隣の柿崎にぼそぼそと囁いた。

それなら、と柿崎は言った。

「君たち、そこを退いてもらえるか。私はこういうものだ」

警察手帳を開いて警察の記章を十字架のように掲げる。が、みんなはそこに立ち塞がって動こうとはしない。柿崎は音をたてて大きく息を吸うと、

「退いてくれ！」

聞いたこともない切迫した声で怒鳴った。驚いたブンタが桜庭の背後に隠れる。だが集まった人々は不審な顔で二人を見るだけだった。

ちょっとすまん。

桜庭の耳元でそう囁いたかと思うと、突然柿崎が桜庭の髪を摑んで叫んだ。

「そこを退くんだ。退かないとこの女を殺すぞ」

血まみれのナイフを桜庭の喉に突きつける。髪からは手を離し杖をついている。桜庭が本気になったらすぐに腕を振り払われるだろう。しかし桜庭は柿崎の意をくんでじっとしていた。

街の人たちは玻璃子に操られている。が、それは本来の道徳観や良心に反して何かをさせるほど強い力ではないのではないか。そう思い柿崎は試してみた。

どうやら間違ってはいないようだった。

扉の前の人たちが後退っていく。

小さな通路が出来た。

退け、退け、と大声をあげそこを桜庭とブンタ、そして柿崎が通り抜けたその時。大きなハンマーを持った男が柿崎の背後に回った。一世一代の大芝居を打っている柿崎が、そんなことに気付くはずもない。

柿崎は右肩に衝撃を感じた。

激痛が走り、ナイフを落とした。

一瞬、撃たれたのかと思い後ろを振り返ると、職員らしき背広姿の男が、ハンマーを持って立っていた。

「逃がさないぞ」男が言った。

「あれは玻璃子に直接——」

喋りかけた桜庭を遮り、柿崎は何かを桜庭に握らせて言った。

「逃げろ」

それはこの街の外に停めてある警察のミニバンのキーだった。

「安西の事務所の近くで室長が待っている。合流して逃げるんだ」

戸惑う桜庭にさらに言う。

「玻璃子と戦えるのはおまえだけだ。この近くにいるんだろ。行け。ここでは人間が多すぎる」

柿崎は近づくハンマーの男へ向け、杖を振り回した。

それでもなお躊躇する桜庭に柿崎は叫んだ。

「行け！」

「失礼します！」

一礼して桜庭はブンタと共に走り去っていった。

柿崎は男を睨みながら、リュックを下ろした。リュックの端を咥え、片手でファスナーを開くと、中からプラスチックの瓶を出してきた。小さなその瓶を股に挟み片手で蓋を回した。中には砂のような小さな粒が入っている。

ハンマーの男は自分の勝利を確信しているのか、あるいはただ柿崎をいたぶっているのか、ゆっくりと近づいてきた。集まった街の人間は今のところただの見物客だ。柿崎は思う。この男さえなんとかすれば、と。

柿崎は蓋の外れた瓶を掌で押さえ、上下をさかさまにする。瓶はその場に捨てた。柿崎の掌に山盛りになっているもの。それは死んだ虫だ。ひんやりとしているのは、持ってくる直前まで冷凍されていたからだ。

虫の塊を握りしめ、柿崎はハンマーを振り上げた男に飛びついた。

振り下ろすよりもわずかに早く間合いを縮め、柿崎は左掌を男の顔に押しつけた。

頭をめがけて振り下ろされたハンマーは、わずかにずれて、再び右肩に当たった。

呻き、のけぞる。

右肩が作り損ねた粘土細工のようにへこんでいる。

男はさらに柿崎を殴ろうとハンマーを振り上げ……悲鳴を上げた。

「熱っ、熱っ。水だ。水をくれ」

ハンマーを路面に落とし、男は叫ぶ。

顔を押さえているのでよく見えないが、それでも両目の周りが見る間に爛《ただ》れていくのがわかる。

まるで火傷《やけど》のようだ。

瓶の中に入っていたのはアオバアリガタハネカクシという蟻に似た昆虫の死骸だった。その体液は有毒で、皮膚に付くと火傷に似た炎症を起こす。柿崎の掌も炎症を起こしてはいたが、目に入ると激しく痛み角膜潰瘍などを引き起こす。先日家の庭で大量に発生したとき捕まえて冷凍しておいたのだ。この日のためではなく、あくまで趣味として標本にするために。

絶叫する男に背を向け、柿崎は痛む右腕を左手で押さえた。杖をついて必死になってその場を離れる。

——事務所前の皆さん。

町内放送がまた始まった。

――黒いスーツの男を取り押さえて下さい。何とかして足止めして下さい。

今どこかで見ていて、これを放送させているのだろうか。

柿崎は杖をついて走り出した。

その足を掴まれた。つんのめったところを腰にタックルされた。足は誰かに掴まれたままだ。思わず前に倒れる。その上に何人もの人間がのしかかってくる。

身動き出来なくなる前に、柿崎は行動に出た。ポケットに手を入れ掴みだしたのは結束バンドだ。

押さえつける者たちの下から脱出王フーディーニのようにするりと逃げ出すと、手を出す者の両手を拘束し、追いかける人間の脚を縛る。素人相手とはいえ、簡単に出来る仕事ではない。出来る限り相手を傷つけずに動きを止めていたが、相手はあまりにも多すぎ、片足が動かないハンディは大きい。仕方なく男相手の場合は骨を折った。容赦なく。

事務所前に横たわる人間が魚河岸のマグロのように並んでいる。

さすがに息を切らせ、それでも柿崎は走った。途中から杖を捨て、片足で跳び、倒れると獣のように這う。

場合によっては仕方ないな。

血まみれのナイフをお守りのように抱え、柿崎は覚悟を決めた。

「おまえの声を聞いたことがある。こんな時でも妙に落ち着いたその声に」

＊

安西の事務所の地下室で、室長はトイレに繋がれた安西を見つめて話していた。その手に持った拳銃の銃口は、まっすぐ安西の額を指していた。

「あの時、お前は私の後ろにいた。目隠しをされ運ばれてきた私の後ろで、説明をしていた。もし私が裏切ったらどうなるかという説明だ。暴行された幼女の写真を何枚も見せられた。犯しながら写真を撮るのが趣味だと、お前は言った。その時の声の録音もあると自慢げに。それから拷問を受け、硫酸を掛けられた若い女性の写真も見せられた。あんたの奥さんがこうなるんだよ、と。それから動画を見せられた。私の妻が四歳になる娘と買い物から帰ってくる盗撮動画を。それはおそらくその日の夕方撮られたものだった」

　室長の声が震えている。

「私は言われるままに公安を退職し、それでも安心出来ず離婚し妻子を匿った。二度と〈園芸家《ザハラニーク》〉には手を出さないつもりだった。なのにお前たちは妻も娘も」

「あなたの娘に私が何をしたか教えてあげましょうか。本当にかわいい娘でしたね。それが可哀そうに。裂けちゃうんですよ」

「やめろ！」

室長は絶叫した。だが安西は止めなかった。

「奥さんも美人だった。宣言通り硫酸を掛けましたよ。ちょっとずつちょっとずつ。自分の顔が見えるように、鏡を置いて、最後まで片方の眼球を保護しながら強酸を掛けるんです。奥さんは自分の顔が溶けて化け物みたいになっていくのを最後まで見ていたんですよね。見事なもんだ。こういうのが上手な連中もうちにはいるんですよ」

横たわった安西の顔面を、室長は蹴り上げた。嗚咽《おえつ》し、流れる涙と鼻水を袖で拭う。

「楽しかったなあ。懲役を受けても、あの時のことを思い出せたらなんとか」

再び顔面を蹴る。

鼻が折れ、驚くほどの血が出た。それでも安西は話を止めなかった。

「止めろと言ってるだろ」

室長は拳銃を持っていた。その手をもたげる。短い銃身《スナップノーズ》はまっすぐ安西の額を向いていた。

「糞野郎が」

人差し指が引き金に掛かる。そして撃鉄を起こした。さっき自死にしくじって学習したのだ。これで引き金を引けば、弾丸は間違いなくこの男の頭蓋を撃ち抜き脳をミキサーのようにかき混ぜるだろう。

握りしめた銃把《グリップ》が汗で滑る。

安西は楽しそうに彼の愛娘《まなむすめ》をどうやって殺したのかの説明を続ける。

そして室長は思い切り引き金を引き絞った。

＊

桜庭は安西の事務所の前まで来た。だがそこに室長の姿はなかった。事務所の中を覗こうと近づいた時だ。突然ブンタがすごい勢いで駆けだした。

「ブンタ、待って」

慌てて後を追う。桜庭には確信があった。今ブンタが追っているのは玻璃子だ。広い大学のキャンパスの中を、まっすぐ大倉玻璃子のところへと向かったあの時のように。あの時は気付かなかったが、ブンタは玻璃子の死の臭いに惹かれているのだろう。

ブンタが死神なのではなかった。ブンタは死神を狩る犬なのだ。

急に道を逸れ、ブンタが路地に消えた。

追って路地へと折れる。民家と民家の間の私道をブンタが走っている。そしてその向こうに、玻璃子の姿があった。桜庭を見て微笑む。そしてくるりと踵《きびす》を返し走り出した。

ブンタが追い、桜庭も全速力で走る。

偶然今この道に人の姿はない。誰もいなければ玻璃子一人恐れるものではない。

裸足の足が路面を蹴る。この街が清潔で掃除が行き届いており、小石一つ落ちていないのが幸いした。

まずブンタが玻璃子に追いついた。横に並んで忠実な相棒のように走っている。

「ブンタ、そいつを止めて」

叫んではみたが、そんなことをするブンタではない。黙々と玻璃子に並走しているだけだ。

私道の先は丁字路だった。

そこまでには追いつく。

桜庭はさらに足を速めた。

揺れるブンタの尾に手が触れそうなところまで追いついた時だ。

玻璃子は後ろを振り返り嬉しそうに笑った。どこから持ってきたのか、その手にはビール瓶があった。

それを思い切り路面に叩きつけた。

四散する破片を避ける余裕が、桜庭にはなかった。

とっさに大きくジャンプしたが、着地した右足に閃光《せんこう》に似た鋭い痛みがあった。しまった、と思った時には前のめりに倒れこんでいた。

身体を折って足の裏を見た。

踵《かかと》が踏み抜いた破片でざっくりと裂けていた。刺さった破片を引き抜くと、ポケットからハンカチを出して固く縛った。プリント柄のハンカチが瞬く間に赤く染まっていく。

桜庭は立ち上がり、再び走り出した。興奮しているからだろうか。すぐに痛みを感じなくなった。丁字路を右に折れたのは見ていた。

同じく右に曲がると、ブロック塀で行き止まりになっていた。その塀をブンタは見あげていた。

「中に入ったのか」

答えず、ブンタは塀の向こうをじっと見ている。

「よし、行くぞ」

桜庭はブンタを抱え上げ、後ろ脚を押した。ブンタはするりと塀を乗り越えた。桜庭がそれに続いて塀を登る。その向こうは中庭だ。庭石の上に桜庭は飛び降りた。当たり所が悪かったのか、脳天に響くほどの痛みが走る。

呻き声一つでそれを堪え、桜庭は立ち上がった。

中庭に向かって縁側が張り出している。その向こうには板張りの廊下があり、その向こうが襖《ふすま》だった。一声掛けるべきかどうか考えていると襖が開いた。そこにエプロン姿の背の高い中年女性が立っていた。

「あっ、すみません。怪しい者じゃ――」

ないんですという前に、その女は手にした包丁を振りかざして襲ってきた。

手首を掴み関節を極めるとねじり上げる。包丁が地面に落ちた。

逮捕術の教科書に載りそうなぐらい、きれいに技が決まった。と思っていたが間違いだった。手首を摑んだ掌がざっくりと切れていた。

一瞬それに気を取られていると、思い切り突き飛ばされた。

尻もちをついている間に、女は部屋の奥へと逃げていく。

襖の向こうは和室だ。

ごめんなさい。

一声詫《わ》びて血塗れの足で畳へと上がった。和室を抜け板張りの廊下に出る。左右を見るが誰もいない。

と、二階で足音がした。

脚を引きずりながら階段を上がった。

長い廊下を見ると、大きく扉の開いた部屋があった。

足音を忍ばせて部屋に近づく。足を進めるごとに血塗れの足が粘った音を立てるのが耳障りだ。

開いた扉の横で、気配を探った。なんの音もない。

桜庭はその部屋へと入った。

広い居間だった。ソファーもテーブルも、置かれている家具はどれも手入れが行き届いており、使い込むことで風格が生まれている。居間の奥には広い窓があった。窓の向こうはベランダだ。そこにさっきの中年女性が立っていた。

「見て」

女はそう言って、ベランダの柵をよじ登った。その首に電気コードが巻き付けてあるのを見て、桜庭は走った。

ベランダに出る扉を開くのと同時に、女はそこから飛び降りた。

コードがぴんと張る。

閉めた窓の隙間から部屋の中へとそのコードは延び、部屋の中央にある重厚なテーブルの脚に結ばれていた。

コードに引きずられたテーブルが、窓枠に激突した。アルミ枠が歪み、派手な音とともにガラスが水飛沫のように飛び散った。

ベランダに転がり出た桜庭が、柵に持たれ下を覗いた。

女は中庭に立っているように見えた。

桜庭は再び一階へと駆け下りる。

中庭に出ると、女は振り子のように左右にゆっくりと揺れていた。

その首はちぎれそうに細く長く伸びていた。桜庭は女を抱え上げ、その首から電気コードをほどいた。支えきれず、その身体を縁側に寝かせた。すでに呼吸はない。脈を確認したがやはりない。それでも胸に両手を乗せ、体重をかけて心臓マッサージを繰り返した。二秒弱に一回、一分で百回、数を数えながら三十回。

強く胸を押さえるたびに首がぐらぐらと揺れた。その首はあり得ないほど細く長く伸びている。素人目にも頸椎《けいつい》が脱臼し脊髄が離断しているのがわかる。即死だっただろう。

冷静なつもりでいるが、ただ死を認めたくないだけだ。やがて無力感が夕立前の黒雲のようにむくむくと広がっていく。じわりと涙が滲んだ。そうだ、しっかり数を数えよう。こうして数を数えていると、いつか誰かが助けに来てくれる。あの時のようにじっと数を数えて待ってさえいれば。

ぐっと体重を乗せた時、嫌な音がした。肋骨《ろっこつ》が折れたのだ。心肺蘇生《そせい》のためには肋骨が折れても続けるのが原則だ。それはわかっている。が、しかしその時桜庭は、何もかも無駄だと死者に告げられたような気がした。決して誰も助けにはこないのだ、と。

そう、助けは来ない。

自分で最後までやらねばならないのだ。でなければ次の犠牲者が……。

桜庭は立ち上がり、髪を掻きむしった。そして吠えた。決して悲鳴ではない。獣のように吠えた。声が枯れるまで吠えて、深呼吸すると女に手を合わせた。

犬の声がする。

ブンタが吠えている。

玻璃子が近くにいるのだ。

「そいつから離れるな、ブンタ！」

呼びかけ、玄関口へと走った。

玄関に置いてあったサンダルをつっかける。

家を出てすぐにブンタの声が聞こえた。ブンタの鳴き声を追って走る。柿崎からキーを渡された白いミニバンを停めた通りに出てきた。すぐ近くにブンタがいた。

そしてその向こうに玻璃子がいた。

どこで拾ったのか、彼女は塩ビのパイプを振り回していた。そして驚くべきことに、あの臆病なブンタが果敢に玻璃子に向かって吠え続けていた。

今だ、とブンタに教えられているような気がした。

今しかない。

片足を引きずり、懸命に走る。

途中でサンダルが吹き飛んだ。

路面に血の跡を残し、走る。走り続ける。

ラストスパートだ。

呼吸も忘れ、もがくように手を伸ばし、前へ前へ。

すぐそこに玻璃子がいた。

目が合った。

迫る桜庭に、塩ビのパイプを振り上げた。

桜庭は狂った犬のように唸《うな》り声をあげて玻璃子に飛び掛かった。

振り下ろしたパイプは桜庭の額に当たった。が、距離がなく勢いを殺されている。

額が切れたがそれだけだ。

喉を食い千切る勢いで飛び掛かる桜庭を、止めることが出来るはずもない。

後退る間もなく、玻璃子は背後に押し倒された。

肉食獣のように桜庭がのしかかる。

かろうじて喉笛を食い千切るのを押しとどめる。

その代わり殴った。固く握った拳で何度も顔を殴った。

「おまえの作った影に私はずっと怯えてきた。おまえが私の一生をめちゃくちゃにした。私だけじゃない。おまえは何人も何十人もの命を奪い、何百人もの人生を狂わせてきたんだ。それも、これで終わりだ。お前は怪物だ。人間じゃない」殴る。「許さん」殴る。「絶対に許さん」殴る。殴る。殴る。ごつごつと乾いた拳の音が、徐々に湿った音に変わっていった。唇や瞼が切れ、殴るたびに血が飛沫《しぶ》く。それでもなお、容赦なく殴り続けた。

　どこかで殺しても構わないと思っていた。

「止めろ、桜庭。そこまでだ」

声が聞こえた。

柿崎の声だ。

ようやく追いついたのだ。桜庭の血の跡をつけてきた結果だ。

桜庭は腕を止め、改めて玻璃子を見た。

そして知った。

腫れあがり歪む顔で、しかし玻璃子は笑っていた。腐ったジャガイモのような顔で、へらへらと笑っていた。

人でないものと対峙しているような不安を感じた。

その隙に、玻璃子は桜庭を抱え込むように腕を伸ばした。

真正面の玻璃子が切れて腫れ、歪んだ唇を開いた。中であやかしのように動く濡れた舌が見えた。

カッ。

クリック音が聞こえた。

その瞬間、己がとんでもない失態を犯したことを知った。

玻璃子の胸から、薄汚れた緑色の糸が触手のように伸びてきた。

桜庭は両手で玻璃子を突き飛ばした。

距離は開いたが、桜庭は玻璃子から目を離せなかった。

しまった。

その後悔は、途中で陽に晒された薄氷のように溶けて消える。ああ、そうかそうだったんだ。泥のように流れ込んでくる意識に、桜庭は得心した。

桜庭の動きが止まった。

立ち上がり、玻璃子に手を差し出した。

手を引き肩を貸し、玻璃子を立ち上がらせる。玻璃子は口の中を舌で探り、血と一緒に折れた歯を吐き出した。それから桜庭の腕にしがみつき、恋人のように頭をもたれかけた。

「これで桜庭さんも仲間になれるよ」

そう、仲間になれる。

頭の中で玻璃子の声を復唱した。玻璃子が何を意図しているか。桜庭にははっきりとわかる。

桜庭は玻璃子を支えて歩く。

そこで立ち尽くす柿崎の方へ。

玻璃子が手をつないできた。その手を握る桜庭にそっと手渡されたのは、折り畳みのナイフだった。玻璃子はこんなものを隠し持っていた。もしその気があれば、興奮して殴りかかる桜庭を殺すことだって出来ただろう。しかしそれはしなかった。この時のために取っておいたのだ。

そうその通り。

桜庭の頭の中で玻璃子が答える。

じゃあ、次はどうすればいいのか、わかるよね。

もちろんわかる。

わかることが嬉しい。主人に褒められたい犬の気持ちだ。何かを命じて下さいと尾を振っている。

桜庭は玻璃子をそっと路肩に下ろした。

柿崎はすぐそこにいた。

玻璃子は柿崎を殺してほしいのだ。

そして殺すことで玻璃子への忠誠を誓ってほしいのだ。玻璃子のために人を殺したという事実が、玻璃子の力から逃れた後も桜庭を支配することを可能にすると思っている。

そこまで察して、桜庭は首を振る。そんなことをしなくても私は玻璃子のために頑張りますよ。

ナイフを開く。

小さなナイフだが、鋭い。

急所を狙えば簡単に命を奪うことが出来るだろう。相手は強敵だが、なんとかなるだろう。

柿崎に糸は見えないが、それでも今自分に迫っている危機は理解出来た。

「桜庭、馬鹿なことをするな。それはおまえの本意じゃないはずだ。ほら、聞こえるか。見ろよ。ブンタが吠えている。あの女に、玻璃子に向かって吠えている。おまえはあの女に操られているんだ」

柿崎の必死の説得も、ブンタの鳴き声も、今の桜庭には家畜の悲鳴ほども響かない。

桜庭はナイフを構えた。

そして柿崎もまた。

勝敗はあっさり決まった。たとえ片足でも、桜庭は柿崎の相手ではなかった。簡単に腕を押さえられ、地面に這いつくばった。

その時再び、コッ、とクリック音が聞こえた。

急に桜庭の頭の中がクリアになった。水道水で中身を洗い流したような気分だった。

桜庭はナイフを手から離した。

「参りました、柿崎警部補。降参です」

そう言って背後を振り返った。

こんな時でも息をのむほどに柿崎は美しかった。その美しい両眼が、憎悪に濁っていく。

まさか……。

柿崎はナイフの刃先を桜庭の喉へと向けていた。

さっきのクリック音は桜庭を催眠から解くためにしたものであると同時に、柿崎の意識を乗っ取るためのものだったのだ。

「柿崎さん、駄目だ。玻璃子の眼を見るな」

すでに遅かった。

柿崎からはむせるほどの殺意を感じた。

桜庭の頭は地面に押さえつけられた。背後から頸動脈《けいどうみやく》を裂くつもりだ。

柿崎は叫ぶ桜庭の顔を横に倒し、さらに地面に強く押しつける。そして狙いを定め、ナイフを頸動脈へと突きつけた。

「止めろ！」

その声は玻璃子の背後から聞こえた。

「さあ、柿崎を解放しろ」

それは室長だった。室長が銃口を玻璃子に突きつけていた。さっき〈安全リクルート〉の責任者、

「言っておくが、俺は躊躇なくおまえたちを殺す。

安西を始末してきた」

えっ、と桜庭は声を漏らした。

「奴は俺の家族をむごたらしく殺した男だ。あの声を俺が忘れるわけがない。もちろんそれをやらせたおまえにも容赦はない。さあ、柿崎を解放しろ」

コッ、とクリック音が鳴った。柿崎の力が抜ける。桜庭は背に乗った柿崎を押しのけて立ち上がった。頭を振りながら柿崎も立ち上がる。

「桜庭、柿崎に糸は見えないか」

「ええ、室長。でも気を付けて下さい。今玻璃子は室長を狙っています。彼女の目を見ないように」

「後ろを見ずに答えろ」そう言って瀬馬は玻璃子に訊ねた。

「おまえが水晶だな」

玻璃子は歪んだ唇をさらに歪め、言った。

「私たちはお前を許さない。お前と、警察組織と、そしてこの国を」

地獄から響くかのような怨嗟《えんさ》の声を鼻で笑ったのは、柿崎だった。

「私たちと言っているが、今、お前に仲間なんかいるのか」

腫れあがった顔からは表情が読み取れない。

「どれも仕事は中途半端。伊野部巡査を殺そうとして、二度も失敗。もしお前たちが本気で特殊情報管理室を潰したいなら、もっと確実に潰していく方法がありそうなものなのに、何一つうまくいっていない。なあ、〈園芸家《ザハラニーク》〉っていう組織はもうきちんと機能していないんだよな。というか、今はもう組織にはお前しかいないんじゃないのか」

柿崎の言葉に、玻璃子はニヤニヤと笑いを浮かべただけだ。

「で、私をどうするつもり。どんな罪で私を裁くの。私は何もしていない。まさか催眠術で人を操っていたなんて言い出すんじゃないでしょ。そんな便利な催眠術なんてこの世にはない。いくら説明しても笑われるだけ」

「別に司法に頼らなくても人を裁くことは出来るがね」

瀬馬は撃鉄を起こした。

「おまえや安西が私の家族を嬲《なぶ》り殺《ごろ》しにした。当然その罪で裁かれるべきだろう」

「それも証拠はないでしょ」

「証拠？　そんなものは必要ない。裁くのは私だからね」

「室長！」

叫んだのは桜庭だ。柿崎が瀬馬に手を伸ばしたが遅かった。

銃声がした。

玻璃子の足元にいたブンタがぎゃんと鳴いて大きく横に跳んだ。

銃口から一筋硝煙が上っている。

玻璃子は白目を剝いてふらついていた。耳の真横で銃を撃たれ、眩暈《めまい》を起こしたのだ。

桜庭が血に汚れたハンカチで玻璃子に目隠しをした。

「何度も夢で見たよ」

瀬馬は言った。

「お前たちを嬲り殺しにする夢を。それは夢でとどめておくよ。あとは法廷の場で裁いてもらう」

「裁く？　何の証拠もないのに？　何かあったとしても微罪よ。まあ不起訴で終わるんじゃないのかなあ」

憎々し気に玻璃子は言う。

瀬馬は鼻で笑った。

「法の裏側で働いていた人間が、司法制度をえらく信用しているんだな。冤罪《えんざい》なんていくらでもある。潮目は変わったんだ。法務省が手を引いた時点でもうお前たちは終わっていたんだよ。どんな裁きが下るのか、楽しみに待っているといい」

瀬馬は手錠を取り出し、桜庭に渡した。

「桜庭巡査、君が手錠を掛けろ」

躊躇していると、後ろから柿崎に背中を押された。押されるままに前に出る。

玻璃子は両腕を前に出し、じっと待っていた。ずっとうすら笑いを浮かべていた。その足元で、ブンタが不審そうな顔で玻璃子を見上げていた。

終わりを告げるような金属音がして、両手に手錠が掛かった。

パトカーのサイレンが聞こえてきた。事前に瀬馬が県警本部に連絡を入れていたのだ。幾台ものパトカーが、この静かな街に入ってきた。桜庭たちの前にも数台のパトカーが停まった。その中の一つに、桜庭の目が留まった。

「ええっ、あれ、あれ」

桜庭は瀬馬を見てそのパトカーを指差した。そのパトカーには、安西が神妙な顔で乗せられていた。

「あれ、安西ですよ」

「そうだな」

「でも室長、殺したって——」

「嘘だよ」

平然と瀬馬は言った。

「あれを言っておかないと、その女は私の銃を恐れないだろうからね」

それを訊いた玻璃子は腹を抱えて笑い出した。目隠しをした女がひいひい笑いながら警官に連れられて行く様子は異様だった。

桜庭は彼女に駆け寄って、言った。

「もし、裁判の結果が生ぬるいものだったら、私が必ずとどめを刺しに行くからね」

「その前にこちらから桜庭さんのところに会いに行くつもりよ。その時は一緒に遊んでほしいな」

　玻璃子は普段と変わらない笑顔を浮かべていた。

「いつでもいらっしゃい。その時には私がすべてを終わらせるから」

　玻璃子はおとなしくパトカーに乗せられた。出ていくパトカーを、ブンタはずっと見つめていた。彼には死刑台に上る彼女の姿が見えていたのかもしれない。

＊

　まったく報道されず、ネットがざわつくことすらなかった。もちろん特殊情報管理室の名前がマスコミに流れることもなかったし。〈園芸家《ザハラニーク》〉の名が世間にさらされることもなかった。何事もなくすべてが終わったのだ。

　波風は少しばかり立った。ＧＧサーカスの名簿に載っていた国家公安委員会の委員長が自殺した。同じ名簿に載っていた数名の議員は一定期間の登院停止が決まった。なんでそうなったかは、それぞれ別の理由が挙げられている。

　伊野部巡査は未だに寝たきりだ。リハビリは行われているが、動けるようになるかどうかすらわからない。だがたどたどしいながら会話は出来るようになった。この間も見舞いに行った桜庭を口説いていた。

　大倉玻璃子は措置入院となった。

　裁判前に精神鑑定が行われ、反社会性パーソナリティ障害を基盤として、暴力的な発作を繰り返す妄想型の統合失調症であると診断が下されたのだ。つまり責任能力がないと判断され、警察病院の中にある、厳重な管理システムのある閉鎖病棟に入院した。催眠術に似た方法で他者の精神コントロールを可能とする、という桜庭の証言は、柿崎や瀬馬の傍証も得て入院時の管理の参考となった。結果彼女の扱いに関して詳細なマニュアルが制作され、今はほとんど薬漬けの状態に置かれている。そしてこのまま一生を閉鎖病棟の一室で終えるはずだ。この処置は政治的な判断によるものだろう。

そして桜庭は、まだギプスが取れていない柿崎と一緒に、管理室の中で瀬馬を待っていた。瀬馬はまた県警本部に呼び出されていた。噂では特殊情報管理室は廃止になるという話だった。そのために連日瀬馬は県警や、時には警視庁にまで呼び出されて会議を重ねていた。

「遅れてすまん」

言いながら瀬馬室長が入ってきた。

「みんな、聞いてくれ。この特殊情報管理室だが……」

桜庭も柿崎も口を閉ざして瀬馬を見た。

「存続が決定した」

おお、と桜庭と柿崎は同時に歓声を上げた。

「みんなのおかげで特殊情報管理室の有用性が評価された。表向きも、裏もね。私たちは引き続いて〈園芸家《ザハラニーク》〉の残した負の遺産を整理していくことになる。残念ながら伊野部君は参加は出来ないが、一緒にやってもらえるかな」

「当然ですよ」

間髪入れず桜庭が言う。

即決したが心情は複雑だった。

あの時桜庭は決して玻璃子を許さないと思った。それは変わらない。おそらく一生許すことなどないだろう。が、玻璃子自身も犠牲者であることは桜庭も理解している。公安と警視庁が一緒になって彼女を利用したのだ。そして役目を終えたから捨てた。やったことから考えると同情など決して出来ないが、哀れであるとは思う。だから病院で薬漬けという処置も、すんなり納得出来るものではなかった。それなら死罪を命じる方が正しいのではという思いはある。

正義というものは難しい。

そして正義を執行することも。

正義の判断なんて自分には難しすぎて出来そうになかった。だが悪かどうか判断出来なくとも、そしてそれがどれほど醜いものであったとしても、そこから目を背けることだけはやってはならないことだろう。

今回の事件の教訓は、目を閉じて数を数えているだけでは何も解決しないということだ。

小学六年生のあの時の事件を克服出来たかというと、まだ疑わしい。だが克服しようとすることが無駄でないことは、今回の事件で痛感していた。それに、と桜庭はゆっくりと周りを見回した。みんなの脇腹から鮮やかな緑色の糸が伸びている。健全な友愛の緑だ。その糸がみんなをつないでいる。

この仲間といれば、いつかは小学生の時の体験を普通に昔話として語ることが出来るようになるような気がしていた。

「何をニヤニヤしている」

柿崎が言った。

「ニコニコしてるんですよ。これから一緒に仕事を続けられるから」

「はあ？　お前の世話をする者の気持ちも考えろ」

「はあ？　お世話をしてるのはこっちですよ。ああ、これは介護か」

「ばかやろう」

柿崎が桜庭の肩をポンと叩いた。叩いてすぐ、あっ、と声を上げた。

室長が緊張した面持ちで桜庭を見ている。

「……大丈夫なのか」

柿崎に言われて気が付いた。彼に触られても平気でいられる。家族以外の人間に触られれば必ず過剰な拒否反応を示していた。まして相手は男性だ。自分でも不思議だった。

「ブンタに触られても平気ですからね」

「俺をペット扱いするんじゃない」

拗《す》ねるように柿崎が言うのがおかしくて、つい桜庭は笑い出した。つられて室長まで笑い出す。笑いながら桜庭は思った。

ろくでもない世の中では、これからもろくでもないことが延々と続くだろう。玻璃子の処置がなんとも歯切れが悪いように、ドラマのようなハッピーエンドはないかもしれない。しかし仲間と一緒にいることで、とにかく桜庭は単純な正義というものを信じることが出来た。

まあ、これをハッピーエンドといっても怒られないかもしれないな。

そう思うと、不意に吸ったこともない煙草が無性に吸いたくなった。

了

あとがき

この小説には自分でもびっくりするぐらい時間を掛けているのであった。なにしろ最初の企画を出したのは確か二〇一七年ごろですから、七年前ですね。その時に提出したのは陰謀探偵というネタだった。

「陰謀と戦う探偵の話はいかがっすか」

「どういう話でしょうか」

「ダイエットってたいてい失敗するじゃないですか。あれはダイエットが失敗するように日々暗躍している肥満を愛好する秘密結社が存在しているからなんですよ。で、その陰謀を探偵が暴くわけです。それでね、肥満愛好秘密結社の中に殺し屋がいて、彼はかつてかなりの巨漢だったのですが、急激にダイエットしたため脂肪はおちたのだが身体《からだ》を壊し、おまけに皮膚が余ってしまい、二の腕と腹の皮がたるんたるんになっちゃった。そのせいでダイエットを憎んでるわけです。そのたるんたるんな皮膚を広げてモモンガのように空を滑空出来るというわざを使い、画期的なダイエット薬を開発した研究者を次々に暗殺して」

ちらりと編集者の顔色を窺《うかが》うと、電車の中やエレベーターの中で絶対に会いたくないようなタイプの人を相手にしている顔で苦笑していた。

「そもそもの話なんですが、探偵っていうのがなんかピンとこないんですよね。どうでしょうか。警察ものでひとつ」

「警察ですか……」

「皮を広げて空を飛ぶのは駄目です」

「えっ！」

「驚くようなことですか。それぐらい考えなくともわかるでしょう」

「申し訳ございません」

私は深く深く頭を下げた。にもかかわらず懲りることなく、圧倒的にネガティブでなにかといえば自殺を図るスーサイド刑事とか不幸を招く特殊能力を持った貧乏神刑事とか猟奇事件大好き猟奇刑事とかを提案してことごとく撃沈。打ち合わせの場から笑顔が消えた。担当者は長い長い沈黙の後、腐った野菜の中からようやくまだ使えそうな部分を見つけた主婦の顔で言った。

「猟奇的な事件というのは、いけるかもしれませんね」

「猟奇、いいっすよね」

まさか猟奇が受け入れられるとは思っていなかったので（思ってないのに企画を出すのもどうかと思うが）嬉《うれ》しくなってすぐに調子に乗った。私の好きなシリアルキラーベスト10に始まり、映画化された猟奇事件ベスト5やらここ最近の毒殺魔の傾向とかコスパのいい大量殺人の方法などをべらべらと喋《しゃべ》っていたら、担当編集者はじゃあこれでよろしくと逃げるように帰ったというか逃げた。

もしかしたらすでに担当者は後悔していたのかもしれないが、とはいえ私もそこそこ大人なので、それほど無茶をするわけではない。激辛度で言うならいきなり最高値10「おのれはわしを殺す気かあ！」みたいなものをだすのではなく、激辛度5「おのれはわしを半殺しにする気かあ！」程度に抑えたネタをいくつか考えた。

それから個々の事件のネタはネタとして、なんでこんなに猟奇事件ばかりが？ という「コナン君の周りでどんどん人が死ぬのは何故《なぜ》」みたいな疑問への回答も考えた。で、それを解決するのは普段は何の役にも立たないような変な力を持った若い女性だ。そしてその相棒となるのは美警官である。美警官と言われても困るかもしれないが、とにかく美警官である。最初にタイトルに美警官を入れていたら無視されてしまったのでこのあとがきでちょっと主張しておくのだが美警官である。

などと書くとほんの五分で考えたように思えるかもしれないが、実際は七年掛かっているのである。熟考に熟考を重ねて最初の方は熟しすぎてちょっと腐っているのである。

いろいろと説明してきましたが、簡潔に言うならこれはバディものの警察小説である。あっ、ついでにちょっと犬も活躍します。和犬、好きなんだよね。

というわけで買う前にあとがきをここまで読んで下さった、頑張る女性と和犬と美警官が好きな人に激烈に推薦いたします。

そして購入してここまで読んで下さった皆さんにも心から感謝いたします。日々大量に出版される書籍の中からこれを選んで下さって本当にありがとうございます。そして今から読まれる方が満足して最後のページを閉じていただけたのなら、最高に幸せです。

で、最後の最後に長い長い間諦めずに付き合って下さった担当編集者のKさん。メディアワークス文庫から出ている三冊はすべてKさんの担当でした。おかげさまで今回もようやく仕上がりました。ラスト近くからお世話になったOさんとともに大感謝でございます。ありがとうございます。本当にありがとうございます。あれ？　何だか雰囲気的に俺死ぬの？　死んじゃうの？　ちょっと不安になってきたのでこのへんで中途半端に終わります。いつかまたどこかで。

参考文献

『文語訳　舊新約聖書』　日本聖書協会刊

＜初出＞
本書は書き下ろしです。

メディアワークス文庫

猟奇《りょうき》の贄《にえ》
県警特殊情報管理室《けんけいとくしゅじょうほうかんりしつ》・桜庭有彩《さくらばありあ》

牧野《まきの》 修《おさむ》

2024年6月25日　初版発行

発行者　山下直久
発行　株式会社KADOKAWA
〒102-8177　東京都千代田区富士見2-13-3
0570-002-301（ナビダイヤル）
装丁者　渡辺宏一（有限会社ニイナナニイゴオ）
印刷　株式会社暁印刷
製本　株式会社暁印刷

●お問い合わせ
https://www.kadokawa.co.jp/（「お問い合わせ」へお進みください）
※内容によっては、お答えできない場合があります。
※サポートは日本国内のみとさせていただきます。
※Japanese text only

※定価はカバーに表示してあります。

Printed in Japan
ISBN978-4-04-912735-5 C0193

メディアワークス文庫　https://mwbunko.com/

本書に対するご意見、ご感想をお寄せください。

あて先
〒102-8177　東京都千代田区富士見2-13-3
メディアワークス文庫編集部
「牧野 修先生」係

久住四季
Quzumi Shiki
異常心理犯罪捜査官・
氷膳莉花
怪物のささやき
メディアワークス文庫
既刊3冊
発売中!